踪迹

踪迹

李红艳 著

中国农业大学出版社
CHINA AGRICULTURAL UNIVERSITY PRESS
·北京·

内 容 简 介

生活在无序和有序的节奏中悠悠走过，我们在生命的年轮中渐渐沧桑。悠悠的生活丰韵着平庸的日子，沧桑的生命充盈着起伏的四季。每个人走过的路、做过的事，与浩瀚的岁月相比，往往如同烟云般，了无踪迹。我们该以怎样的期待拥有一刹那的印记？我们又该以怎样的目光凝视那稍纵即逝的生命？当新技术 5G 携带着风一般锐利的力量，对当下生命世界和社会现实进行无情冲击的时候，我们又如何在人与技术的关系中，掌控个体作为生命主体的尊严和位置？

文字，是一种记忆的形式，也是一种找回人类自我的媒介。

文字，也是一种踪迹，每个人都以不同的方式生活在文字里面。

让我们共同期待文字的力量。

图书在版编目(CIP)数据

踪迹／李红艳著．—北京：中国农业大学出版社，2019．9(2020．7 重印)
ISBN 978-7-5655-2252-9

Ⅰ．①踪…　Ⅱ．①李…　Ⅲ．①散文集－中国－当代　Ⅳ．①I267

中国版本图书馆 CIP 数据核字(2019)第 176446 号

书　　名　踪迹
作　　者　李红艳　著

策划编辑　童　云　　**责任编辑**　何志勇
封面设计　郑　川　　**插　　图**　敖　松
出版发行　中国农业大学出版社
社　　址　北京市海淀区圆明园西路 2 号　　**邮政编码**　100193
电　　话　发行部 010-62818525，8625　　读者服务部 010-62732336
　　　　　　编辑部 010-62732617，2618　　出　版　部 010-62733440
网　　址　http://www.caupress.cn　　**E-mail**　cbsszs @ cau.edu.cn
经　　销　新华书店
印　　刷　涿州市星河印刷有限公司
版　　次　2019 年 9 月第 1 版　　2020 年 7 月第 2 次印刷
规　　格　787×1 092　　16 开本　　21.5 印张　　300 千字
定　　价　68.00 元

序

当生命不再富有张力，当岁月的年轮越来越无情，这一刻，个体以何种形式获得自我慰藉呢？

个体的记忆虽然是活生生的，但通常潜藏在难以描述的状态中，充满了私人化的特征。唯有文字描述的生命记忆，携带着个体的印记，积淀着岁月的无情与有情。

这本散漫的随笔集，既是个体时间的轨迹，也是社会记忆的文字展示形式。透过这些文字，重温个体记忆与社会记忆中的情感与年轮，触摸个体历史与社会历史之间的交融，在当下，方能开启重新反思个体生命意义的大门。

是为序。

李红艳

2019 年 3 月于北京

目录

上篇 散落的阳光

艺术随笔

漫忆乡愁

上篇

散落的阳光

艺术随笔

文物，艺术品和那个时代的历史记录

我们每个人对历史的认识和记忆首先是来自教科书里的记载和描述，但世界历史的学习未免常常使人感到无力、抽象和空疏阔大。我以前的记忆力很好，高中时的历史常得满分。不过我自己也对此存疑，因为实际上历史在那时对我而言无异于文学作品，只是徒然要记很多与自己无关却犹如神话般的年代罢了。这些年代的记忆在日常和平素的生活里逐渐淡去，仿佛是替别人拿着的东西，总归还是要还给他人的。他人于是对我们的记忆来说就构成了我们在教科书上所获取的历史。这种历史伴随着记忆和记忆里的断层又构成了另一代人的历史。历史在我们的记忆里就这样轮换着。

以前没有机会看到很多欧洲绘画作品，对世界历史的这个部分总是充满着敬畏和疏远。虽然或许这也应该是我的历史记忆的一部分，但是肯定已落满灰尘，是被遗忘的一部分。刚到欧洲时，因为语言和其他压力的问题，也从来没有想到去博物馆看看。偶然的一个星期日的下午，天气不是很冷，似乎是春天的样子。当时的我好像刚刚遇到什么不顺心的事情，在公共汽车里看着外边的风景，路过的恰巧是博物馆。下了车，从柏林大教堂的旁边走过去，柏林古代艺术博物馆便在眼前了。

因为怕不懂，首先就拿了耳机和介绍册。看画的感觉是一点也没有了。记得，只是觉得好累。出来后躺在旁边佩加蒙博物馆前的草坪上，仿佛又走过了一段和自己无关的历史。久远的对陌生年代的记忆和神话般事件的叙述的复述渐渐从灰尘里爬起来，睁开无辜的眼睛找寻着自己的位置。这个博物馆，我在很短的时间里又去了几次。那些作品的作者我记得不是很清楚了，但那画里的人物的表情和场景带着翅膀回到了我所拥有的阔大的历史记录里。

穿过古代艺术馆的长廊就是佩加蒙博物馆了，该馆和在柏林夏洛特宫对面的埃及博物馆是柏林很重要的两个古代博物馆。它的收藏主要以古代希腊的历史文物为主，并伴有电视短片介绍，是关于文化、历史和哲学的。除此之外，还陈列有希腊诸神的雕像。埃及博物馆比这个博物馆大很多，收藏的文物种类也更丰富。德国考古学在那个年代的辉煌在这两个博物馆里得到充分的体现。历史的记录不仅仅是记录那个时代，还是开拓它并用后人的解释来证明那个时代。

文物和那个年代的艺术品穿越着时间，构成着当代人的当代历史感。我们从中所获取的不是年代和叙事方式，而是图像和人物的表情。文物无语，却漫谈历史；文物无语，却缔造历史。缔造我们认为应该成为的历史，应该被记录而没有得到确切明证的历史。作者的意义在于给我们这种记录方式留下了阐释的空间和可能性的方式。大部分的情形下，是无作者参照的历史记录方式，庞贝城的遗迹很能给予我们这种联想和记录。

那是一片完整的废墟。夏日炎炎下，走在其中，就如回归家园。忘却地图和对地图的阐释，随意辨认着自家大门的位置。令人惊异的是在偌大的城中居然没有一棵树或是任何草类，只有挥汗前行的游客。声息几乎是没有的，却分明能感受到呼吸声、漫谈声，繁荣的场景就在眼前，记录就是这样完成的。这里明明是无人，你却听到了永恒的声响，看到了日常生活的细节和场景。日常的生活经验给予同样的日常生活的记忆，历史在这里活在当代里、活在日常里。火山喷发的瞬间性界定了那一段历史的显示性和日常性。回到家里，只需用手抹掉灰尘，就进入了日常生活经验里。庞贝城的记录是残破的，完整性的塑造唯来源于建筑的构型和墙壁上遗留的作品，斑驳和缭乱赋予的瞬间性恰恰是历史的真实和完整。真实和完整是日常经验化的效果和体验，文物和遗迹却是那个陌生年代的印记和叙述方式。集体无意识给予对文物的重新记录和在记忆里显示的完整性和真实性提供了感性化的依据。所以我们才有了共同阐释的拥有日常生活经验的历史。

远古的文物和遗迹构成了我们共性化的历史，而艺术品的个性化则显示了人文精神的历史性、自由和启蒙的呼唤和猛醒。当我站在位于柏林波茨坦广场的国家画廊里，静静地看着环绕着的这些作品，看到的是中世纪末期、文艺复兴、古典主义、启蒙运动和近代的政治和文化史。

忘记作者和年代，忘记技法和构图，只是看着那作品上的人物和风景就行了。中世纪宗教题材的绘画上的人，眼神是呆板的，有着任人宰割的味道，风景几乎不是主题，圣经故事演绎着人在那个时代的真正的和日常的生活。人文并没有完全拯救人本身，人的眼神开始疑惑同时新奇地看着外边，小心而不自然，前边的路途遥遥，后边的则无意坚守，只能望着。他们的眼神诉说的不是文艺复兴那个时代的力量，而更多的是担忧和焦虑。笼罩着这个世界历史之上的不是人，而是人之子。古典时代的人的眼神含着荣耀和自豪，那个时代的画家还多以上流社会的贵族为艺术创作的原形，下层社会的历史很遗憾地被残缺掉了。启蒙首先给予我们的是逃避枷锁的工具和机会，那正开着的光从天庭飘落到了人间，人的解放和非解放的时代同时到来。战争使得人变得不很信任世界本身，开始怀念过去的时光，自己解放自己，可是可以记录自己吗？我看到的是工业化和法国大革命后怀疑和焦虑的眼神。这并不仅仅是片段历史，而是我们自己用自己记录下来的那一段。你在其中，他在其中，我也在其中。

站在博物馆里，同时站在你自己的世界里，与自己对话，就是记录自己的历史。历史的年代和叙述方式被作品本身改换为画面。画面又将历史还原为自身。我们所拥有的时代和缔造的历史就在这里了。企图遗忘和切割的行为无异于作茧自缚。

历史就这样流动着，在人的时间里。在人给予和赋予的时间里，在人活着的时间里。文物和作品，遗迹和人的延伸弥漫在历史的时间里。

遗忘历史就意味着忘却自己本身，忘记自己的记忆和记录，人便不是人自身了。人的历史带着人的日常生活经验蔓延在人中。

我们怀恋一个时代是因为我们没有了我们的记忆和记录，我们忘却了年代和叙述方式是因为我们的记忆和记录残缺了、毁坏了。修复记忆和记录我们需要回到我们曾经在又已不在的那个时代，站在我们曾经生活的时刻，找回我们的日常生活，找回我们自己的记录、记忆和自己的家。

文物沉默。遗迹散落。作品无言。我们自己站在这里看来看去，望来望去，望不见的只是这个时代。

（原载于《中华读书报》2005 年 11 月 9 日）

艺术品的消亡和对消亡的记录

——从《死亡之岛》到《归来》

艺术品的记忆和历史的记录有着太多的凌乱性和无序性。这种凌乱性的显现成为评论家津津乐道的话题和艺术家竭力去接近的目标。艺术品消亡的无可逃避的现实令艺术家和评论家带着梦幻般的热望日复一日地工作着。这也在一定程度上构成了艺术史的核心部分。作为艺术家的工作本身的日常性在这里受到严峻的挑战。柏林国家美术馆的两幅作品，勃克林（Bob Franklin，1827—1901）的《死亡之岛》（1883）和塞冈提尼（Giovanni Segantini，1858—1899）的《归来》却从另外的视角给了我们艺术史的其他视角。

《死亡之岛》弥漫的首先是清淡而飘逸的气氛，代表死亡的黑色在这里消退了，小船，小岛和城堡，船夫和船上站立着的没有面目的人或神本身。欢乐带着忧伤在背景处渐渐远去。岛上略显惨淡的光色下，无人却到处是看客和看客的看客。我站在小岛面前，却就如同正向着小岛进发。波光在延伸，那路也在延伸。没有尽头。我不了解作品的年代和作者的背景，只是感到欧洲历史在肃杀而荡漾的气氛中含着刻意和无奈。这里的人本身已完成宗教的消解过程。圣母的纯洁，天庭的光环和天使的微笑含着遗憾缩在了一个角落。蒙昧不再是个有效的话题。人们却在理性的精神支撑下迷茫和无望着。作品的创意性消亡了。我们站在我们自己的记录里。看着那小船和船上的人自身。失去的记忆浮上来，并强烈地呼唤着遥远的和正遥远着的那个时代。我们看着我们的作品和我们眼中的世界，却怀恋着那个不是人之子的时代。

死亡在远处向着我们呼唤，没有面目的个体在小船上，随着风随着水的波纹飘荡着。不少艺术家认为这幅作品宣告了一个艺术时代的终结，寓意着一个新的艺术时代的到来。但是解释永远是个体的一种权利，无论是在信息传播荡漾的时代，还是在信息缺失的年代，艺术品展开在每一个个体的心灵深处，包含着个体的激情和生命。死亡含着神秘在死亡之岛上居住着，小船没有起点，没有尽头，只是在航行中。我们从何处来？要到何处去？时间和空间在这里已经没有意义了，站在船上就如同走在人类自己的日常生活中，选择对于我们而言是不存在的，走过的万水千山也是不可逆反的。水在流，船在动，我们行走着。

站在《死亡之岛》面前，忽然很想留影。画馆里很昏暗，闪光灯自然是禁止的，照片里的人就如同看客，又像是掌舵的，没有思考地活着。

穿行过死亡的小岛，身处其他作品中，看客同样在四周含着不明所以的笑容，我站在看客中，无处可逃。我们都是看客，又都不是看客，那一幅幅画面在这里已经消亡了，留下的是一串串的痕迹，痕迹斑驳着记忆。消亡后的时代我们还拥有什么？是艺术品还是艺术品的世界呢？或者是两者皆无？

在画廊，看到的是另一幅著名的作品《归来》，死亡的记忆消亡后，期待着的是人自身对艺术世界和艺术史的重构和拓展。

《归来》描绘的是忧伤的家人用马车载着亲人的棺材回家的途中。雨后的草地泛荡着水气，画面上的赶车人不喜不悲，面无表情，远处的阿尔卑斯山在隐隐地显出轮廓来，积雪消融着。家人在车上，家犬低头在后边沉思着，没有急速前行。马车在雨后的黄昏里行进着，死亡之岛在我们的行进中，人世间的温情在草地的水气中弥漫着，我们归去，带着我们的所有。

只是不知道，归向何处。天低低地飘逝在远方，焦虑中天色晚去。时光不再，伊人不再，家在凋零中，我们要赶路，我们要回家，无论是回到何处。问题是，我们还有选择吗？

《归来》的场景令我想到奥涅尔的戏剧《远方》，渴求着远方的灵魂从来没有抵达过远方，站在远方的人仍然陷入对远方的渴望中。远方的梦想在艺术的世界里，幻化着各种姿态，时空在艺术的幻化里，凝固成了永恒。我们始终是要从无从开始的地方起航，驶向无从明晰的远方。归去来兮！归去的是那个飘着清淡气息的小岛吗？遥望远方，遥望的是那归去的路吗？循环着的生命的灵魂在艺术世界和人的世界里飘荡着。

消亡的记忆和记忆的消亡带着我们在那个我们认定为自己的世界游荡着，消解的无可奈何带着人文世界的探索给了艺术品无上的意义，对艺术本身意义的评价本身却消亡了艺术自身，艺术史的记录开始了没有作品和没有作者的时代。作者和作品以另外的方式在那特定的时刻显现着，如同看客，看的是自己的历史和自己的记忆，同时也是他人的记忆和他人的历史。

大师们的记忆伴随着人的时代的到来呈现为典故，他们的作品给了人类可以历史化的依据。在历史化的艺术中，我们依旧在寻觅着、生活着，询问着从何处来、到何处去的话题。

我们活着，便活在我们历史的记录里，同时也艺术化我们的艺术品和艺术史。死亡在归去的路途中，远方在车夫无望而渴望的目光里，家在路途的驿站里若隐若现。我们站在这之中，行走着。

2004 年 2 月 1 日，柏林。

柏林墙与珂勒惠支博物馆

虽然在柏林待了 4 年多，却从来也没有到柏林墙的遗迹或者是博物馆去看看。在一个落着雨的下午，因为陪同远道而来的朋友的缘故，带着不是很情愿的心情去了。也好，看看德国人对历史的反思或者会令我对这个民族的理性思考有新的认识，从而更清楚地回头反思自己民族文化的缺憾和优势。

天刚刚下过雨，彻骨的冷，加之湿淋淋的地面，仿佛真有种回到那个时代的感觉。风飕飕地吹着，却是春寒料峭的意味。街面的前方是美国士兵的头像，另外一面却是苏联士兵的头像。街道中央是柏林当时留下来的历史文物的见证——前美军的哨岗。旁边是柏林墙纪念馆，是一位前西德的博士在柏林墙刚刚建立时筹建的，这位博士不久前才去世，我们到的时候，看到博物馆里还有他的一个简易纪念室。

售票口的后方挂着各个国家的护照，其中缘由不是很清楚。门票很贵，我也有很胆怯的心理，怕万一有突兀的图片令我无处后退，就在旁边的商店里看出售的画册、图片和有关书籍。出来的时候，天气依旧阴沉，云很低，很低，压得人喘不过气来。我们到前面拍了照片，又往四周看了看，也没有太多的遗迹了，就乘附近的汽车去了珂勒惠支（Kaethe Kollwitz）博物馆。

这一路的风景我好像很陌生，坐在车上看，有如梦中的感觉。柏林墙，一个时代的符号就这样地在街道两边静静地消散着，没有激情，没有回忆。沉默，还是沉默。无语，还是无语。碰巧的是，过了这一段"凝固的历史"就到了柏林现在的现代化中心——波茨坦广场。我不知道一个前东德的公民看到这样的过渡，有怎样的感慨。我不能回首，因为心里的痛和对历史的沉积的诧异。

那一刻，天气出奇地晴，阳光很薄地挂在冬日灰黑的树木上，护城河的水流无息地向着那无际的方向。淡淡的阳光洒在雨后沉寂的行人身上和地面上。历史似乎无力也似乎无意去缔造另外一种存在方式。

博物馆很快就到了，这个二战时期的德国女版画家是鲁迅当年在他的书里很推崇的，他神往的言词令我对这个我也许知道也许早已忘记的画家有了另外一种感觉。博物馆坐落在一个很小但很雅致的院子里，雨又开始稀稀拉拉地洒落着，进了门，很冷清的样子，好像没有很多人愿意在这样一个淋着雨的下午去拜访这位反战的女画家。

除我们之外还有一个年轻的似乎是学艺术的女学生在参观。珂勒惠支的作品大多反映了在不寻常状态下的普通人的生活，比如，饥饿、战争和种族歧视。有趣的是，她的自画像很多，想来她必定生活在很不平庸的状态里，内心渴望安逸平和的生活，令我惊异的是，她画的母亲和孩子之间关系的画很多，却从来没有画自己的家，自己的父母兄弟。孤独令这位女画家向往温情，现实使得这种温情转瞬即逝。

记得柏林历史博物馆对面有个纪念所有因种族、性别、战争等受到不公平待遇并因此而献出生命的人，纪念所有为自由而献出生命的人的地方。我第一次去的时候特别感动，因为那是个纪念普通人的地方，不是纪念因国家原因而丧失生命的人，区别就在于，你首先是作为一个普通人得到尊重，你才会因为拥有这个国家的国籍而骄傲。纪念堂的设计很有意味，是一个很简单的如亭子般的建筑物，门前有几根典型的罗马式柱子，进门两侧的墙上是纪念碑文，跨过门槛你首先看到的是空荡荡的大厅里的一尊雕塑，母亲用尽所有的力量要保护和抱紧自己的孩子。现在我才知道这原来是珂勒惠支的作品。没有解释，也同样没有装饰，只有那从天庭射下来的一束光浅浅地落在地上，雕塑前散落着游客献上的新鲜和不新鲜的花束。很零落但很有人情味。

从博物馆出来，对面是一家不知名的人开的亚洲文物店，很安静，但很有味道。天气依然隐隐地有些不清爽，一路无语，回到家中已是天黑。但却仿佛还是没有忘却那一刻，很沉默地坐在黑暗里，鲁迅的文字从浓密的黑暗里缓缓浮现出来，文字的感觉划过那长长的时间之道，很沉静而清楚地点点滴滴显现着历史的那一刻，或许，这些文字没有经历过这个现代化的和对文化的重新审视和解读的时代，它们不知道柏林墙，也同样不会明晓柏林墙建立的历史和意义。但是，它们矗立着，如生命和历史的那永远的一刻，背后的沉重和无言在这位女画家的自画像中，在柏林的不太明亮的光影下。忘却文字的本意对于这个世界而言是给予文字更大和更开阔的权利。无论做语言学研究的学者如何或从哪个层面去解读语言，也无论文学批评家如何去使得文字和人自身连接，原初的文字就像矗立的雕塑下的光影——那光影里暗含着的女画家的精神和呐喊，呼喊的是回归。

柏林墙渐渐成为历史的符号化象征，女画家的作品也演变为历史在那一刻的见证和这一刻的承诺。讨论文字和艺术符号的意义本身无意义。作为个体的感性和知觉铸造了今日的历史和明日的记忆。

（原载于《中华读书报》2005 年 9 月 21 日）

易北河边的圣玛丽教堂

教堂在欧洲有很多，就如一种符号一样，不仅是文化和历史的一种记忆，还演化为日常的生活。星期日的教堂钟声为这种符号的日常行为化做了表征。德累斯顿的圣玛丽教堂我只是在第一次去的时候和同伴进去过，记得当时是在重建和修复，地下室里很凌乱，并散发着很不寻常的气味，不是纯粹自然意义上的，令我有一种不能接受的心理感觉，似乎是沉重又似乎不是。后来去的时候就没有再进去，因为外边看起来更像是工地了。如今，四年多的时间很快就消逝了，教堂的外边却依然是工地。从 20 世纪到 21 世纪的时间跨越，丝毫没有加快它的修复进程，圣母安然地站立在外边，圣洁地微笑着。

教堂旁边的街头艺术家日复一日地做着同样的游客生意，街对面的商店、饭店依然是错落有致。石板路上的行人不多，也不匆匆。穿过街就看到了易北河。

从易北河边的桥上仰望，教堂还是如旧。没有气派，也没有期盼。似乎日子就是如此，也本该如此。工地不嘈杂却纷乱，只是外形上令人有不协调的感觉而已。教堂里的活动和事务也照旧进行，就像没有处在修复过程中一样。一切自然而安详。

这安详而处于修复中的教堂，这飘逸而秀丽的易北河，拓展在历史话语中的仿佛已不是历史的记载和回顾、文化的积淀和完成，而是一个民族沉稳的理性化拓显。从容地做着，不是在这一点完成，而是在这一条河的观望下走向完成的过程。没有这一代的问题和下一代的期待，文化的延续如同历史的延续，永恒中的只是显示和将要显示的。

我们处在一个匆忙和迅疾的时代，迅疾令所有的事物荡漾着成就，也隐含着功利和世俗性。很多时候，我们看到的和成就的，不是自己，也不是他人，而是历史显现中的沉渣。因为匆忙，也因为世俗。

我们怎么看待和评价这个世道和这个世道的人呢？遗忘很自然地正常，每个人望着前方的路。

应该区分这一代和那一代吗？应该界定你和他、我和你的距离吗？留下的脚步匆匆而无声，没有记录。记录是历史的沉积，修复同样是文化的复原。寻求中匆匆显露的也只是这个时代的无力和软弱，逃遁无形却又张扬个性，溺水而死却又自我陶醉。没有声息地在静静的河流中消亡。

我们这个时代，就如同不是这个时代一样，含着的是渴望，饮着的是显示。膨胀的和猥琐的，滋生着的和泯灭着的，均没有记忆，仅仅剩下那一刻的记录。无效和有效使得问题更加迷茫。索性只是走着，不朝旁边看，忘掉对面和后面。记住的唯有此时此刻。

我们真的拥有或者可以拥有这现在吗？或者是我们那一刻拥有了这现在呢？当你站在18世纪艺术家所描绘的当时易北河边的场景时，你是在哪里呢？那画面上的人群哪个又不是你呢？或者是他呢？我们修复的教堂是那时的吗？还是我们的那时呢？完整性在这种追问下无语。觉醒使得这种修复更弥漫着理性的光辉。

无论如何，易北河还是静静地流动着，身边是偶尔漂过的风声，和黯然处安逸沉着的水流声。桥边的柱子泛着灰铜色，幸运地显示着战争的逃亡和胜利。圣母教堂如圣母般矗立，圣母含着笑，那笑穿越着那个和这个时代。

2004年1月30日，柏林。

漫谈伦勃朗传和伦勃朗自画像

随着大众文化趣味的日益休闲化，原本在20世纪中叶很流行的房龙的著作也在繁荣的大众文化生活中日益复活了，从20世纪80年代到现在，不同的出版社出版了不同的版本，也有不同的译本，销路到底如何就不得而知了。在房龙的作品中，有一本书是与众不同的。如果说，其他的书籍他是为了自己心灵的一种欢愉而写作的（当然也包含有很多关于人类的历史和思想在里面），那么这本书则是为了“正身”而作的。

所谓“正身”，便是在大众文化里通常被用得有些泛滥的“修身齐家治国平天下”而来的。在我看来，儒家的原始理想基本是一种对于自己和社会乃至社会大众的文化信念，这种信念本身却使得儒家自身在中国漫长的历史进程中不得不常常转换着信念的基本颜色，或者是出于对于个人生活和集体生活之间关系的重新定位的向往，或者是出于对于个体灵魂的一种感悟的确认，总之，无论如何，在任何一种意义上，都是一种信念。信念当然和信仰是不一样，信仰带着一种纯净、一种神圣、一种崇拜，一种狂热、一种强烈的归属意识。信念则与我们所说的理想、现实、目标、人生等现实生活中的感情联系在一起的。那么，我说的“正身”在这里的意思是什么呢？便是说房龙在这本我说的书籍里面，带着自己对于人生的一种模糊的信念。这本书便是《人生苦旅：伦勃朗传》。

为什么偏偏要为伦勃朗作传？很简单，房龙本人祖籍荷兰（1882年生于荷兰鹿特丹），后移居美国，1944年去世。这本书首次出版于1930年，按照我们文化的惯例评价手法：作家通过这本书表达了他对于自己祖国的一种强烈的爱国之情。其实，对于房龙本身而言，与一般的个体一样，无疑有着心灵上的种种期盼，盼望着能够在最深层的意义上满足自己内心深处对于那个自己曾经生活的地方，一种只是属于自己的记忆。因而，这本书对于他而言，花的时间和辛苦可能是最多的，当然也因为如此，书中翔实的材料也为日后的影视作品提供了可以借用的原形素材。

对于伦勃朗而言的人生苦旅，从他的第一任太太去世便开始了。画家原本浪漫和温情，在另一个阶层的意志力的屡次打击下，不仅仅是生活变得不是很日常化，而且在世俗社会里他的艺术品的认可度也因为年少时期的轻狂和自信而日益下滑。或者，沧桑本应是艺术品的一种基本因素，一个生活平坦不经过人生变故、未体验过人生况味的艺术家，必然不会是一个对于世界历史而言有意义的艺术家。休闲自然也是艺术的一种心态，但是艺术品的震撼力却来自那种沧桑、困苦和在这种情境下对于艺术的执着。

不过，看到这本书的时候，令我想到的却只是伦勃朗的两幅自画像。一幅在柏林的波茨坦广场的国家画馆，一幅在德累斯顿的美术馆。很显然，在波茨坦广场的国家画馆里，伦勃朗画的正好是自己的盛年时期，自己也正值盛年，他的眼光里带着对这个世界的探索的意识，很有朝气；德累斯顿美术馆里的伦勃朗却已完全是另外一个时期了，奇怪的是他眼神里流露的不是智慧和慈祥，却是一种落魄和老人无奈的感觉。在伦勃朗作品中，有几幅女性画像，画的都是他的第二任妻子。因为他的前妻过早地离去，他和他的保姆结婚了，原本体弱多病的保姆在他充满了颜料气息的家中，很快也走了，苍老的伦勃朗坚持活在自己的生活中，落魄而终。

我想，对世间的任何一个平常人来说，没有了温情的滋润，没有了激情的感染，世界对个体而言的感受会随着年龄而变得狭窄，变得无可奈何。生存的可能性和生存的意义会因此而无端地一日日散尽。

伦勃朗的自画像虽是失去后的痛苦和失落，他那个时代的古典精神却依旧荡漾着精致和淳朴。他很忧伤的面庞，依然是绅士般的沧桑。他很自然地将自己的眼光留在了这个世界，留在了历史之中，同时也把自己留在历史之中。凄苦与悲情原本就没有什么可以去解读。日子总是在一天天地过，一如几个世纪以前。时间在见证着人类的成长，也见证着人类的完成。

仅以此寥寥数语，在秋日北京的早晨，怀念我们所共同拥有的一段人类的历史吧。

2006年11月4日，北京。

维也纳一日

那一天早上，与朋友在维也纳的很有特色的小旅馆里吃着简单的早饭，有很多学生到这里旅游，似乎是高中生，很快乐，很轻松。我们吃了很久，又让很友好的厨房大妈给了烧好的热水装在保温壶里，满怀感激地离开了。而后来到了贝维尔宫。

贝维尔宫，分为上、下宫。上宫为印象派，现实主义，表现主义，超现实主义及20世纪维也纳画派的作品。朋友很喜欢的画家的作品似乎是在这里了，我看到了人类一个群体的兴致趋向和感觉范围。他们很希望用特定的方式给自己感觉一种画面和色彩的定位，抽象同时色彩鲜亮，并且似乎喜欢做色彩和线条的游戏。我不知道这是不是就是当代画界的趋向。不过，却是第一次看到了20世纪画家在这个剧烈变迁的时代里的困惑和对表现方式的现代化趋向的一种选择。也或者和人文社会科学的转向有很大程度的联系吧，同时因为这种哲学上的分化给了艺术自由的可能性，并给了它走向另一个极端的机缘。所谓历史的有效性，批评的接受性和阐释性，作品和作者，作者和读者，作品和读者，无意义的散漫超越了一切，形式诚然可以是有意味的形式。但是这里的问题是，所谓的形式的概念该在哪种意义上和哪种情形下界定呢？古典意义上的划分逐渐淡化，无规则的情形会给现代艺术怎样的前景呢？如果说，20世纪初期的画家尚有个体的意识和对这种意识的表现欲的话，这以后的画家所追求的也或者就已经不是艺术本身，而纯粹是对个体生存状态的描述，摒弃传统而超越现代，所谓的艺术会由此而新生吗？我个人抱很不肯定的态度。

下宫主要是巴洛克时代的作品，我们只是草草地看了一会。我忽然想到了古典主义在18世纪的衰落。令人惊奇的是，无论是哪个时代的哲学和艺术作品至今也闪耀着那个时代的光芒，同时给予我们那个时代无与伦比的做人的典范，所以无论我们如何享受着现代化的温情，走着自己认为自由给予我们的权力和给这个社会秩序化的进程的影响，也不得不回首承认，同时也是自由和启蒙本身摧毁了文化的根，厚度和精致的可能性的消失使得艺术的表现力失去了固有的方向。我们没有了大卫，没有了蒙娜丽莎，同时也没有了典雅和秀丽的能力和目标。我们早已忘却了崇高和秀丽，有的只是无秩序的存在，没有了自己，却又如何表现自己的存在呢？

恰好对面的广告上显示着，阿尔贝蒂娜宫正有Gustav Klimt和Paul Klee的画展，此地正好在国家大剧院后边，我们就很快浏览了这些画作。印象最深的当属Schiele的一组囚徒的画，其中的话语我至今还记忆犹新，大意是，我愿意为艺术和我的爱人承受所有的痛苦，甚至是付出生命本身。这个英年早逝的画家，带有对艺术和生命的景仰和崇拜，他的身心渴望和平和安逸的生活却潦倒终生，他困惑的线条、变形的颜色给人很凄凉的感觉和对这个缺乏艺术的时代的质疑。

看完了艺术品，漫无目的地沿着维也纳的地铁线路游走。作为城市而言，维也纳几乎是19世纪乃至20世纪建筑的活的见证，即使是两个世纪以前的地铁，也是顺着河边而建，出了地铁站，就是反复出现在欧洲历史和文化中的著名的多瑙河了。风很大，寒意依旧凛凛，散发着令人向往又很苛刻的意味。站在河边，我只想安静地感受冬日里俏丽的多瑙河，没有了夏日的纷繁、秋日的高爽，此时的它静谧而安逸，带着傲人的气息，从容地走过历史和文化气氛浓郁的欧洲大陆。矗立在河边的似乎是个很现代化的建筑，因为冷的缘故，我们就进去暖和一下，却意外地发现是个很大的电影院，于是决定看场电影。在时间上无选择的情形下，只好看德语电影了。电影很一般，是典型的英国式的想象，带着对英国文化本身的残存的气息的反抗，又携带着些许多元化的文化的意味，很奇怪，姑且是对民族心理和文化祭奠的一种表层意义上的巡礼吧。

2004 年 1 月，柏林。

后记：过了两年多，再回想当时的感觉，似乎还记得维也纳很清晰的面孔。其实，维也纳是我很喜欢的城市之一，一共去过两次。一次是夏天，一次是冬天，博物馆也去过两次，看到的和记忆的东西的确很多。而且，漫步这个城市令人有一种愉悦而无可比拟的幸福感，记得我曾经步行在这里的很多街道上，只是为了感受城市的感觉。从清晨的一抹阳光里，一直走到华灯初上的晚上，整整一个星期。有一次，晚上还迷路了，也没有恐惧感，还只是在路上走着，看到行人很自然地问路，回到旅馆也没有任何不适的感觉。回想起来也很有趣。

2007 年 1 月 10 日，补记。

艺术品的感性及理性

艺术品，对于人类而言，是一种特定时期的梦想，这种梦想散落在每一个人的内心深处。这一点，从艺术品的特征，专家做出了很多评价，这种评价伴随着时代的变迁，刻画着我们人类在一定时期的感觉和对于历史的感应。对于历史的感应，个体依然是不同的，只是这种不同由于社会分工的阻碍，不得不被限定在了个人感觉的一瞬间，这种一瞬间便如人类自身历史的演变一般，随着我们的生死轮回，静静消失了。这一过程，庞贝古城便可以给我们以很好的证明。

庞贝古城是火山突然爆发之后所遗留下来的，城市的规模与城中生活的人群，在突如其来的自然力量的瞬间征服下，无声无息地凝固了，甚至没有能够选择自己离开的姿态、行为乃至位置。落寞的城市在自然的日日风化中，逐渐将原本繁荣的小城镇变成黄土的颜色，成为干净、利落的历史的见证物。这种见证物，包含着我们人类走过的每一步，城镇里的植物自然是没有了，火山的无情不仅可以使人类对生命的静止没有选择，也使得生物界无可奈何，留下的只是火山灰掩盖下的人类生活的过程：有体育场、小商店、墙上的壁画、活动中的人群、整齐划一的街道、城镇中心的饮水设施等。在夏季或是冬季，如果一个人去的话，会常常感到一种莫名的迷惑感：如果是夏日，烈日当空，意大利的炎热使得人没有余地逃避，黄土地的颜色散布在你走过的每一条远古的路上，周遭也没有人影，因为城镇很大，街道错落有致，往往会使你走到无人之处，未免有一种令人无法逃脱历史的掌控之感；如果是冬季呢，无风而干冷，间或是下雪，在这一“死城”之中，与你为伴的恐怕只有火山灰之下的祖先的遗迹了。远远地，偶尔会看到有不很清楚的人影，难免会有一种不自觉的狂喜。

我不知道，庞贝城能否算是一件矗立着的艺术品。作为历史而言，它是我们活着的历史的一部分，没有这一部分，我们将只能在历史学家的描述中，认识我们自己的历史了。再回到我们要说的艺术品，对于艺术品的感受原本是很个性的过程，但历史不会为我们提供所有的活的记录，庞贝城是上帝给我们的一种惊喜，浩浩几千年的人类史，却没有这么幸运，文人、学者、精英分子便在用时代给予他们的机遇，为我们理性地描述着艺术品的历史和艺术发展的历史。艺术品的感性和艺术史的理性往往使后人无措，他们所提供的供我们选择的，往往令我们茫然，对着一幅艺术品，你要想一想，这是什么派别、什么时代的作品，艺术家当时的心情如何，艺术品应该具备什么样的特征，这种过程，往往使人很累，很想忘记掉，只是观看、体验而已。

当然，历史原本就是一种“时间”的技艺，这种技艺也原本是人类延续历史的过程，但是，对于艺术史而言，更多地关注个体的体验历史比起仅仅注重总结艺术家的艺术品特征，是否会和历史的趋势更为相关了？

当然，艺术品也是一种“时间”的技艺（某种程度上），或者艺术家不愿意听到这样的论述，客观而言，艺术品和艺术史又何尝不是“时间”缔造出来的现实和历史本身呢？

2006年12月29日，北京。

“访客寻友”

在国外看中国古代的艺术作品总是怀着一种仿佛无辜受到打击又不得不观赏的心情，有时难免存有很不自在的感觉。就像离开自己的根却又不得不在无根的状态下看着自己的根无缘无故地生气般，没来由地沉默和叹息着。

1999 年来柏林以前，正逢中国人民政治协商会议成立 50 周年，全国政协把故宫、中国美术馆和全国政协的馆藏品（主要是 20 世纪的）汇集在一起，搞了一个小型展览，很多难得的艺术品真切地呈现在视野里了。当时我怀着很复杂的心情，站在那些作品面前，几乎有一种难以割舍和无法自拔的感觉，沉重而轻盈。就像你知道你将离开你的一部分却又是在被动情形下一样。

来到柏林之后，对这些东西的怀恋不自觉地转为一种说不清的自豪和骄傲。什么原因我至今也不明白。第一次来到柏林国立博物馆（Staatliche Museen zur Berlin）里的东亚艺术馆时，怀着复杂的心态，虽然也知道很多的中国艺术品和文物是在海外。总固执地告诉自己这些只是不入流的，我们的还是我们自己的，核心总是还在的。东亚艺术馆里的收藏品，我只看了中国和日本部分。其中明清的很多扇面、字画和近代画家的作品给我的印象比较深。日本的浮士绘在我看来则含着无骨气而向往骨气的感觉，不论它如何影响了欧洲 18 世纪的绘画艺术，蔓延的只是向往而无力的气氛。仿佛知道它要达到那个境界，却不知道如何做到。我这里说的只是我看到的画里所含着的民族文化的根的问题，和技法的运用无关，也不涉及任何的褒贬含义。

望着，看着。第一次看的时候，我很想落泪，不是失去和得到什么，也不是因为失去了什么和得到过什么，只是很想落泪而已。落雨的季节令人总是会想到更多的关于根的话题，所以我也总是选择这样的天气走进博物馆。寻找那是自己的，访问那不是自己的，博物馆无疑是最佳的媒介。

2003 年夏季到 2004 年春天，我国台北故宫博物院将馆藏的部分作品以“天使之宝”为题，分两部分先后分别在柏林和波恩展出。展览配有专门介绍展览作品的德文书，装潢很精致。我在柏林看展览的时候，有很多观众都是买了这本书离去的。他们在这里寻到的是那个自己向往的友好的世界，访到的是客居的感觉。访客寻友，便又不得不提到东亚艺术馆里明代画家戴进的“访客寻友”图，友在访的途中，客在访的归途。他这苍劲的四个字和清秀的寻访图，表现的是寻访的过程和访到的归途。客的心情和友的牵挂静静地在画边立着，等着和盼着这个时刻的抵达和消失。

其实，释然的应该是我们。寻觅到的，无论有没有权利和归属于对权利人群的阐释都具有同样的意义，如为客，在哪里又会成为自己并解放自己呢？主客的划分原本没有任何可以借鉴的原则，是客便是主，是主便是客。自己拥有了权利，便自得而以为不用寻觅了，客居其中而不会消退。虽为客，拥有了那一刹那，便又是主了。艺术品流失在海外的博物馆是客，你站立在这里便又使你成了主人。

在这样的意义上，记录历史的博物馆便成了历史流转的记忆器，场所的区别只是见证所需求和寻求的一个部分，藏品便同化为场所的客人，肩负着记录和见证的目的性的需要。

无根的叹息在这里退化了，历史不过是被历史的记忆捧在了他人手里。这种记忆含着很不愉悦和很不舒服的感觉，反客为主令人总是耿耿于怀。耿耿的是那血残的记忆，于怀的是那客人冷漠而自在的神态。

百年的记忆血淋淋的却又使你无法躲藏，我们却又何必躲藏呢。根就是根，它很简单地在这里，就像你时常忘却它一样。没有无奈，只是存在着。记忆的断层和移位使得记录的融合性增大了很多，记忆的交流同样使得拥有成了转化中物品拥有者的权利。拥有本身使得博物馆的产生成为现实和可能。

来往的客人带着对主人的拥有物的期待来到了这个特定的场所，看着那与自己的记忆有关联的部分和无关联的部分，兴致勃勃地看着那段历史而娱乐其中，没有想到拥有物的问题，只是带着对历史记录的一种无与伦比的虔诚。虔诚却使得文化和历史的记录往往转弯并含着革新性。因了虔诚记忆从那里以同样虔诚的理由带到了这里。也同样因了虔诚在我们那里拥有者的权利和观看者的权利便无端地成了一种话题方式，本身的拥有性就转化为拥有本身而不是转换和消化本身。

访着客，寻着友，途中的路很宽阔和狭窄。没有你的记忆便没有了你的路，没有了你的寻访也便使你的友在无望里等候着。没有根的记忆，客居便真的客居在你的心里了，带着无奈和离去的期盼。

我还是会在落雨的日子里拜访博物馆，在那里东看看，西瞧瞧地穿行着，没有无辜的声讨和没来由的叹息。坐在一个无人的角落，喝着咖啡，看着外边落着雨的天空，划落着那记忆和记忆里的点点滴滴。

2004 年 2 月 2 日，柏林。

似乎很忙乱，也没有心情来博客看看，最近有些事情总算忙过去了，希望还是留点空间给自己，先把从前的一篇稿件贴到这里来，以示决心。

2007 年，补记。

时间在蔓延着，延展着我们的记忆，被分割的记忆在职业化的纷扰中无奈地被消解着，就像是现实中的每一日一样，无言而平和。

2010 年 12 月，北京再记。

意识的边界

很多年前，在柏林博物馆东亚艺术馆看画展的时候，曾经看到过很多日本的浮世绘，旁边就是中国古代和近代的一些书画。我去了几次，每次都心态不平，看完中国的就看日本的，然后就不断地在心里对自己说，日本人的画是学我们古代和近代的，看那些线条，那些手法，哪有我们的好啊！如果和朋友一起去，就故意大声讨论着，生怕别人不知道自己是中国人……当时一点也不觉得尴尬，还有点洋洋自得的感觉。

这次在香港，见到了久违的复旦中文系的老校友，他已经在香港生活多年，担任大学教授。有点器宇轩昂的样子，还有点风度翩翩的神态，但依然很谦和。因为我的缘故，他在九龙城广场等候了一个多小时，还专门请我吃了山西口味的饭菜。周到得令我很感动。但是交谈中，说起一些观点和看法，却发现他的姿态很有趣，充满了一种“被孤立的感觉”，甚至有些异样的激情在里面，不免有些诧异。

继而联想到刚来香港的那晚。城市大学媒体传播系的老师们和来访学者一起吃饭，每个人都紧巴巴的，好像上了发条一样，气氛很尴尬。好像大家来自不同的星球，原本源自一样教育体系的人们，在一瞬间将自己放置在赤道的南北两端，似乎没人关心对方在说什么，身体姿态很僵硬地迎合着身体的主人，吃完饭合影，很像是表演，充满了戏剧化的色彩。在这一刻，激情被隐忍为一种身体语言，无奈而顽固地扮演着自己的角色。

几天后遇到张隆溪先生时，说起我的困惑。他说这个很难说，原因很复杂。不能有一个普遍的结论。我又联想到我在柏林寻找导师的经过，先找到的是位传播学教授，还是位律师，说话干脆利索，喝完咖啡说着自己的观点，很到位。即便是当时我很蹩脚的德语也没引起他的任何情绪反应。继而想到我的导师，他很仔细看完我的简历，说：“你已经很不错了，请教你一个问题，周易和易经的区别是什么？”我自以为是地解读着，后来才知道我的导师中文阅读能力很好，可以看《明史》《汉书》的……

马上又联想到我刚在高校任教一年后，去拜访叶秀山先生的场景。叶老师问：“你教什么课程啊？”我说：“就是舆论学啊，新闻史啊，传播学理论啊。”他看着我递给他的书，说道：“你的专业我不懂，不能乱说话的……”我当时马上愣住了。说到这些课程时，我遇到过无数种答案，从来没人会说自己不懂的。即便是叶老师擅长的西方哲学，我还经常和他说自己的观点……

前些日子遇到了在香港媒体工作了四年的学生，聊天中说起了很多感受。她说对啊，这里的媒体经常把很多细枝末节的问题夸大化，有点“无事生非”的感觉。晚上碰巧打电话询问一位在北京工作 30 多年的记者，他说这个很正常，本应如此。忽然觉得自己有点偏执，好像思路上出了点问题，是立场的问题和文化视角的问题。

人们常说启蒙是一个过程。其实，启蒙解放的恰恰不是知识本身，而是意识本身，知识是有边界的，如学科的边界，地理的边界，人为的边界，文化的边界等，而意识，则可以培育，在潜移默化中突破无数边界，也包括人自身的边界，让人从未完成走向来时路。

说了上述这些散漫的话语，自己也有点糊涂了。

唯一可以记住的便是，当人们激情四溢或者内敛深沉的时候，要意识到“意识自身”的问题。我们无法将实体边界消解，却可以化解虚拟的边界，寻找另一个未来。在意识中将边界化解，在化解中创建一种更为广博的意识，突破各种边界，找回每一个个体应有的路。也找回文化之间发生呼应的一条路。

2014 年 3 月 18 日，北京匆匆写就。

梦想，真了不起！

——《了不起的菲丽西》随感

梦想，在这个快速行进的时代中，似乎成了奢侈品，自然，也真的成了奢侈品。

无论对孩子还是成年人来说，梦想，早就是个过时的概念了，甚至是一个陈旧的概念了。我们常常问孩子长大之后做什么，听到的答案一般都与创造美食有关系。而对于学生而言，梦想被变异为一个好大学，或者出国留学。那么，之后呢，似乎不是个问题。殊不知，这之后的问题才是大问题呢！

下午带着孩子去看电影《了不起的菲丽西》，忽然又想到了这个问题。在动画世界中，我们应该给予孩子的是什么呢？成年人呢？就目前的国产动画片来说，其内容直接指向了低幼化，主题看起来似乎充满了各种意味，其实质始终围绕的是商业文明所带来的金钱至上的价值观。就我随意看的一些片段来说，各种话语暴力、商业广告、市场营销弥漫其中，孩子们在其中无所适从，因此各种成人化的表达令人很无语。自然，这其中，也无法消除媒介对儿童世界所带来的诸多影响。

但撇开无意有意的媒介化社会的动画主题之外，教育理念也逐渐被迫与梦想脱节了。读书的目的是什么？各种升学考试。那么，考试之后又为了什么？为了一个好工作？好工作的目的是什么？为了赚钱……如此循环下去的话，教育的意义是什么？赚钱？赚钱没什么不好，但本末倒置便是一个很大的错误了。

菲丽西有着自己的梦想：芭蕾舞演员。为了这个梦想，她想尽办法进入了巴黎国家歌剧院，在美男子的花言巧语中有所陶醉和迷失，又在重新回到孤儿院找到梦想的根基。梦想是她人生的一个组成部分，是她的血液的一部分，灵魂的一部分，失去了梦想，人生便失去了活力与勇气。这便是梦想的生命力所在。

是啊，在动画片里给孩子们讲人生的活力，梦想的生命力，是不是有点遥远呢？其实并非如此。梦想，不仅是一个个体的生命根基，也是一个社会的根基。一个没有梦想，只是随波逐流的个体，和一个没有梦想，只是随机而动的社会，都是漂浮着的，在没有依托的漂浮中，随时都面临着崩溃和坍塌。

危言耸听吗？自然不是。对一个个体而言，如何处在生命的光泽之中呢？我们眼看着高楼平地起，也眼见着高楼一夜之间坍塌；眼见着一个人才被培养出来，也眼见着人才成了庸才。一切都像是一出戏，演员始终是我们自己。导演也是我们自己。而生命，则在遥远而灰暗之处静谧地等待着，等候着这生命本身的消失或者活力的恢复。

梦想就像是种子，有的种子发芽了，有的种子在没有孕育之前就已经沉寂了。我们面临的更多的是沉寂的种子。现实中，看到的更多的是无生机的生命。生活就像是一艘撒满了梦想种子的巨轮，有始有终，却又无始无终地航行着。梦想的种子在船舱中，漂浮着，需要泥土，需要阳光，需要努力，需要坚守，需要不忘本心，需要抵抗诱惑，需要抗拒杂草丛生，需要抗拒丛林猛兽。等着梦想开花，就像是等着铁树开花一样。可想而知，作为一个个体，终其一生，保持生命的活力是多么艰难！但唯其如此，才弥足珍贵！

了不起的梦想！梦想，了不起！

2017 年 2 月 3 日，北京。

艺术家敖松

这个时代，走到今天。各种艺术种类貌似繁荣却又低迷，貌似浮华却又沉寂，貌似草根意识浓厚，却又潜藏了无数种资本或者权力的博弈与冲突。在经济增长了30余年之后，当吃穿不再是生活的主要关注话题时，时代忽然发生了变迁，那些被忽视的艺术情怀、人文感觉，或者是各种情调，突兀地以各种形式各种感觉疯长起来：无论是从草根参与艺术的形式中——如各种手工艺术的大众参与，还是绘画艺术的大众化——如各种各样的艺术培训班或者工作室。在这种生机勃勃的现象背后，传统的艺术形式也在寻找出路，当大众成为艺术市场的参与者时，艺术展览的出路在哪里呢？

这个问题对我来说其实不是问题，在我看来，经典的绘画作品中的力量不仅是一种艺术的力量，更多的是一种时代的力量、历史的意识、文明的精神，这种震撼的力量唯有站在原作前面才会得到。或者正像本雅明所说的灵韵之光一样，虽然透着神秘却又蕴含了一种言说不清的力量。

显而易见的是，这种古典艺术精神在19—20世纪之交发生了转型，启蒙也进入了人们的反思维度之中。在这种情形之下，艺术如何在技术、大众与日常生活的空间交织中重新定位自身呢？显然，以传统的方式展现作品也是一种延续的形式，但其他的路径呢？在技术装置、技术复制、技术日益与人们相辅相成的今天，艺术有无可能以一种新的样式，与正在变动的时代气息相互扶持呢？——特别是对当代中国社会的变迁而言。

艺术家敖松给了我这种惊喜。敖松是一个执着于完美的艺术家。他在单枪匹马的情形下，花费了一个多月的时间，策划了一个令人在空间和时间维度上都震撼的展览（2016 年 12 月 9—18 日在北京 798 展出）。

去看展览之前，我只是看到听到敖松说自己在忙着做展览，其他内容一概不知。在一个阳光灿烂的午后几经周折看到展览的时候，有一种难以名状的震撼的感觉。应该说，这是一次很有力量的展览，其力量的凸显是通过一种“纪念”物的设计，把城乡之间空间的割裂和混合再现出来。

进入展览大厅，首先抢夺人的感觉的是压抑。那些闪烁着的微光，星星点点，在高大的脚手架下，沉默却又抑制不住地孕育着力量。没错，就是工地上的脚手架，敖松就是从工地上租来了脚手架，这些赤裸裸的颜色不仅遮蔽了展览厅里的亮光与色彩，还延展了一种无声无息的死之物的生命力。在这种生命力中，我们触摸到的是陌生人的社会、是碎片化的生活、是断裂中的个体与社会，还蕴含着乡村社会的呐喊之声。这种呐喊在一声声对故乡的怀恋中，显得十分凄厉和悲凉。伤别离的情怀，在影影绰绰的灯光下，回应在历史的纪念碑上。

记忆，似乎成了时下的一个热门的词语。人们不仅仅只相信曾经庄严圣洁的文物档案，当技术捕捉着人们的日常生活细节、当日常生活研究在看似碎片化却又充满了抗争性的文本中蕴含着张力与大众的日常生活与感觉对接的时候，每个人都成了历史的记录者、创造者和构建者。我们走在这里，触摸着这冷冰冰的脚手架，像是触摸着改革开放以来中国当代史一样，那些活生生的现场在冷冰冰的脚手架之后，沉默着，却又追问着：城市化是一个怎样的过程？或许在触摸的这一瞬间，人们在冰冷的刺激中触摸到的是自己温暖又火热的记忆。当这些记忆不断涌来的时候，故乡又在哪里？

仰头看着脚手架，低头时，在昏暗中闪烁着的类似纪念碑的水泥灌注成的四方格的灯光下，那些充满了乡村意味的神情，如同一幅幅在场与不在场的技艺与记忆的历史，兀自冒了出来。他们在狭窄的展览厅的不规则的设计中，依旧是一种沉默的在场。那些田野中的奔跑、阳光下的笑脸、田间小路上的脚步；那些老人脸上的皱纹、孩子们眼里对时间之光的注视、篝火下青年人沉默的表情……在盈盈一束微光下，透过被刻意凝固的水泥，向我们走过来。低头的或许不应该是我们，而是历史本身。我们需要反思的是自身的历史，历史需要面对的是历史自己。

进入展览厅的第一个念头，我想到的竟然是柏林市中心的一个很小的纪念二战的雕塑，雕塑的主题是母子，母亲的神情肃穆哀伤，儿子的表情恬静安然，游客沉默地进出，却又不再沉默地进出。那种沉重又肃穆的记忆沉沉地压在人的心里，令你不得呼吸。而这里，脚手架和那些微光，以及微光里那些乡村生活的场景人物与现场，也在提示着我们这种不得已的沉重感。甚至不是我们在思故乡，而是故乡早已凋敝，何处是故乡？

沿着展览厅的斜坡走上去，脚手架的高处，是敖松的一幅作品：其主题是困境中的中国乡村留守妇女。她们在沉重的铁链中，坚韧地编制着乡村社会的生命。这幅作品我曾经看过不止一次，但依然不愿意直面它，直面它就像是凝视过去近百年的当代中国史。技术在变化，经济在发展，人们在说着本土化与全球化，在言说着发展与自信，在铭刻着个体与社会的生活与记忆，但无法直面或者不敢直面历史的个体与社会，又如何在人类文明的进展中获得自己的立足之地呢？

看完展览之后，我甚至忘记了展览的主题，思绪仅仅在脑海里印记着的感觉里翻来覆去，不断反思着城乡社会空间发展这一问题。总是看到各种文字在诉说着乡村的凋敝，我一直在自问的一个问题是：假如乡村社会不凋敝的话，中国现在又如何呢？或者说，假如城市没有脚手架，中国现在又该如何？

自然假如就是假如，就像一百年前乡村凋敝的感叹一样，一百年之后我们依然在感叹，但生活依旧在继续，历史依然在沉默。在这些脚手架和乡村的面孔之后，我们又将何去何从呢？

2017年1月3日，匆匆于农大民主楼。

文化之化与文化之源：乱说饮食文化

伏天天气格外热，吃饭成了个大问题。尽管可以开空调，热依然还在。人，总不能自己完全封闭起来，变成一个蚕蛹吧。因此，各种快餐蓬勃向上，外卖服务从网络到家户，小区电梯里常常看到的都是送快递的人，难免觉得饮食的快餐化终究成了一种文化现象。

不禁想起之前在上海读书的时候，当时肯德基进中国时间并不久，价格也不菲。本地的餐饮还有些潜在的捍卫中餐的意识，何况当年俺还在读书，也买不起外面的食物，一碗大排面，一个鲜肉大包，以及五角场的一碗酒酿圆子就让我觉得生活充满了无限的生机和希望。在上海读书期间，印象最深的、吃得最棒的有数的几次都是在导师朱立元先生家里，大家围着桌子坐，王文英师母一个人在厨房里辛苦劳作，一盘盘地端上来，不懂事的学生们很开心地坐着吃，嘴里说着感谢，却依然没停下品尝嘴里的美食。不知道文学研究的教授们，还有谁今天肯在家里为学生下厨呢？

有一次师门聚餐，因为师母王老师去美国了，就在当时复旦的一食堂。朱老师，岩冰师姐、李钧师兄、姜丰师妹和我，一起坐在食堂里吃涮羊肉，所为何事已经记得不清楚，这是我生平第一次吃涮羊肉，朱老师看我拿着筷子半天不吃，展开他惯有的笑容说道，“你看，你用筷子夹起来一片羊肉，然后放在水里涮一涮，颜色变了，就可以捞出来吃了，煮的太久了就不好吃了……”羊肉吃得如何不记得了，只是记得不胜酒力的朱老师喝得脸色发红，话也比平时多了起来，吃完饭，我们走着送朱老师回他当时还在学校的家。那晚的夜色并不浪漫，黑漆漆的，却令我倍感温暖。

还有一次，我们宿舍三个人一起去吃上海刚流行起来的荣华鸡。只是记得当时积攒了很久的勇气才去吃，觉得吃了荣华鸡，可以帮助中国饮食抵抗肯德基的侵蚀，大概是这种想法吧。可惜的是，中国鸡也很贵，学生吃不起，吃了一次也就算了，没法持续支持。

毕业后在媒体工作，吃饭成了很平常的一件事。吃饭、喝酒、唱歌、跳舞，都成了出差的常备项目。对我这种实在不擅长卡拉 OK 的人来说，只好事先练习几首歌曲，马虎对付。跳舞也不过是走路转圈，吃饱喝足，运动运动。饮食如此，文化如此，工作如此，生活也算是平常得很。

后来出国，在德国的时候，以面包为主，洋葱土豆、萝卜白菜经常吃，除了土豆，几乎都生吃。几年面包吃下来，也习惯了。偶然在国外吃吃火锅，就在不断怀念祖国的切肉机的过程中完成了一次“大餐”。只是，红酒成了一种普遍化的尝试，不断尝试中，也观看欧洲人如何在红酒中品尝着自己的文化。偶然想起来肯德基，发现当时的柏林就只有两家，就在周二周四吃炸鸡翅，然后再和朋友一起“痛诉”德国人如何不会吃饭。记得有一次约了一位德国朋友晚上去酒吧，结果在露天酒吧，一杯一杯的扎啤，完全没有下酒菜，他喝了五六杯，可怜的我也喝了两大杯，关键是附近也没有洗手间，冰凉的酒在我看来不是难喝，而是肚子里根本没地方呀！

美国又不一样了。在美国一年，吃面包在我看来很平常，毫无不习惯的地方，很快就回到每天早晨喝咖啡吃面包的时代，去办公室，看到秘书每天都是汉堡和冰饮料，大冬天的，只是觉得心里又凉快了。有时候就想，吃吃美国的肯德基和麦当劳吧，试过了各种套餐之后，忽然觉得肯德基和麦当劳是中国的好吃，而当地的中餐，口味的改变，让我觉得不属于中餐了。

因为我如今工作的学校旁边有个肯德基，几乎每天早上，我就会去那里看书吃早餐，感觉肯德基的套餐不断跟着中国人的饮食习惯改变，不但有各种粥，还有米饭，就像是一个中西餐的合并体。不禁想起来多年以前一位老先生跟我说的话。他20世纪80年代就去美国交流读书，说肯德基的鸡翅真是好吃啊，吃一口满嘴流油的……在美国旅游的时候，跟着旅行社，经常吃麦当劳，各种套餐吃完了，发现还不如国内的好吃，忍不住一阵诧异。

饮食作为一种文化，不仅随着地域的变化会改变，而且也随着民族的场域而改变，最奇异的是，人的胃口也会跟着饮食改变，但也会改变饮食本身。随着快餐和外卖文化的兴起，人们图的是方便和快捷，食物的味道后退了。普通人家的厨房也简单化了，复杂的食物的制作已经被专门化了，而老百姓在外用餐，已经成为一种常态。

想起我父亲最常说的话，每次做完饭，他总是自己看着一桌子菜说，这难道不如外面的菜吗？经济实惠还好吃！其实，文化的源头在那里已经隐退了，彰显出来的是人本身的欲望与诉求，以及人本身对满足自我欲望方式的改变。人们希望在人与社会、人与自然、人与人的关系中让自己最为舒服自在，让自己的这种自在成为主宰世界的方式。因此，文化的源头，文化的变异，或者是文化本身意味着什么，已经不再是那么重要了。

重要的是这种变化背后的普遍性意识。市场带来的终究会回到市场，人所能创造的属于人自身的东西，才会最终属于人类。饮食如此，服饰如此，文化更是如此。

2016年8月12日，北京。

漫忆乡愁

写给家乡的话

对于很多事情的记忆似乎不是在时间的某个点上决定的，就像在贫困的山村生活了很久的人，一旦有机会来到城市，看着眼前的生活场景，必定是怀了某种说不清的感觉，觉得希望的种子总算开始播种了，接下来需要的是耕耘和不断地收获了。当然，这种收获的含义甚为丰富，也不是那么容易表述出来，似乎是一种很模糊的希望的感应，在个体的某个角落不安分地四处张望着，张望什么，表述出来的似乎都不正确。

我就是这样的人群里的一个很普通的个体。

10 年前，我带着怯生生的面孔和一张硕士文凭来到北京，从此开始所谓的城市生活的生涯。都市的临时性和动感性在我的逐渐日常性的生活和摸索中走向了一种惯常的状态。

惯常的生活毕竟不等于抹去了过去的记忆，后来又游走欧洲，看过了雅典娜的神庙、庞贝城、威尼斯的胡同、巴黎的铁塔，就像是一个轮回一般，再次回到北京，很多年前对于乡村的记忆却慢慢地而清晰地浮现出来。生活就像是一种干干净净的过滤器，过滤了你的知识、书籍，你的虚荣、疲惫，还给你的始终是你在童年时期的快乐记忆和生存痕迹。

我来自那个普通的北方村落。在这里，用我的文字，我会再次回到我生命的起源处。站在这里，回望着人类的时间，回望着个体生命的绵延与历史空间的转换。

2006 年 11 月，北京。

老玉米

前几日坐车出去，在车站旁边的墙角处，看到一个中年模样的妇女，守着一个筐——不是很大的那种，在我们老家，这种筐是有别的名字的，只可惜它没有对应的标准普通话词语——筐里用湿热的土布盖着，露出一半的老玉米，黄黄的，望着你。就我在农村的生活经验来看，她的老玉米的确有些老了，吃起来会带着过劲的口感。就是这样，我依然站在那里看着，很想买一个，似乎不是为了吃，只是为了买，我旁边的朋友很痛快地说，想买就买一个吧，我随手伸进筐，捡了一个有些老黄颜色的，在北京冬日的风中，行走着，还吃着，并很有兴趣地告诉朋友老玉米的一些所谓逸事。他并没有很大兴趣，困难时期的玉米给了他太深的记忆，这种深刻的记忆便带着他对那个时代的恨意和一种不舒服的感觉。年轻的同胞很热衷地怀着自己的健康观念，快乐地吃着老玉米。我很尴尬地站在没有边缘的地带，无处可去。

在我的生活记忆里，老玉米很亲切也很温良，我每日里做成各种食物吃着、喝着，经年累月。上初中时开始住校，其实也没有住宿舍，那时候初中在我们那里还没有宿舍，只能住亲戚家里，父亲正好在那所学校教书，我便跟着他住了。每周末回家，骑自行车要 50 分钟左右。回家的路上，路过很多庄稼地，吸着含有熟悉而独特气味的空气，很快乐。记得那时我大约不是很喜欢初中的老师，对读书也很烦，只是很怕严厉的父亲，像个小蜗牛，每日地缩着。这回家的一路，轻松的情绪伴着我，有时候会路过玉米地，在没人的时候，溜进去，找年轻的玉米棒子，然后飞快地骑车回家，奶奶早就等在家门口了，我总是很高兴地跟着奶奶进了家门，悄悄地给她看我的战利品，不一会儿，就能吃到玉米棒子了。我们那里其实是没人叫老玉米的，方言的叫法是带着庄稼本身特征的，只可惜无法翻译。

煮玉米的时候，奶奶每次总是不厌其烦地说好几遍，不要剥了皮煮，不要煮老了，不能盖锅闷，拿着热腾腾的玉米棒子，极快地吃着，奶奶因为牙齿不好，看我吃得着急的样子，依旧是佯作生气的样子说，又没人和你抢，那么着急。那时，弟弟跟着妈妈在一起，哥哥已经上了高中，几个月才回来一次。吃着玉米，和奶奶照常在家门口跟左邻右舍闲聊着，在门口吃着晚饭，等着天色慢慢黑下来，等着月亮慢慢升起来。村里停电的时候很多，等着夜色晚了，才各自搬走小板凳回家睡觉去。

在我小时候，玉米粥是几乎天天喝的，但不是现在的糊糊。村子里有自己的磨坊，论斤交钱。我常常和奶奶一起去磨坊，走过村里长长的巷子，碰到在门口坐着的熟人，总是很高兴地说：磨面去。去看看麦子怎么变成面的，玉米怎么被磨碎的，对小孩子来说实在是很有意思的事情。也有时是专门磨玉米的，将玉米粒打碎，然后熬成稀饭喝。我曾经理所当然地认为所有人都是喝着玉米粒粥长大的，我们那里的习惯是，早上喝粥，晚上依旧喝粥，家家如此。玉米棒子在那个时代是奢侈品，因为熟了的老玉米可以吃更多更长的时候。

高中离家住校之后，只能是一个月回家一次了，有时甚至是好几个月才能回家。每次回去，都很着急地想喝玉米粒粥，偏偏奶奶总认为我在外边吃食堂吃不饱，总是做其他的，我不忍心看奶奶不高兴，从来也没有表露出来。

我上大学的第一个学期没结束的时候，奶奶去世了。我仓惶地回到家，看着很安详的她躺在棺材里，看到我的生命的一部分消失了却无能为力，我当时居然觉得人生很苍凉。奶奶去世之后，我离家的时间也越来越长，生活的记忆在很多年前的一刹那就这样沉淀在那儿，没有回头的机会了。

玉米粒粥我很久没有喝过了，却经年累月地梦见奶奶清晰的面容，无论是在哪里。奶奶去世已有 15 年了，那种生活的记忆却如日常的一天天，慢慢地跟着长，长在那长满玉米的黄土高坡上。

2005 年 1 月 5 日晚，北京。

羊肉泡馍

羊肉泡馍似乎从来就是和陕西的西安连在一起的。很少有外人知道，其实在我的家乡运城，羊肉泡馍一直就是家乡的独特风味。

很多年前，从运城火车站出来，你会看到一条不是很窄的马路，马路的两边是一个个的小铺子，里面也就是两三张桌子的地方，门口支着一口大锅，一个大的羊的骨架子被半架在一直烧开的汤里，煮汤的大锅下面是黄土高原特有的用泥巴烧成的土炉子，炉子高约 1 米，在浓烟的不断熏烤中，泥巴的颜色已经辨认不出来，看到的只是黑黑的不可捉摸的颜色。

这样的小铺子在高低不平的马路两边很安然地存在着，几十年过去了，主人还是那样，没有变化。契约和血缘所造就的文化和社会结构的变迁在这里似乎是停滞了。黄土地上的人们既没有扩大的目的，也不会因此而倒闭。他们就像一家人，相濡以沫，安然无恙地相互支撑着。运城火车站的容貌虽然在不断地改变，广场上关羽的塑像依然竖立着，城南舜帝陵的游客日益增加，商业的气息在黄土地的颜色里逐渐地蔓延着，这里的小铺子依然如故。

记得刚到运城念高中的时候，因为是初次离开家，而且那时的经济状况也并不是很允许，周末回到家的时候，很偶然的机会和父母去县城，几经考虑后，才有可能吃到一碗羊肉泡馍。碗是那种很典型的北方人使用的大海碗，看着店铺的主人很熟练地从旁边冒着热气的、架着羊的骨架的大锅里，用勺子将滚烫的羊汤浇在碗里，碗里事先放了熟羊肉、粉条、豆腐和掰得很碎的饼子，而后再撒上香菜和葱末，桌子上一般还备有客人必定要放的辣椒羊油。捧着这一大碗羊肉泡馍，看得人的口水都出来了。

运城当地最有名的则是解州羊肉泡馍，也就是关帝庙的所在地，秘诀其实也没什么，只是当地的水似乎很有特色，可以直接用来做矿泉水。2005年春节，陪着父母去关帝庙，记得我们还在庙对面的一个只有两张桌子的小铺子里，每人吃了一碗羊肉泡，父亲边吃还边说，果然是解州，州水[①]的羊肉泡就是好吃。

离开家乡愈久，对于羊肉泡馍的怀念就越强烈，似乎不是为了吃，而是为了一种感觉和怀念。有一年，我因为买不到火车票，当时运城还没有机场，只好坐飞机到咸阳，再从西安乘坐汽车回家。在西安汽车站等车的时候，看着街边的羊肉泡馍，忍不住就吃了一碗。一样的海碗，里面却除了几片羊肉之外，就是清汤了，自然还有你自己要吃的饼子。桌子上放的也不是辣椒羊油，而是一种什么酱。吃了一半就出来了。

似乎北京也有西安老孙家羊肉泡，好多年前就吃过，很是失望，同时也替我的同胞不平。明明是我们的家乡特色，却成了人家的招牌，最令人感到滑稽的是：运城火车站旁边的街道修整了之后，靠着出站口赫然挂着一个西安羊肉泡馍的牌子，我们本地的人也不会去那里去吃，只好“欺负”那些游客了。

只是不知道谁愿意把我们的特色从黄土地的一个角落呼唤出来。一种记忆便只好停留在对于地方生活的怀恋中了。

近日北京天气突然很冷，便想起了令人不可忘怀的家乡符号，随便涂鸦几行，聊以自慰。

2006年11月，北京。

① 作者曰：解州的水，地方简称州水。

烟　叶

很喜欢闻那种纯粹的土烟叶在阳光下暴晒后的味道，有一种奇异的浓香。其实，土烟叶做成的烟丝我从来也没有抽过，抽烟在农村的那个时代和我那个年龄决然是不可能的一件事。

巷子里的人那时种烟叶，多半是为了经营，少半是为了自家抽着方便。烟叶的籽很小，很似粉末状却又不是。一般来说，有人家专门培植烟叶的幼苗，要种的人去买幼苗，然后用小铲子在自家地里先挖好一个个的小坑，挑水放在旁边，等把烟叶的幼苗放到土里并盖上新鲜的泥土后，用适量的水浇一下，水量一定要控制好，否则刚栽下去的幼苗的根会长不住，见天就干枯了。同样地，第二天的太阳一定不能太强了，还没有长住根的幼苗在暴晒下很容易蔫了。气候总是不遂人愿，田里老是看见补栽秧苗的乡亲。

幼小的苗长得很快，不久就如阔叶林般，只是没有主干，徒以叶子支撑这躯体。记忆里烟叶的栽种时间大约在夏初，夏末的时候就可以收获了，烟叶通常要整整齐齐地切割好，在很老绿的时候小心些用平车拖回来，然后在自家院子里或者巷子里朝阳光的地方，先把一根绳挂在墙上，再把烟叶一片片穿在绳上。我住的巷子很深但不宽，来往的去田里干活的，看到墙上的烟叶，照例会询问是谁家的，评论几句质量和天气的原因，若是烟叶快要干的时候，就会很仔细地捻一点下来，放在手里，揉碎了，朝鼻子前使劲一送，满意的声音便在那一刻散布开来。

烟叶的晾晒有着很严格的时间要求，太干了，不容易收，碎了的烟叶便很可惜地散落在地上，庄稼人往往是很可惜地叹息着，并试图在地上想办法收拾着。太阳通常又不是由着他们，于是大家便得时刻惦记着烟叶的成熟度，邻家觉得时候到了，也会提醒主人的。

记得有一年，隔壁的烟叶就晾在我们家门旁边的墙壁上，每日我都很小心地靠近去闻一下，很满足的样子，但都是趁无人的时候。不巧的是，那一年雨水很多，也很急，主人原打算下午从地里回来再收烟叶，不料，半下午时分，一场急促的夏日的暴雨爽爽地飘了下来，地里的人在浇地的临时棚子里躲雨，我站在家门口往外瞧，看着穿着雨鞋蹚水过去的乡亲，心里的欢喜却如过年般，奇怪地兴奋。因为路中间泥泞，往来的人只好沿着墙边走，我也很快乐地像大人般去隔壁玩，来回串门，却没有想到烟叶依然是在那潮湿的墙边，在雨里被强暴着。有人发现了，只是叹息：唉，好好的烟叶，现在成这个样子了。我记得雨后的烟叶没有了阳光里的傲然，很凄凉地垂着头，无奈中不知所措。主人依然没有从很远的田里赶回来，往来的人几乎都会为墙边的烟叶叹息几句，而后匆匆离去。

我也没有了去闻它的兴趣，雨天里的其他快乐早已把往日它给我的兴奋取代了。在水里玩原本也是孩子的天性。主人回来的时候，雨已经停了，据预报明天还要下雨，主人在叹息里很迅速地收着烟叶，避免它遭受第二次雨的侵袭。潮湿的烟叶变得很耐折腾，也很容易收获，收获的人没有了那种喜悦。淋雨的烟叶的质量和口感都要差一等，卖不出好价钱了。生活的希望就在这一刻很无情地被撕碎了。

天晴后，我习惯地沿着墙边去上学，因为我们居住的是一条很长、很狭窄的类似胡同的巷子，路面凹凸不平的，路的两边几乎是各色的人家，和人家门口各自种植的保护家族的树，一下雨，路面便是湿漉漉的，水和泥搅和在一起，只有墙边稍微高凸的部分地面还可以行走，不是很滑的样子。但是，即使是走在墙边，却也意识到没有了阳光下烟叶给予的独特气味了，因而总会闷闷不乐很久。每逢这个时候，总会看到父亲很心疼地仍然将落在地上的潮湿的烟叶勉强揉碎，用废旧的报纸，裁成一条条，随意地做成卷烟，只是使劲用火才可以点着。潮湿的烟叶点着时散发着一种很呛人的味道，抽起来怎么样真的是不知道了，因为父亲依旧是一个姿势，一种神情，我感到的不过是不再熟悉的味道而已。

那一年，很多人家的烟叶都因为雨的侵袭而无辜地被贱卖了，农民原本是很不舍得自己抽新鲜的烟叶的，即使是潮湿的，他们也要拿去卖，生计原本也是在这种无常里千年地轮回着，叹息声合着那无畏的年轮，早已是无声无息了。

长大之后，在校园里，当朋友聚会的时候，有时我也会偶尔品一支烟，从来不知道好坏，只知道是烟就行了，那种阳光里烟叶的味道是不会再含在嘴里了。烟丝依旧是看起来一样的纯良、忠厚，我那故乡的亲人们还在巷子里挂满烟叶吗？

听母亲说，经济意识觉醒的乡亲很多人都出去谋生了，我的怀念注定是漂浮在梦里的。却总是在下雨时节，一个人的时候，不由得问自己：乡亲们的庄稼怎么办呢？乡亲们的烟叶是否也在市场经济的巨大场景下，逐渐地被现代化的卷烟厂完全取代了呢？反正，充斥在市场上的卷烟广告中，我的家乡的烟叶是没有一丝一毫的气息和力量的。

也不知道，下雨的时候，太阳出来的时候，特定的季节里，我的家乡的空气里，还可以闻到那种熟悉的烟叶的味道吗？

2005 年 1 月 17 日，北京。

2006 年 11 月，修改于北京。

记忆就像是一个筛子，积淀在人们心灵深处的似乎永远是童年的记忆。

2010 年初冬，又及。

卖菠菜

我刚上初中的时候，正好赶上农村实行联产承包责任制，我们家也承包了几亩地。父母平日里要在学校教书，只有周末来经营这些土地了。因为无暇照顾的缘故，便只好种一些不很讲究时令的庄稼。

有一年，父亲在我们家的自留地里种了菠菜，自留地是承包以前的一块地，在我的家乡多是种菜，我们家也不例外。其他的菜也种，但是产量并不高，也只是自家吃而已。那一年的菠菜，因父亲施用了新型的肥料，加之很好的雨水，长得很是奇怪，不仅没有了菠菜的常规的样子，而且很有蓬勃上升的趋势，从远处看，好像是一片其他的庄稼。碰巧那年菠菜种得多，自己吃和邻家吃，也富裕出来很多，父亲便说卖了吧，或者有些补助。

那天一大早，大约是 5 点，我、奶奶、弟弟和爸爸就到田里把新鲜的菠菜割好放到平车上，因为不是周末，学校要上课，父亲工作的学校要在十里之外，没奈何，他嘱咐了我们几句就匆匆走了。我那时大约是刚上初二，个子很小的样子，弟弟还在上小学。从家里到县城的菜市要有八里路，家里父亲留了一个二八式的加重飞鸽车，我把装好菠菜的平车绑在自行车后边，奶奶坐在自行车的后座上，稳住车把，弟弟被安排在菜车的前边坐，那儿没有菜。我用脚吊着自行车的脚蹬——因为太矮了够不着，很勇敢地上路了。这一路有一些是不平的土路，骑起来费劲，坐的人也很辛苦，并且有很大的两个陡坡。我记得那时我采取的是迂回战术，用 S 形来曲折前进，居然就很容易地渡过难关了。奶奶很着急地坐在后边，也没有办法帮忙，显得很落寞的样子，只是凭空喊着，小心点。

大约8点钟的时候，就到了县城。卖菜的地摊那里人已经不少了。那时好像还不需要登记，我们找了个地方把平车停下来，拿出秤来，很有样子地卖了起来。价钱似乎是询问了同样是卖菠菜的菜农。那日早晨是一元三斤，我们都觉得价钱还不错。卖菜，就要吆喝，我和弟弟憋了好一阵，才像比赛一样喊了起来，后来觉得很轻松。记得中间似乎是喊错价格了，有人要来买，奶奶也只好答应了。那一年的菠菜长得很大，卖的人也很多，一平车的菠菜卖起来很慢。

中午的时候，我们吃了从家里带的馒头，喝了凉水，开始有些发愁了。太阳下山的时候，菜场的人越来越少，我们便推着平车到附近的家属区叫卖，记得下午的价格是一元十斤了，就好像扔一样，心里很不舒服，可是也没有办法，总不能再驮回去吧。太阳完全下山的时候，总算卖完了，我带着弟弟奶奶和空了的平车往家赶，很着急的。因为那天我还要去上自习。

回到家，告别奶奶和弟弟，匆匆又骑了十里路到了学校。晚自习刚刚开始。老师在黑板上起劲地讲着什么，我实在是累了，又不能睡觉，找了本小人书放在抽屉里，一边看着老师，一边看着小人书。不幸的是，还是被发现了。小人书是被没收了，似乎是关于三国演义的。我很无奈，老师要我解释理由，我说没有，只是不想听而已。好像在教室外被罚站了很长时间。

现在想起来，也不是很明白为什么我不愿意解释原因。只是隐约觉得，既然我看了，就有理由的，凭什么不被信任呢？反正在接下来的几天里都有惩罚，也无所谓，觉得也没有办法，就不管了。

或者这便是我的性格了。那时想，大人为什么不相信孩子呢？老师为什么不信任学生呢？我本来的成绩一直很好的，到后来居然不是很好了，想来还是很喜欢那次卖菠菜的行动，对于那一年的班主任倒是怀了很久的仇意，或者现在他也已经退休了吧。

其实，由于我的人生中这次唯一的一次卖菜的“事件”，我还被罚写了我整个学生生涯中唯一的一次检查，似乎也不怎么会写，记得当时还想，其实做个老师眼里的所谓“坏”学生也挺好，至少因为他们对你没有希望，便不会太在意你，你也会更少受到管制。不料，这种想法在我离开家乡到外地读高中的时候确实是被我自己实现了，我当时最好的朋友之一就是成绩很差的，在大家很忙碌地奔向高考的时候，我和她还时常出去玩，也没有负担，觉得反正自己的成绩还行，再努力也没有太大进展，因而，即使是高考中间的一个晚上，还去看电影！想来还真是自由，就这样过完了不怎么辛苦的高中时代。

也不知道是不是要感谢这次“卖菜事件”呢？

2005 年 2 月写了一段，2007 年 1 月 11 日完毕。

麻　　花

过年了。

过年在我的记忆里是和麻花连在一起的。我们家乡的麻花和我在任何别处看到的都不一样，无论是外形和构造。我总是告诉友人这种区别和独特的感觉。在物质已经丰裕的时代，谁也不会记得你所给予的故事背后的含义了。

在山西的最南边，有一个大的盆地，便是我的故乡——运城。很多年过去了，运城由一个小县城变成了县级市，依然和从前没有区别，只是听父亲说，关帝庙看到外国人了。

严格地说，我只知道在我们县城我所在的镇里，每逢过年的时候，都要做一种同样的麻花，更大的地区和范围没有考证，所以也不能算在内了。

小的时候，白面供应还不是很充分。临到过年，巷子里的乡亲们便合起伙来炸麻花。因为炸麻花是一种工艺，一般的人并不会做。大伙通常找会做的，每家交点面和油，一起来炸，做好了，按照面的比例来数个进行分配。

或者是因为油锅很烫，或者是因为从来没有在我家炸过的缘故，在村子里的时候，大人从来不允许我去看。哀求也没有用。有一次，就在邻家炸，我又要去看，邻家大婶恰好在巷子里，就说：去吧，我来拿麻花给你吃。奶奶忙说，不要。小孩子去了，给你吃不好，不给你吃也不好，面和油是大家一起的，不好。

那个时候，油很贵，白面也不够，家里通常还要吃粗粮。奶奶生怕我们去让人家小看，觉得没教养。我总是说，别人家的孩子为什么能去呢？无论如何，我还是没有看到过炸麻花的现场。不过，我们家过年的麻花可是不少，因为父母的学校过年时会发的。只是已经很干很脆了。

上初一的时候，我在镇上的中学读书。我的同桌是附近一个小村子里的。记得有一次吃中午饭的时候，她要回家吃饭，要我同去。她家里距离学校很近，骑自行车大约 20 分钟的路。到了她家，很巧的是，她家里正和别人家一起炸麻花。

我们俩在厨房旁边的屋子里，她看见有新炸的麻花，就悄悄地趁家里人不注意，很“机密”地拿出来，我和她蹲在屋子里很快乐地吃着。吃麻花时，通常要配点凉菜，等她母亲给我们菜的时候，麻花都吃了好几根了。

除了自己做以外，还有乡亲专门炸了麻花，当个营生来做。做营生的人多了，自己炸的自然少了。过年走亲戚的一项主要的礼品是麻花，通常是用篮子提着，用 8 到 12 根麻花和不同的点心配着。主人家回客人的礼物，通常是拿出几根麻花，再放进去自家的几根，叫作回礼。同样地，过年吃饭的时候，不论到哪家，正月初五以前必是用麻花做前餐，客人先吃点麻花，再上菜。

麻花就像是过年的一种标记。过了初五，很多人家里的麻花吃完了，或者到正月十五的时候再炸或者买，总之是要有麻花的。家里困难的，炸的买的麻花就很少，很迅速地就被消灭了。年也就在不知不觉里过去了。

过了年，麻花便成了奢侈品。到了街上看到有卖的，买几根就算了。再也不会像过年那样，买几百根了。

日子好起来了，麻花的色彩还是照旧。过年串门，主人递上来的是麻花，配着花生瓜子等，唠着嗑，评论着麻花的质量，或者边吃边打牌，很惬意的。记得前几年放寒假回去的时候，虽然距离过年还有一大截子，我却总是能首先吃到麻花。一下火车，奔回家，妈妈总是问，还没有吃饭吧。然后取来几根麻花，就着一些为过年准备的配料和菜，将麻花泡在里面，急不可耐中我已经吃了下去。开学的时候，爸爸总是很仔细地选择好看的麻花，用纸箱子装起来，再用绳子系好。

记得我在上海上学的时候，因为要转车，每次车上的人多得很，有一次，几乎把我的麻花箱子挤掉了。一个陌生人连带着箱子把我举起来，才使我和我的麻花安全地上了火车。到了学校，还可以在对麻花的享用里延续品味着过年的余味。

大约是阴历二月初二的时候，对我们那里的风俗来说，那天晚上一定要吃麻花的，一种说法是龙抬头的日子，同时也标志着春节的正式结束，人们要开始进行日常劳作了。

不知道还有没有这样淳朴的时候？

2005年1月18日，北京。

补注：今年终于回到家乡过年了，麻花照旧在茶几上随着春节的节奏很寻常地躺着，父母照旧在我小饿的时候说：今年的麻花很好吃，先吃根麻花吧。过年便是在这种轻松而带着质朴的氛围里往前走着，麻花照旧在春节来临的时候，很贵地卖着，也很紧俏地脱销着，过了春节，它的日历里只有明年的此时了。落寞不仅在一根根数量减少的麻花里熏染着，直到另一个同样的日子的又一次到来。

2005年2月16日，北京。

又注：原本打算写一些关于麻花的记忆，打开电脑看到以前写的一些文字，就随便加些文字，权作替代品。

今年的春节父母来北京，依旧是带了一箱麻花。他们匆匆走后，我每天的工作之一便是看看麻花吃了多少，还剩多少，虽然我很少吃油炸食品，但对家乡的麻花却没有感到有一丝的“恨”意和“倦”

意，总是包含着一种或者被荣格称之为“集体无意识”的心理。在那一刻，似乎全然忘记了所谓当代健康的理念。

人生原本就如此，生命是一种太柔弱的东西。呵护与关照是每个人的权利。只是这种权利附加了人本身的诸种复杂情感，便难以有一个清晰的标准。因此，所谓的健康理念和个人的生活感受不可分割。一味地强调所谓科学的饮食，忽视了个体在综合状态下的特性，便是违背自然，违背人性了。

2007 年 3 月 19 日，北京。

南　瓜

已经多年没有很认真地吃南瓜了。在欧洲的时候，土耳其人开的超市很多，其中偶尔会有南瓜卖，每次路过，我都会眺望南瓜几眼，最后总是决定不买。原因很多，首先是个头奇大，令人无温馨感；其次是颜色和我曾经年累月看到的不是很一致；另外，在陌生的地方独自回忆家乡的南瓜的味道，未免有一种很不情愿的心情，似乎自己很心爱的一件私有宝物，被无奈地在光天化日之下宣泄开来，很不愉悦的感觉会不由地爬上心头。只有一次我似乎是买了，因为大的南瓜被分割成了一个个的小部分，每一部分都显得很凄惨的样子，孤零零地恳求你来购买。买回去却又没有浓厚的兴趣去做它，后来的结局居然是在我的忘却中很快地腐烂了，被扔掉了。

回国之后也没有特别的心思去想着买它，农贸市场的繁荣让人应接不暇，已经习惯简单生活的我无论怎样也不会想到去买南瓜了。昨天，和几位以前的同事一起吃饭，一位很细心的女同事专门点了南瓜饼，是用蛋黄夹心做成的点心，据说是现在流行的健康食品之一。心里除了对这位同事的淡淡的感激之外，一种悠远的怀念同时浅浅地浮了上来。

在我的生活记忆里，南瓜是一种可爱的蔬菜。可以切成薄薄的片，配点大葱来清炒；可以切成相对大的块，放在蒸屉上蒸，蒸熟了可以当主食吃，也可以把蒸熟的南瓜弄烂，使其呈糊糊状，加上小葱、香油和盐来拌着吃；或者干脆切为小块，做北方的熬菜吃。其他的吃法还有：作为馅来蒸包子，做菜卷，烙饼子；或者熬粥喝、做面条的臊子用。南瓜子通常先用勺子挖出来，放在阳光底下晒，只有老了的南瓜籽才可以享有这种权利。

南瓜的长相也有好几种。从颜色上看，有黄的、绿的和暗红色的；从形状来看，有圆形的、有枕头形的。根据我的经验，南瓜的形状没法控制，只有长出来了，你才可以知道到底是怎么样的。南瓜的秧苗占地很少，成年后便向四处伸展，经常爬过自家的田埂到邻家串门，甚至连果实也安安稳稳长地到别人家地里去了。当小瓜胎出来的时候，大家都是怀着喜悦，每日有事没事在路过时瞥上一眼，有时给它翻翻身，心里盘算着，再过多长时间就可以吃了。不凑巧，有邻居恰好在熟了的时候摘走了，总是不高兴地抱怨几句，但也不是真的抱怨，因为在村子里大家都会常常顺手从邻家的地里捎带点什么东西的，只要不是真的看在眼里了，一般也就当没事般照旧家常地过着日子。

南瓜原本也不是真正的蔬菜，所以生长的地方一般都在地角，或者河沿上、水渠旁。叶子不是很大，类似一种野生的阔大的草的叶子。南瓜的时令过去之后，它的茎便会被割去，在阳光下曝晒，而后做柴禾用。

在物质不很丰富的时代，南瓜是我们每日必备的蔬菜，它像我的兄弟又像我的朋友，合着我的节奏一般地长着。每顿饭前，馒头的旁边静静地卧着它，很懦弱的样子，又很渺小地站立着，往往我都不会忽视它，很起劲地吃了好多，也就因此而饱了。

想来，我真的是很奇怪的人，这样地吃下去，到了今天，依然是怀念不已。尤其是没有油水的时代，妈妈总是先煮一锅五花肉，然后每次熬菜的时候，挖出一点来，再放点南瓜、粉条来炖。家里人每人盛一碗，在一片祥和里快乐而温馨地吃着……

南瓜的健康作用在那个时代无论如何都是没有什么意义的。它是一种简单的蔬菜而已，因产量高，出售的话又价格低廉，自家食用可放置很久的特点而很自然地被保存了下来。它所携带的黄土地的色泽和拥有的贤良品格，在我经历过的每个时段的生活里都留下了无限的痕迹和无穷的创意，并使你幻想着个体历史和那个时代的温馨和风情，以及那长满芦苇的河沿。

2005 年 1 月 8 日，北京。

一位朋友的读后感：吃了一回山西人民的南瓜，神游了一次黄土地。中国人的根的观念真的是这样深吗？几个轻巧的文字就能撼动你沉积了几十年的灵魂，就如同一块自盘古开天地时就有的顽石，在天地间“哼”了一声，溅起漫天石屑，于是就有了闪闪的星斗，就有了孩童的顽皮，也就有了白胡子老爷爷讲起的一个个的故事……

也许，这就是中国人、中国心，这就是把大家系在一起的那根丝线，你用手轻轻一弹，这“嗡”的一声，所有的中国人都能听得见，不论你是在天涯，还是在海角……

2007 年 7 月 10 日，北京。

养　猪

很小的时候就知道猪是生活水平的标志。家里来客人了，大人总要在讨论，要不要到村里的供销社买一斤猪肉。实行联产承包责任制后，还可以到村里私人的肉铺里买肉。

前几日到附近的菜场里去，看到了很多肉铺，各种各样的肉挂在架子上等待着挑选。忍不住想站立一会，叫卖声不绝，只好逃离。却不由得想起那个年代里养猪的故事来。

记得我们家先后买了几只小猪，后来因病或因过节或因生计的缘故，不能终养天年。养猪基本是关系到家政的大事，我只有看的份儿。可以有机会单独去喂猪，似乎只有一次。记得那时我还在小学四年级，我家的小猪渐渐变大了，家里的院子没有做猪圈的地方，在我们住的巷子的中央，专门有一个场子，是不是专供养猪我不知道，反正记忆里，那里都是各家的猪圈所在地。

我们家在奶奶的寻觅下，将邻家不用的一个猪圈当作了自家的猪圈。这样每天放学了，奶奶先给我们把饭做好，匆匆吃完饭，她把猪食拌好，放到一个大桶里。桶很大，似乎是传家的喂猪的家什，很沉，先是我们两个人用木棍抬着过去，我觉得自己有点力气的时候就单独用手提过去了。

冬日里因为天气冷的缘故，猪都被主人接回家了。只有天气热的时候，各家的猪才在大场子里团聚。夏天场子里的气味很难闻。所谓猪圈不过是一个很大的土坑，再放置一个食盆，把拌好的猪食倒进去。开始的时候，我很害怕猪会扑出来，迅速地倒了猪食就在猪们的叫声里逃了。

后来，习惯了，就会在旁边看着它们吃，有时也跑到别家的猪圈那儿，看看谁家的猪长得快。

夏天很热的时候，奶奶总要我们在中午的时候给猪去冲凉，也就是用一桶凉水，浇到它身上。每到这个时候，你会看到，猪很快乐地等着你，很温良地，没有一丝一毫的暴躁。

村子里人养猪，大多是为了过年。通常会在春季买头小猪，等到过年的时候，就可以招待客人和自家过节吃了。我们家的小猪也是这样的命运。记得有一年，小猪还在自家院子里的时候，渐渐长大了。邻家的大哥就来帮奶奶把小猪阉了，我当时觉得是很好玩的事情，还在旁边跟着看，也一直没有看明白。只是听到小猪很伤心的叫声。

我上初中后，每个暑假总是和哥哥弟弟一起到地里去割草，每天中午一平车，下午一平车，然后，把割好的草摊开在院子或者家门口的阳光下曝晒，晒干了，再拖到村里的磨坊里，这里有特定的机器，把晒干的草磨碎，装好成袋，再运回家。我记得初中的几年暑假都是这样过的。冬天的时候，再把粉碎的草和着其他的配料做猪食用。大约现在的养猪场早已科学养猪了吧，那些草恐怕也是没有用了吧。

猪肉我一向吃得很少。想起来的却是喂猪时猪的欢愉和喜悦表情，和那连带着生命力的叫喊声。猪草的记忆更加温馨了，很多时候在梦里还会闻到那新鲜的干草的清香。

我的乡亲们或者还在断续地延续着这样的生活方式，很淳朴和宁静。在欧洲的时候，每次在火车上看到很辽阔的农田和很小的村落时，总是期望发现一些农业社会的痕迹，结果自然是没有。

或者文化的发展原本与文明的工业化程度有着难以分割的关系。我的乡亲想到的不是城市化，而是怎么快乐地活着命。活命或者也不是了，只是如何在社会的变革中，守着自己的家门口，看着自家的小猪，就着大葱，吃着馒头，说着明天的天气。

我很想看一看，当我的乡亲看到了欧洲的乡村时，会是怎样的看法。

我也总是觉得我有责任把这种希望给他们。他们的希望和我的希望是那么一致。我回望的是脚下的那片黄土地……

2005 年 1 月 28 日，北京。

他乡随笔

柏林的雪

晨起，窗外依旧是纷纷扬扬的雪花，斜斜地从似乎不是很高远的天空飘落着，没有雪的感觉，却仿佛是在下雨。

记得从少年时代开始，我总是很向往下雨下雪的日子，觉得很正常的天气似乎不是很浪漫。上大学的时候，因为在黄土高原的雨雪不是很多的缘故，凡逢这些日子，无论是多么重要的课程，我总是逃课，只为了能安静地在雨里、雪中独自漫步遐想。后来到了上海，梅雨季节的气候使得我对雨的情怀渐渐丧失殆尽，唯有雪的感觉让我久久回味。在上海三年的时光里，只有一次下雪的记忆，哪一年已经忘却，只记得是个冬日的夜晚，凌晨 3 点左右，忽降的大雪把南方的学子从梦中唤醒了，操场上到处是嬉闹的人群，雪光、雪影和雪的向往在那一刹那得到了释放。

我只想简单地躺在雪地上，什么也不做，静静地享受这一刻。后来到了北京，对雪的记忆似乎不是很清晰，只是有一年，独自在飘雪的阳台上站了很久。

在柏林对雪的记忆是随着柏林人对圣诞节的渴望自然地连在了一起。

无雪的圣诞节无论是在描述里还是实践中都有着难以弥补的缺憾。雪便随着圣诞节的迫近而成了所有人对天气的一种期盼，这种期盼在电视节目的气象预报中，在人们随意的寒暄中都随处可见。在柏林四年多的日子里，只有 2001 年的圣诞节有着雪的记忆。走在灯火通明的街上，看着雪影里安静而平和的家庭团聚，圣诞老人静静地笑着。

虽无雪，每年的圣诞节的天气都似乎是雪的前兆，天气在那一刻通常很干，但不是很冷，云很低沉，但不是很压抑，虽不是清爽的气氛，倒也包含着期待和喜悦。

去年的圣诞节依旧无雪，而且还有些不正常的暖和。新年过后，期待的雪没有到来，天气却是渐渐变冷了。果然是雪的前兆，从 1 月初开始，每日先是雨雪交加，接着是纯粹的雪的天下了，散落的雪花的美丽是对人们期待的一种无言的回报。

我常常看着漫天的雪花出神，很想站在那里，轻巧而自在地和它们交谈，了解它们的世界和它们的期望，给予它们我所能给予的一切。雪中的枯树依旧傲然地直视天空，干枯的色彩如风如诗。想起布留盖尔的画，“雪地猎人”，那其中干烈而冷静的气氛在我第一次看到的时候就拥有了刻骨的记忆。对于艺术史我不是很熟悉，尤其是正史，但这幅雪地的场景令我和这个遥远的画家有了一丝联系。我从来没有想到能把雪画下来，或者去拍下来，只愿意在每年的冬季痴痴地等，等待它的到来。记得有一部话剧《等待戈多》，我以为描述的是现代社会中人们期待的和所无望的感觉之间的距离，等待而不是期待，不是希望，个体在此等待的也只是个体对自己家园的自然回归，这里没有荒诞，没有断层，也没有通常意义上的希望，只是回归。或许在这种意义上，雪就是人们应该回归的状态，没有需求，没有制造，工业社会的缔造会毁灭它，它只在要来的时候来，要走的时候走，没有告别，没有话语，也同样没有言辞，那自在的感觉和飘逸的神态，又或者是我们早已忘却的世界呢。

窗外依旧是飘飘的雪花，记得前两日下着雪天空还挂着光亮的太阳，阳光下时飘时停的雪花有一种涅槃般的美丽。那时，我第一次萌生了拍下来的念头，但依旧没有。一来，我对摄影有恐惧心理；二来，我只愿意它留在自然里，留给我的记忆它自在和欢快的身影。

天色渐渐变暗了，却似乎没有黑暗的感觉。雪色的天空给了干枯的树木、疲惫的小草、冻裂的土地和匆匆回家的人群一种朦胧和模糊的期盼。穿过雪的世界，静听雪声在午夜时分有一种异样的感动。不是因为融化后的无言，飘落时的冷静，更不是因了雨的参与和嬉闹，午夜的雪声含着个体的热情和自在，含着凄凉和静谧的无望和希望。无根而寻根，无路而觅途，斜斜地挂在陌生而随意的角落，期待生命的最后时光。

晨起，看见的依旧是那干枯而深沉地伸向空中的树枝，地上散落的雪的世界渐渐走向了记忆，雪地已被清除得很适合行人出游，无论个体还是群体，留下的唯有一串串的脚步声，和那脚步声下的飘逸和自在。

2004 年 1 月 25 日，柏林。

初来乍到

9月28日晚上，经历了飞机取消、更换航班等程序后，在芝加哥机场等候了三个多小时，吃了不太熟的比萨，以为可以顺利登机的时候，因为周末各种意外事件的缘故，飞机最终晚起飞，晚抵达，到圣路易机场已是下午5:30，联系了预订的汽车，在我长久不说英语的状况下，打电话听客服说话挑战很大啊！我甚至都听到了接线员的叹息声。一同坐车的有大学医学教授，来自墨西哥、和我有着同样姓氏的小伙子，还有一个我没弄明白身份的先生。在去卡镇的路上，他们交谈热烈，司机女士也很健谈，家庭、气候，八卦等信息带着幽默的气息在空气中飞扬，我困得眼皮抬不起来了。第一晚借宿在朋友家里，他恰好不在，日本室友很友好，还有两个中国学生在晚上11:30陪我去沃尔玛买东西，可谓是救急了。

幸运的是，第二天一早看到租的房子居然是有家具的！本来还发愁在这个交通不便、处处需要开车的小镇，购买家具会很发愁，没想到房子里面连垃圾桶都预备了三个，真是在疲倦中感到了十分的幸运。

下午W老师和我去沃尔玛购物，坐小镇的班车，时间在按照计划有序的状况进行着，就像是在柏林，公共汽车都按照时刻表运行，交通设定和人们的出行一样，时间被计划着。

第二天到楼下溜达，遇到了友好的马来西亚博士，开车路过，以为我迷路了，将我带到了学校。顺便办了坐汽车的卡，到学校溜达了一圈。比较尴尬的是，上午刚写了邮件告诉院长我要倒时差，一个小时后却在办公室见到了她。

第三天出去买手机，在友好的售货员详尽的介绍中，花费了一个多小时才激活了一个手机卡，速度比起国内确实是有点慢，但是规范性很强。坐车去办银行卡，银行里人很稀少，在门口登记，坐着等了五六分钟，友好的职员小姐接待了我。办完银行卡出来，班车要过半个多小时才到，天气很热，汽车站也没人，太阳下真是焦虑。看到有个女士刚从商店出来，便咨询她如何到我住的地方，她说不知道，我无奈。没想到过了几分钟，她和一位男士把车开过来，说可以送我回去，他们住在另外一个小镇，20英里之外，并不认识路，我也不认识，导航了半天，把我送到了，确实很感动。

今天早晨起来，时差没完全倒好。坐在屋子里，看着外面的阳光，湖光，森林，有种悠闲的感觉。

一切都在重新开始中，新的计划也要开始进行了。

祝福一切有善意的和无善意的人们，都能拥有无比开心的一天。

2014年10月2日，卡镇。

孤　　岛

没想到放假使我们成了被隔离的人群。染上了秋色的树林，绽放着蓝色的湖水，此刻都成了另一种渴望的象征。阴雨在淅淅沥沥地飘洒着，外面的草坪上雨珠悠悠，怀着小小的心思。

街上没有人，屋子里也只有孤单的两个人，窗外的风景依旧，安静得出奇。

读书，成了一种唯一的选择。

想起在超市中看到的毛线和毛衣针，总算找到了一种可以聊以慰藉孤岛时光的事务。

人们常说在人声鼎沸中找不到一张安静的书桌，在这里，可以放下无数张安静的书桌，但是读书的人，却在做什么呢?

鲍德里亚说的消费社会，其实更多意义上是与个体的生存环境、社会关系、居住空间、时间感觉、文化体验、技术诉求等因素关联在一起的。在密集的人群中，我们能看到的往往是自己的各种镜子，每个人都是自己，每个自己又都是他人。个体与他人在消费的社会关系中，被影响着也影响着其他人。因此，最终成就了消费者的文化和市场。

消费，在这个意义上，其实就是社会关系的一种建构过程。在这个过程中，个体在他者的体验中寻找自身，在他者的欲望延伸中，询问着自身的欲望。欲望，不再是自发的产物，而成为一种建设中的商品。

这种被建设的商品，在开拓着自己的领地，与人类的文明一起，诉说着文明的历史。

2014年10月15日，随感于卡镇。

说说汽车

我是一个很不喜欢开车的人，记得当时考驾照的时候，路考就好几次也没通过，考官是个戴着墨镜的高大警察，感觉很像黑社会。最后一次考过的时候，是因为这个警察休假了，考官是个长相敦厚的警察，一脸的慈祥，我还和他抱怨了半天上次考试警察的“不公平”。他也只是笑了笑，就让我通过了。

拿到驾照后的很多年，也没怎么开车。即使是看到车放在那里，也不想去动车。觉得坐车很好啊，可以闭目思考睡觉或者观察杂乱的世俗生活场景。遇到堵车的时候，睡一觉就好了。当然也有烦心的时候，就是车上人很多的时候，或者夏天冬天，就觉得开车好一些。

但是我对于密闭空间总是有忧患意识，所以始终是能坐车就坐车，公共交通尤其适合我这种或者起早或者较早下班的人，反正工作时间自由，也没什么太多的感触。

来了这里没几天就改变了想法。

这个小镇，3 000 个常驻居民。除了几趟定时的班车外，其他时候就只好走路了。关键是有时候是没有人行道的。走着走着就发现自己处于进退两难的境地。想来想去，还是打算买车。尤其是假期，汽车很少，冬天下雪，更是被困在家里了。

但是我对于车又是一无所知。只是空有一张驾照。于是来了两周之后委托中心的主任帮我找车，他很热心地找到了个原来毕业于南伊里诺伊大学的学生，目前在做销售，我说了价格 3 000 到 5 000 美元，他说可能是最低档次的车了。我说日本车好一点吧，他说看看吧。过了两周，来了辆福特，是2007年的Taurus，于是我们去看车，开车过去大约半小时。到了之后，年轻人把车开出来就走了，看着车我很茫然，主任说你试试吧，我说有点害怕，你帮着看看。他说好啊，然后看着我说，这是油门，这是刹车什么的。开了一圈，他在旁边虽然一边说不错不错，但是回去的路上说，你还是好好练练吧，这是个很严肃的问题啊。我现在都不知道自己勇气好大啊。没开过自动挡的车，他说几句就开车上路了！其实，自动挡确实简单啊，就是熟练问题啊（比起手动挡容易太多啦）。

过了一周，他说价格谈好了，你决定买了就去，因为最近天气冷了，看车人多了。我就找了两个朋友去买车。手续简单。没想到试车的时候说着话，就开到马路牙子上了。唉，回来就让同去的人开回来。一切还算顺利。

但是中国驾照买保险，很费劲，我抱着学习的精神，花了周末的时间，学习了美国的汽车保险并在各大保险公司网上比较保险价格，头绪清楚了，决定买的时候发现，国际驾照很多保险不能买。手机又因为打电话很多，被停机了，心情很差……眼睛疼得只是流水了。但是又告诉自己说，一切都是安排好的，等等就好了。咨询了朋友后，周一就去买了一个当地小公司的保险，保险公司就她自己一个人，很热心。就做了一个最低的保险。打算考了驾照，再来更换保险了。

一切手续齐备了，就等着我上路了。但是不认识路，没办法，只好在网站上比较GPS型号，看看评价、价格、品牌等，是否感恩节打折等，买了导航仪，就等着送货了。

汽车的一切琐事就这样结束了。看着停在楼下的车有一种恍惚的心情。其实，这里街上人很少，开车没问题的。

明天，就出门了。

新的日子开始了。想起一个法国电影，里面的主人公每天坐车上下班，有了车之后，就改变了观念。也想起了麦克卢汉的观点，汽车也是人的延伸。不仅仅是延伸，是一种新的生活模式的开始，尤其是在美国的小镇。

人生总有很多第一次。其实想想没啥。

旅途就是这样一次次被开启的。

就像是生命，每一段，都在开启着一种意义。

2014 年 11 月，草就于卡镇。

想到了阳光下的生活

这几日为了讲好一门传播理论课勤奋读书，读完了本来想好好再看一遍，却怎么也不想看了。罢了，就随便写点啥吧。

今天在校园里遇到的人不少，但也不多，进了办公室还是自己在工作。外边的阳光明媚，看着那一行行字母，昨晚没睡好觉的感觉涌了上来。有点感谢自己的定力，以前遇到很多人都说我真能说啊，现在可好，坐在办公室几个小时不说话也无所谓。中午去图书馆，因为借书卡的事情去咨询，办完了。也就了事了。上网借了几本书，过几天去拿吧，决定不说话的时候要好好读书，遇到不得不说话的时候再说话。安静其实很难得的，就像是在湖畔树边享受阳光一样。

早上来学校的路上和对面的尹老师一起聊天，说到访问学者的问题，似乎很多在外边读书的学生，对国内的访问学者印象都不好，连带着对国内的教育制度颇有微词。我也很无奈。我和尹老师觉得好无辜啊，我们每天都去办公室，辛勤得像是小蜜蜂，比在国内还用功，招谁惹谁了？还被人说不做研究。

晕晕乎乎看了几天书，又开始想念上学的状态，但也害怕上学的状态了。我现在的想法就是：读书也要悠闲而自在地读，人文研究不是个着急的问题，需要安静，需要历练，但也需要在时间的浸淫中蔓延人生的体验，否则即便制造出无数篇文字来，也是枉然。

顺便想到了人多与人少的感觉。在这里，除了路上和尹老师说话，回家就暂时成了自己了。时间在空白的无处不在中，寻找着自己的感觉。人却在开阔的空间中，仰望着时间。

早晨的太阳光直射下来，在带着旷野气息的空气中，肆意着自己的力量。温度似乎也不再是人们所感觉到的温度，服饰在阳光中斑驳如四季，甚至难以看到四季分明的颜色。

忽然很想念冬天的大雪，在纷纷扬扬中，人在自然的力量中又成了阳光下的人，无论是大雪还是阳光，无论是绿树还是红叶，在稀薄的时空中，人们看到的最后也只是自己。

其实，孤独的人是最有力量的，而喧哗的世俗生活中，寻觅着他者声响的人，才是孤独的。

所以，我们抱怨人多的时候，也渴望拥挤的人群。

孤独，也是人对自身的一种反叛。另一面便是群居。

在群居和孤独的跌宕起伏中，个体才会找到一种平衡感。尽管，很难。

2014 年 10 月 22 日，匆匆于卡镇。

时间的价值

常常听到很多人说没时间，时间在匆匆的形色中，成了一种稀有产品。

W 老师说，“我来了才知道时间多么不值钱……”是啊，这里等车的，上车的，开车的，坐车的，都很悠闲，时间被慢悠悠地切割着。

那么时间的价值到底在哪里呢？过劳？休闲？还是紧张？或者努力？时间，依旧未变，时间还是先验地存在那里，快与慢，不过是人们的一种感觉而已。或者，是一种心态而已。

关注时间的学者一直不少，每个时代都有。时间是一种先验的存在，还是一种体验的主观存在，甚至是一种自我的感觉，其实都是可以进行解读的。在悠闲的小镇生活中，时间就是四季流转中的一种符号，四季的风景在时间的序列中恒定着，而时间的序列则超越这个时代，与无数个以往的时代对接着，或者是断裂着。

人们活在时间中，也活在历史中。活在小镇的秩序中，也活在自己设定的生活轨迹中。

时间的价值，也是生活轨迹所形成的感觉，在这种感觉中，人们寻觅着自身的存在。

2014 年 12 月，卡镇。

消费欲望

这是一个小镇。来之前很多人说，这里的东西便宜。不用带很多，直接买就可以了。其实，我倒是没怎么多想这个问题，想起多年前去欧洲的时候，带了很多衣服，最后也没怎么穿。但好像买的也不多。日子就很容易过去了。

我刚来的时候，因为不认识其他人，以为只有沃尔玛，后来发现，小镇也是个城市，是有购物中心的。有一天读书累了，就坐车去逛了逛。发现两个有趣的文化现象：一是这里的服饰充满了美国小镇的特点，二是在国内被大家认可的所谓白领品牌，在这里也不过是一堆白菜。有一次在沃尔玛买菜，迎面碰到一个很高很胖的女子，长得很幸福的样子，推着购物车，穿着很随意的黑色布鞋，肩上挎着的是一个 CK 的皮包。我对这些品牌向来也没多少概念，不就是个物件，需要就用，不需要就不用。货币与产品的无法对等性决定了人们的购物心理，而对阶层、对欲望、对自我的种种设想，又决定了人们的购物意识。

品牌是什么呢？不过是文化添加在人们意识上的一种颜色，这种颜色所对应的则是人们对特定社会结构中自我的社会关系和社会地位的一种自我认知和自我设想。20 世纪 90 年代初期拿着“大哥大”走在街上的人们，想象的并非这块“大砖头”的用处，而是如何凸显自己的身份。记得当时春晚小品中还讽刺农民进城打工过年回家会购买二手的大哥大，只是为了显得自己更像是城里的人。如今的青年农民，手拿着苹果手机，肆无忌惮地走在街上，显示着 90 后的青年存在，很多人在解读这个现象。

感恩节也到了，到处是广告宣传，比如打折。有时候我都觉得打折本身就是一种文化。标注在商品上的数字，就像是一种寓意，在数字变幻中，人们在拓展着这或许根本不属于自身的欲望。消费，在数字的排列中，演变为人的一种异己的存在。

不同文化之间的欲望差异较大。但是看着数字减少，人们的欲望便被迅速地放大出来。这一点，对于人而言，超越文化的差异，本质上是相同的。

2014 年 12 月，卡镇。

说说语言的意义

一直觉得，语言仅仅是语言，而人类在不同文明时期所缔造的多元化文化，则是人类文明史的主要组成部分。文明史的背后，便是人类寻找自我存在的方式，亦即寻找自我的一种过程和努力，这种过程和努力。似乎与语言无涉，却又与语言紧密相关联。

外语，这个在文化中含义复杂的存在，原本也只是一种中介，尽管这种中介对语言变革时期的文化有重要影响，如民国时期的欧化，以及互联网时期语言的中文英文化（如给力、休假式疗养等），但对于语言“占有者”而言，自然是说的人越多，进入人类“历史”的可能性便越大。经济的力量在全球化社会的转变中，对于语言的冲击力也很大，远处来说，便是宗教传播带来的文化影响力和语言普及；近处而言，便是文化软实力与经济结合的一种效应，比如孔子学院。

原本这个问题，讨论和辩论的人也很多，比如国内的外语教育，尤其是英语教育的问题，已经成为反思的对象。但如何变革，却需要细细思量。再比如，各种学术研究成果的发表，究竟是以哪种语言为评价体系？入选 SCI，SSCI，EI 等的刊物在中文世界受到的重视远远超过了其他语言，学术评价的制度到底基于何种语言体系？与经济相关？与政治相关？甚至与文化相关？或者是与该社会对自身文化的信心有关？原因很复杂。各种竞技化的排名，导致了数量至上、外语至上的原则，使得学术研究出现了所谓“科学化”的标准，这种体系的影响力，已经蔓延出各种令人担忧的苗头来。如何刹车，任重道远。

我对这个问题的想法，原本很简单，现在的学术论文，动不动就加点外语单词，或者在参考文献中加上一大堆的外文文献，显得很有“全球化”的特点，虽然觉得有时候也确实需要，但并非所有的研究都如此。但是，研究这个东西，只能靠自己来掌控了，尽管我也带着学生看外文文献，尤其是当下的期刊文献，看多了，难免觉得不过如此。窃以为，无论什么文字，只有经典之作，才值得反复阅读。其他的，看看就可以了。而研究，究竟如何做，还要根据学科的特点来看，非要强行弄点“新词”来彰显“全球化”，着实令人费解。好像记得20世纪90年代初期曾有这样的风潮，但那时，大家还只是翻译学习，尚没有“进化”到发表论文这个层面。

其实，就日常生活来说，中国人还是习惯自身的生活饮食，文化时尚等，全球化的好处是开了一扇大门，因此，大众的日常生活很快就“国际化”了，甚至有本土化向国际化发展的现实和趋势，以及种种可能性。

但就学术研究而言，却似乎与大众的日常生活距离有些远。外语，日益成为“魔障”。

在国外读书的年轻学生越来越多了，读博士的人数也在成比例上升。英语成为学习的主要语言和工具。前几天，咨询一个在这里读博士的学生，问问有什么课程可以去听听，观摩一下。他推荐了博士课程，却说，你听一次可以，以后听就要看材料了。我问，看什么材料啊？他说，每周四五篇论文都是理论方面的，需要仔细看。我想，那也没什么，那有啥难看的？或许外面读书的学生认为，国内的学者都不读外文文献？我在国内的研究生课程都是以读书为主的，文献阅读量也很大，有时候一周就是一本书，中外文都有。在我看来，人文社会科学中，传播学的根基是最薄弱的，就学科而论学科，学下去没什么太大的“学术前途”，只有借助一些经典知识来积淀才可以。说到底，延续文明的，是人类的思维能力，这种思维能力是超越语言本身的，以语言来论语言，对于研究或者学术而言，不过是一种偏执的看法。

就以我自己而言，我做的一直是农民工调研，这几年间或写点理论文章，也没去发表，自娱自乐而已。阅读中外文献，便是试图给予本土研究一种比较的视野，但是本末的关系一定要弄明白，否则最终便会陷入形式主义和唯他者、唯外语为尊的境地。

自然，读各种文献是研究的基础，读书是一辈子的事情。仅仅为了论文或者论点去“构建”文献的需求，无论是哪种语言，最终都会丧失本来的意义。

2014 年 10 月 7 日，匆匆于卡镇。

乡村、渔村：文化与现代性及其他

自从高中开始离开家乡出来读书，停留过的城市中，迄今为止，北京算是时间最长的了。我想部分是由于户籍的缘故吧。去年去上海见到多年未见的同学朋友，忽然对上海的市民文化有了兴趣，对北京的文化略略感到有些粗鄙的味道，所幸这种感觉持续的时间不长。这几年开始和同事们一起做农民培训的项目，也有机会进入到北京郊区，体味种种文化的味道。我觉得在此前我是很有点偏执的，觉得只有自己的家乡才是北方的农村，只有黄土高原才是中国的根。而在北京大兴区的 14 个镇授课的过程中，理解着乡村空间中的历史与传统、现实与政治，在简陋而朴实的农家小店和同样辛劳而淳朴的镇里公务员一起吃饭，乡村文化的印记，在历史空间中不断穿越而来，有一种身处其中却得乎其外的感觉。

渔村，因为种种原因，倒是一直没有去过的，所有的印象基本停留在电视纪录片中的画面上。而香港的渔村风情所带来的感觉，倒是超出了我的想象的。无论是北京、上海还是香港，在全球化的格局中，消费和娱乐两个端点的综合，已经将原有本地化的城市特点融合在商业文化带来的韵味中了（如果商业文化也算另一种韵味的话）。在这种韵味中，制度的痕迹被淡化了，在“繁荣的闹市中”满目望去，恬静的乡村神情已经成为久远的记忆了。

没想到来到香港之后，倒是体验了渔村的姿态。

第一次去南丫岛的时候，只是觉得意外：在现代性的因素充斥现代化大城市的时候，仍然有闲散的人们，在距离城市很近的地方，悠闲地行走，岛上随处可以看到居民设置的各种神灵的祭祀台——其实，也不能说是祭祀台，甚至连神像也没有，只是可以看到随处插着的烧了一半的香，和散落在地上的香灰，以及随意用石头搭建的祭台。自然界的安逸和居民各具特色的民居交织在一起，形成了一种不像田园又酷似田园的感觉。后来又去了大澳渔村，因为是周末的缘故，来购买海鲜的人很多，仅有的一条中心街道熙熙攘攘的，而其他的小道上，则是人声稀少。民居被按照各自的居住空间设置了“空中的格局”，分割这些空间的不过是象征性的篱笆似的门，游客甚至可以进入主人的家中，看到主人的生活空间，而主人并不在家。各种悬置在陆地上的船只，很自在地停留着，审视着外来者，但却透着另外一种来自大海的亲切感。村里有几处庙宇，关帝庙、天后庙等，人并不多，庙宇也不大，但历史却很久远。与上述二者不同在于，长洲岛更像是一个度假的地方，也有几个庙宇，我们去岛上天后庙的时候，旁边正好是一个养老院，颤巍巍的老爷爷看着祭拜的外来者，眼神很不解，因为语言不通，也没有交流。而养老院中的房间，很松散地敞开着，任人观看。因为门口标着不让拍照的字样，所以只能是文字描述了。

这些年，文化已经成为一个到处被挂着“示众”的东西，营销者、消费者、政治管理者、社会治理者、媒介工作者、学者、社会大众，尤其是各种社会组织，无不以文化来渲染着各自五光十色的隐晦而直白的目的。乡村的神情、渔村的姿态，在这样的意义上，都被文化所遮蔽了。不同在于，香港的渔村，文化的现代性和传统性混杂在一起，有一种悠然的状态在。而北京的乡村，现代性对乡村文化的侵蚀更为显著，农民们在被城市化的过程中，被规划着各自的梦想，而代价便是乡村自然悠然的神情。上海的市民文化，则完全在一种极其完备的状态中，享受着历史现代性所带来的文化底蕴，也因此没有了北京城市以及乡村的内在困惑。

空间，已经成为现代性展示的一个特定概念，无论是物理意义上的、形而上意义上的、个体体验意义上的，抑或是社会意义上的。城市的空间充满了文化现代性的独特符号，而乡村、渔村则被这种空间分割为不同的形态，制度的痕迹、管理的烙印，不仅改变了城市与乡村之间的关系，也重塑了一个城市发展中历史、传统、文化与政治空间之间的关系，而这种关系本身也是文化的一种当代特征，并构成了一种历史的当下感。

文化不可能开口说话，也不能为自己辩护。风土人情、传统庙宇以及那些匆匆路过的外来者，和繁华都市中的社会现场，都只是文化中的过客而已。过客自然没有权力为文化辩护，但却可以作为文化的呈现者，在传统性和现代性之间，作为载体，彰显出文化的本色来。

这种本色究竟是什么，过客们已经带着他们走向了四方。

本地化和全球化的关系在这个层面上，也可以算是一种特殊意义上的“融合”吧。

2014 年 3 月 25 日，香港城市大学办公室。

感悟记忆中的历史

有时候，人们不得不相遇，就像是设定好的程序，即便是东躲西藏，也无处逃逸。历史，与我们记忆中的历史便是如此。

仔细想想，这几年去历史博物馆的次数几乎为零，好像中间路过几次天安门广场，陪着各种不同的亲戚朋友，在历史博物馆中逛来望去，总是找不到感觉。去年暑假，去西安拜访朋友，温度有38℃的时候，我为了感受历史，走在西安城墙上，大汗淋漓。最终是疲惫不堪，却还只是收获了烦躁的心情。临时决定去西安历史博物馆，下午一点在门口排队一个小时，进去之后，看着那么沉重的历史符号，一时竟很错然。想到的却是西安碑林带来的感觉。这种错然的感觉伴随着我整个夏季的思维，像是一种印记，无法消散。

到了香港，像是到了另一种世界，看着购物的人们，好像忘却了此地的真正意义。消费符号弥漫在这座城市上空，激进的情绪像是棉花糖，软而浓烈地在民主的空气中不断散播。我其实是不知道该想些什么。好像这几年为了所谓的职称而耗尽了我的所有正常为人的感觉，在各种繁杂的世间，竟然不知道该看些什么。

电视一直关着，电脑一直开着，狭小的空间中，有一个淡然而安静的灵魂，不时审视着自己。但在这一时刻，香港的历史博物馆，却悄然来临，细雨蒙蒙，在人群中，就像是走在废墟中。那些闪光的痕迹，在久远的过去时光里，向你招手。我忽然有一种消散了的感动。

那搁置在长廊里的当铺、银行、民居，那颇为灵动的民俗场景和宗教仪式，那婚丧嫁娶中绵延着的历史，那不可回避的工业进程史和民众日常生活场景，交错在特定的空间中，与时间固化为一种符号，演绎着文化城市的意义。

你甚至想不起来究竟看到了什么，电影故事？娱乐文化？风土人情？日常生活？还是宗教人伦？一切就像是视觉中的一种人为符号，又像是被感知中的代际更替，在绵延的文化中，祖先与子孙之间，以人伦关系取代宗教关系，在文化与社会中，坚守着一种意识。

商业侵蚀文化似乎在20世纪后半叶已经成为一种常态。人们往往在消耗或者挥洒欲望中，找到人的此时价值，当下是一种虚无的感觉，因为它将时间指涉为过去，而不是未来。未来的立场恰恰是历史的立场，也是人类延续文化的立场，但在商品化的购买中，这种立场被异化了。

街上飘荡着各种纷杂的语言，人们在不同的饮食中，交流着各自的目光。那里，杂乱；这里，安静。那里，有序；这里，无序。历史感便是在熙熙攘攘中，伴随着我们的日常生活，并刻画着我们的记忆。

想起刚毕业时的一次同学见面，该同学在深圳工作，刚换了大房子，愤然说道：有了大房子，我给自己弄了个大书房，在文化沙漠中，才能安宁。而我当时还住在半地下室里，每个周末骑着自行车去书店看书，买便宜的书，每天骑车回来，看着买来的书籍，心里有无尽的欢乐，看到邻人也是喜悦非常。书房依然是个话题，深圳是不是文化沙漠，我也不清楚了。

香港历史博物馆里，文化是不是从沙漠中走出来了？也未可知。但是尊重历史的意识却是真实地以未来的立场浮现出来了。

此刻，我想到的是天安门前的两个大狮子。

补记：文字也会与我产生距离的，当我很长时间不再触及它们的时候。因此，可以表达出来的，似乎都不是本来的面貌了。无奈。在路上，也只能选在此刻此地在路上了。

2014年3月15日，匆匆于香港女青雅舍。

没有“春晚”的春节

这个新年，可以说是我度过的第一个没有“春晚”的春节。但铺天盖地的信息都将“春晚”信息放置在了眼前。地理距离早已被消解，时间的话题，在信息技术面前也成了一种“虚拟”的狂欢，无论是“直播”“转播”还是各种社会化媒体，如“微信”“微博”还是各种购物频道，商业企业，或者是社会化金融渠道，如支付宝等，抑或是各种明星名人或者企业家、大众，都在这场或者虚拟或者真实的信息大战中，消耗着得来不易的“假期”。一天只有 24 小时，如何将这个有限的 24 个小时的时间，转换为消费时间或者是潜在的消费时间，政治家、企业家、名人、明星，都“拥挤”在这个狭窄的时间里，延展着自己在市场上的价值。春晚，在 30 余年的市场和行政力量的角逐中，依然挺立在那里，但周遭，却已经改变了。

家人在一起过年，春晚成了一种必要的仪式，就像是过年要吃羊肉胡萝卜馅饺子一样。记得很久以前，电视尚未普及，在村子里过年的时候，年三十晚上，大家都忙着做各种食物，小孩子则在村里乱跑，挨家挨户看对联。母亲嫌我们没事可做，常常派我们出门记对联，回家背诵给她听。下午的时候，每家都开始清扫门前。华灯初上，大家先吃点饺子，然后坐在炉子旁边熬夜。早晨需要早起，放鞭炮，吃饺子，天不亮就要起床，仪式感很强。有了春晚之后，晚上的节目便是看春晚了，虽然也不会怎么看，但一家人说说笑笑，时间也就在“熬财”中过去了。

继而网络出现了，手机开始进入日常生活中了。春晚还在电视上渲染着情绪，人们则选择着各自的信息模式，在电视前面，各种交往方式大肆张扬，电视被搁置在那里，成了空间里的摆设。但，春节依然在延续，春晚还需要扮演着角色，在这个角色较杂的状况中，春晚更像是一个被各种力量积压的平台。年复一年的积压，导致了今年的红包浪潮。

尽管我们不在国内，也没有电视，仍然可以在社交网站 You Tube 上看春晚，家里唯一看的人就是母亲，其他人好像对此都不关心，看着新闻里的评价，也无动于衷，只是红包这个字眼，喧宾夺主成了主角。

不仅仅是春晚，晚会本身是传统电视时代的产物，粉丝经济支撑和传统观众的习惯，难以将晚会很好地延续，参与性和个体性成了更为重要的因素。在春晚这个展播的时机中，各种营销手段引导着个体性和参与性，不仅塑造了移动时代的个人身份综合化、一体化，也改变了互联网时代的各种经济信息场域。

人与人之间的面对面沟通，从移动到移动，距离不再是障碍，但话题成为关键，因此，制造技术共识成为一个商业的话题，也成为一个社会关系的话题，虚拟的关系和虚拟的疯狂，将娱乐与商业信息的挖掘很好地构架在一起了。晚会，则在沉默中，落寞地看着自己的谢幕。

春晚，如同一个时代，也如同一代人或者几代人，逐渐成为记忆。但记忆并不影响其发挥影响力。商业的，文化的，政治的，时代的，甚至是国际关系的，这个纷乱的时代……

2015 年 2 月 20 日，随感于卡镇。

看病记

这是一个安静而简单的地方，野生的树木无畏无惧地攀爬着，天然的湖泊旁边是自然走出来的小路，小路延伸着，人是没有人行道的，车遇到了却是要仔细瞧着的，漫不经心，却好像都很留神，无论是各种各样的车的各种各样的司机。

邻居家的人跑了出来，有四个孩子，三个大人，肤色黝黑，在透亮的阳光下显得格外有活力。草坪上到处是奔跑着的孩子们，他们的奔跑拉长了阳光和草坪之间的距离。

司马云站在寓所门口，拿着手机，茫然地张望着。她走着走着，就走到了湖边，看着踱来踱去的鸭子和鹅，不由想起了千里之外邻居家的老太太，老太太一遍遍地打着110，一遍遍诉说着司马云五岁孩子为何要奔跑以至于影响了她的健康。老太太快80岁了，穿着20世纪80年代才有的服装，每天带着得了脑出血离婚的儿子散步。司马云看着实在是不忍心，却又不得不持续着这种充满了荒诞感的生活。

手机在不停地震动着，陌生的号码操纵着她的心情，她叹了口气，问道："您好，哪位？""大姐啊，我是某某装修公司的……"这样的电话连续不断地在叫嚷着，家具公司、装修公司、服饰公司等名称在转换着，不过就买了个小房子嘛，居然招惹了这么多人关注。唉，手机也是我们的亲人啊，她想。

今晚的月色格外好，是中秋之后的月亮，在灰白的天空中悬挂着，无欲无求。司马云回到寓所，开了窗户，看着外边，有点不知所措。就像是一个人被各种关系淹没又希望逃离各种关系一样，淹没的关系和逃离的关系一起，混杂着感觉，她想到的却是需要考驾照了。

远方的妹妹打电话来说驾照如何如何，远方的弟弟打电话来说如何安排她五岁的孩子，在这一刻，外边的月亮落在她的心头，她却忽然想起了小说《石榴树上结樱桃》中的场景，逃离是为了生育，死亡也是为了逃离，樱桃的颜色依旧，石榴树却变成了葡萄树。

忽然，身体的某处阵痛传来，她便回到了床上。半夜三点准时醒来，睁开眼睛，盯着手机看看，有点无奈。互联网进入了睡眠的缝隙中，延续着技术与人日常生活之间的日常性。

她想起几个月前的身体，就像是浸淫在复杂而充满冲突的人群中，被涂抹着各种颜色。她最喜欢的颜色蓝色却是没有的，白色和黑色糜烂在她的记忆中。她想，难道有了劫数？

在柳树抽芽的日子里，白色铺满了她的身边；在柳树转为黑绿的时候，她被悬浮在空中，有一种莫名的恐慌感。她不停地看着各种被编织的玄幻故事，在各种世界中转换着身份，幻想着现代女性编造的古代女性生活，修炼，是她们生命中唯一的主题。

司马云也曾经修炼过，好多年前的事情了。在疾病的白色中修炼成了一种救赎，尽管是听起来那么令人绝望也实际上让人绝望的疾病，她曾设想了无数次的安排，最后却在一种滑稽的结局中被解构了。

疾病的白色不见了，就像是福柯的凝视，凝视不可见于可见之物中，白色成了斑斓的色彩。

斑斓的色彩，令人窒息，在雾气腾腾的空气中，被隔离的关系忽然全部涌了上来。很多白色疾病带来的感觉成了奢侈。

天亮了，司马云从不是门的大门走出来，又看到了那一片森林和湖泊。沉静的颜色，却带着令人惊艳的绿色。绿色呼唤着白色，却带来了山楂的感觉。

死亡，被制造出来的疾病死亡，此刻被淡化在被延展的生活空间中。其实，轮回原本就是宿命，机械性的人为性的或者是其他什么的，不过是涂抹着果酱的面包，舌头在果酱的引导下，忘记了面包原本的滋味。

司马云想，人们天天吞咽着面包，却又逃避着生死。

楼下的邻居带着孩子出门了。不同的语言交织在空中。

她想，该起诉还是该起诉呢？没有答案。

门前的绿地依旧，静谧着。

今天说过的话不超过十句，这样下去，会怎么样呢？她想。

2014 年 10 月 10 日，卡镇。

散漫读书

读书的感觉

大众传媒随着传播技术和城市化的进程，改变了自己的风貌，也影响着我们的生活，田园渐渐成为人们生活的一种设想和奢望的时候，我们依赖什么来活跃我们的生存状态？除了电视、广播、报刊之外，互联网、手机这些新的形式日益侵袭着我们的生活。记得我刚工作的时候，电脑还不是很普及，曾一度引以为豪地告诉同事，我就是喜欢那种用笔在稿纸上书写的感觉，一篇好的文章与文字以及书写文字的纸张一起，带着写作时的感觉，令人感觉无比温馨。

时间像是剥夺我们日常生活的一种无形的技术，在不知不觉中改变着我们对生活的感觉，如今的我熟悉地和习惯地每天对着电脑，快速地工作，读书笔记、电子书籍、撰写文稿等，有时候翻看以前的手稿，没几年的光阴却像是过了几个世纪，我们关于生活的记忆就这样被无情地改变着。

再说到读书，不知道是而今的出版产业发达了，还是现在的人们有钱了，反正是书的数量和包装越来越好，却是常常买了之后，发现一本厚书其实没什么内容，无可奈何！

我们该看什么书呢？市场将所有的人的“产品”都转化为商品了，书籍也不例外，问题是书籍的出版是希望我们看到什么呢？

常常听着大家会说，阅读经典，翻看着很多年前的前辈们写的著作，翻阅着那个时代的记忆，不知道我们这个时代会留下什么著作？我们还有什么样的书籍可以阅读？

真是替这个时代发愁！

2007 年 12 月 31 日，北京。

再说读书的感觉

有时候，我会很自然地怀念一种读书的感觉。这种感觉，常常在夜深人静的秋冬时分，周围是一种自然的静谧，人们大多休息了，白日里嘈杂的心态也猛然安静下来，读书的快乐和读书的感觉自然浮了上来。

每逢这个时候，便自然会感到人生的一种无可比拟的轻松和满足，捧着一本书，在不太明亮的灯光下，体验着写书人的性情，感受着读书人的乐趣，不由得也会感激多年漫无目的的读书生活。

谈及读书，必然要回应时代的变迁。自 18 世纪末期以来，随着社会科学、人文科学与自然科学的逐步分野，人文社会科学研究的主题便无可回避地集中在现代化或者是现代性的核心命题上，无论是政治学视野的，社会学视野的、历史学、艺术学乃至文学视野的，都以不同的形式呈现着人类在不断转化的时空里，挣扎、无奈、抗争和顺应的心路历程——当然，对于这种心路历程的描述，不同的学科有不同的话语结构，这种种话语结构难免随着学科分野的清晰化，变得愈来愈“专业化”和“专家化”，“日常”的人们自然而然地避开了“学术”的“话语”，选择轻松的、娱乐的、简单的文字叙述方式。殊不知，这种简单的文字叙述方式才是我们的真正选择。

近来恰好读了基本围绕一个主题的书籍，包括政治学的、历史学的、经济学的和文学的，回想起来，果然是一种盛宴，只是需要仔细回想，到底享受了什么东西。这一点，也恰好是现代人文社会科学的专业化、边缘化和融合化给予我们的困惑。

对于读书而言，多种视野就像是多种美丽的季节，在不同的时令里，开着不同的花。不同时令里的感觉，就像诸多美酒般，令人陶醉。但不同时令里的花，有时却因为有着不同的密码，令人困惑。需要解读这些密码，或者要耗费我们很多的时间。但是，不去破解这些密码，我们便只能享有一个单调时令里简单的花。

读书在这样的时代的困惑便是如此。读书人被越来越边缘化和交叉性的学科思路和话语构建所带领着，往往会忘记自己到底身处何处。忘记了自己的住所，或者正好是我们这个时代整体社会科学发展的一种困惑和无奈。

无论如何，读书的状态，在深夜的秋冬时分，总是很美丽的，这种美丽便一定程度上消解了学科的意义。

毕竟，我们读书，便是一种与自己的历史的“同在”。

后记：奇怪的是，往往是想好的思路，一旦随着电脑的打字，就变成了不是自己的语言似的，胡乱地漂浮着。无可奈何！

2007 年 1 月 4 日，北京。

为什么要读书

随着年龄增长，常常感到困惑的不是岁月的无情，而是没有淡然的心情和放松的状态好好读书。记得研究生刚毕业的那几年，想明白了高等教育中读书所带来的巨大压力与痛苦，开始放任自己读各种好玩的图书，比如中医，尤其是医古文，每个周末都去书店买些小书回来，读起来感觉荡气回肠的，感觉上竟有平复心态的作用。后来又深感自己读书太少，但是媒体工作每日的日程很烦琐，那时身体也不是很好，总是觉得有睡不够的觉。又觉得上学耽误了娱乐，刚工作那几年，下班了休闲的时候倒是多了很多。现在想来确实有些后悔。幸而后来集中做学术版，也勉强算是读了几本书，否则更觉得虚度时光了。

后来去欧洲读书的时候倒是明白了一件事：读书，确实是一种悠闲生活状态的产物。时间很多，也算是常常去图书馆，但好像也没花太多功夫，书读得也是寥寥，倒是艺术品看了很多，也游玩了很多地方。有时候在图书馆的时候，有一种十分无力的感觉，不知道究竟如何才能好好读书。

回国后刚开始还悠闲，继而进入了高校的评价体系中，读书的快乐在慢慢消散着，后来想想，我制造的文字是不是超过了读过的文字了？半夜醒来竟有一种被惊吓的心情。

在高校的第十个年头，总算可以放下繁杂的事务，转而进入另一种状态，竟有一种难言的幸福感。

回过头来，便开始反思不读书而夜半惊醒的自己了……

人生其实就是一种修行，年龄的增长会加深这种修行的种种筹码，但并非一定会提升修行本身。就像是旅行，可以去购买小吃，可以购买服饰，也可以静观，也可以喧闹，无论哪一种，都是选择。在我看来，让这种修行能够持续的唯一动力便是读书了。试想想读书的好处，便知道我所言不虚了：

读书是连接个体与社会的一种媒介。这种话听起来像是假的，但是大实话。不读书的人，往往会出现初生牛犊不怕虎，或者无知者无畏的状态，而在这两种状态下，人们往往不自知，随着年龄增长，便成为倚老卖老，或者固执己见的性格了。所以总是不招年轻人喜欢，因为与社会之间断了联系的缘故。

读书是让人的心灵安静的方式。遇到一本好书常常看了几页就停止了，生怕读完了，心灵的那种感觉就消失了。遇到一本不好的书，常常令人烦躁不安，就像是遇到了污秽之物一般，堵塞在喉，难以消散。

读书是交友的一种方式。尽管人生得一知己足矣，但是知己除了难求之外，还主要在于我们不愿意好好读书，书读到深处只怕是更孤独了，孤独与孤独之间的碰撞，就更难了。寂寞的人们便在读书之外丰裕着自身，这也便是消费成为欲望展示特征的呈现的缘由之一了，所谓消费社会，一定意义上不过是人们将欲望拉伸出来，看着自己的欲望，而慰藉自己的心灵罢了。

读书可以让个体在无情的岁月中，找到有情的感觉，有情是读书的过程赋予了人们成长的一种印记，这种印记成长在人们的生命中，读书将无情的岁月黏合在有情的读书中，哈贝马斯所言的公共领域大概才有可能吧。

读书是个体完成生命的一种方式。当功利被消解的时候，我们会发现，读书成了一种生命存在的证明。

人生优雅，人生困顿，人生丰裕，人生无奈……种种情形不能避免，但读书，却可以让岁月停滞，让人生充满光彩。

所以，我要读书，为了人生而读书，为了生命而读书，在自在的岁月中，以读书成就一种生活方式。

窗外的阳光很明澈，室内的光线很轻柔，一切都像是一种修行，读书的日子，一一展开……

2014年10月5日，卡镇。

读书的心情

记得刚上大学的时候，已经不记得最初的读书是为了什么，读书似乎是人类生存下来的第一要义一般；也仿佛不记得读了很多年的书为了什么，也忘记了自己所读的书究竟是什么，却很直接地在身边触摸到、唯一可以看到的一种明证——毕业文凭。

只是，文学的气息和历史的痕迹很多时候是不可能不去选择的。很多时候，命运强制性的抉择对于人类而言，似乎是必然如此的一种决定。在没有选择的时候，文学的心境便成为年轻与朝气的拥有者了。与古人对话、在古人的“话语”中寻找到人类共通的情感要素，并使得这种要素与亘古不变的人类的历史情感紧密相连，便成为人类中的“天才”所肩负的使命。在完成这种艰难使命的历程中，我们所熟知的艺术家、文学家、哲学家和历史学家共同构成了人类生活所不可缺少的一种意义：人类总是在漫长的行走中，寻找和安抚着自己的灵魂。唯有读书，可以成就人类的这一不可回避的“共同梦想”。

怀有梦想的人类，在反复的世界里，常常不知道自己在哪里，也常常在安静的时候，回望着自己的过去，或者展望着自己的未来。也因此，读书成了人类的一种“天然的需要”，所以我们有职业化和业余化之分，有专业和非专业之分。个体无从去承担完成人类梦想的责任，只有选择实际地、功利性地去“生活”。

遗憾的是，个体的“生活”与人类群体的“梦想”之间的沟壑与纠缠始终是一体的，不放弃“生活”的权利，就必须不断去“梦想”，不断地去“梦想”，就需要结果的证明：文凭。

在这种无奈中，读书的心情变得日益无所谓和复杂起来，读书的目的也日益在“生活”的层面上，变得越来越重要，“梦想”不再是“我们”需要的东西，“我们”需要“生活”。

记得米兰·昆德拉有一本小说《生活在别处》，将一个艺术家的生活世界、心理世界和精神世界进行了错综复杂的时空交替中的描述，目的也只是想借助艺术家的复杂心态和个性来给予“只是生活”的人类一种提醒，对于20世纪的社会形态和人类生活的形态进行反思，实质的问题在于：我们生活在哪里？在我们必然应该在的地方吗？那儿又是什么地方呢？

在国外读书的时候，常常会想，如果没有任何束缚，人类会最想做什么？我曾经问过一个朋友，他是学哲学出身的，很久以前就拿到博士学位了，他的回答很简单：“如果没有约束，我想自由自在地去各个国家的大学里念书，一个专业、一个专业地去念，那将是多么快乐！”

诚然，自由是上帝给予人类的一种“礼物”，但这种“礼物”却有着非凡的“限制性”，因为“自由”是“生活在别处的”，而我们“必须活在”“此处”。在“此处”和“别处”之间，我们寻找和铸造着生活的“痕迹”。这二者之间，便是我们常常说的“读书的心情”。

在读书可以拥有的心灵世界里，人类生而具有的理性和情感很恰当地结合在一起了。我们因而需要读书，读书是人类生而需要的一种义务和责任，是人类获取“自己”的唯一道路，也是人类获得“完成”的必经之路。

2006年12月4日，北京。

再说读书的心情

每周五下午的读书会，很紧张，也很规范。习惯就是这样，开始了就开始了。其实，是没有终了的。今天下午，终于被一本翻译得有点无奈的书搞晕了，有点不知道该说什么。

自然，翻译从来不是一件容易的事情，除了外语之外，需要专业知识，需要对母语的基本训练，以及认真的态度和一丝不苟的精神。没有这些的话，翻译的书，特别是专业书，实在是看不下去的。

早晨出门的时候，坐在车上看了一本书，看了几十页，就看到一个学者的名字，翻译得十分离谱。仔细想了想，嗯，原来译者不知道这个学者是谁，又不愿意查字典，干脆就直接照着发音翻译了。再往下看，心情就有点不是很爽了。

下午读书会的时候，大家一起读，发现很多中文的翻译让人感觉莫名其妙。原本以为新翻译的文本会比几十年前的版本好很多，结果并非如此。仔细想了一下，发现新译者的中文基础训练和文字表达能力与原来的译者相差很多，导致很多意思一写出来，就没有了原文的上下逻辑了——其实，这个可以通过认真地反复仔细看看上下文意思避免的。

这样下来，本来从早上到下午没有休息的我，状态虽然不会受到影响，但却是影响了读书的愉悦心情。坐下来，要开始工作，找不到很好的心情。翻出一年前的一篇文字，缓解一下吧。

2017 年 3 月 31 日，北京。

关于书的联想

冬日里的北京，最令人感到愉悦的是那种无风日子里的干冷的感觉。走在大街上，寒意似乎只是一种点缀而已。现代化所造就的取暖设备令人总是很难在自然的光亮下，尽情而本色地生活。这样的季节，最适合读书人的遐想和在安静的冬日之夜里，享受读书的快乐。

想起书，读书人难免有一种不仅仅是为了读书，而且也为了拥有而怀有的狂热感。记得读书那时，我们什么也没有，只有看学校门口地摊上打折的书籍，想了许久才很珍惜地买下来。想来，在市场还没有开放的日子里，对于书的渴望是那样的纯洁和单一。只是一种渴望而已。

或者，没有诱惑的生活本来就是一种快乐的生活。只是，我们又如何去选择那种日子呢？改革开放，更多的是改变了人们的生活习惯、生活视野、生活欲望；更重要的是打破了人们的生活根基。有时候，忍不住会想，我们每日在行走中所“消耗”的“日子”是一种“活命”呢还是一种“生活的状态”呢？

在欧洲的时候，常常有心情在阳光好的日子里，像懒散的人们一样，随意地躺在阳光下的草坪上，忘记周遭的一切，简单地享受着阳光。我一个朋友正好是大夫，总是笑着告诉我，他最喜欢夏天了，人们太喜欢阳光了，以至于都不舍得生病了，病人很少，他总是可以每天下午有空开车去晒太阳。或者是，在阳光下，悠闲地拿着一本书，随便地翻阅着。

这样的日子，我也习惯了好几年。每到周末或是无事的时候，也和几个朋友一起，躺在阳光下，看看书，聊聊天，或者只是聚餐而已，看着自己周围同样懒散的人们，有时你会很可怜另一些人，每日匆忙为了什么呢？

再回到读书的话题，德国人可以说是世界上最喜欢读书的人群，德国的出版业也是最为发达的，据说，世界上每出版10本书，有7本是德国出版的。数据我没有考证过，但在柏林随时随处都会发现捧着书的人，地铁上、公共汽车上、公园的椅子上等。一般而言，他们都很安静，公共场合一般只有儿童在嬉闹，对此所有的人都很宽容，也很友善，总是很快乐地看着他们，就像是看到自己国家的未来。

我本来就是个性情很散淡的人，在这种散淡的日子里，现在回想起来，读的书，多半确实是与艺术、美术、历史有关的“闲”书。语言能力稍有提高之后，周末便常常去洪堡大学附近的旧书市场逛，在那里，卖书的人们，一般也只是远远地看着书摊，任凭游客随意地翻阅。不过，说是旧书，也不完全是，除了有很多前东德的书籍——诸如：马克思、恩格斯研究，前东德的一些历史、文化、政治史料，其中还有我用1欧元买到的关于前东德媒介系统的专著——之外，还有很多打折的新书。例如我和朋友就在那里买到了胡塞尔的全集，记得是50欧元，一共是9本书，几乎是打了5折，已经是很便宜了。买了之后自然是很快乐，只是可惜，现在没有时间去读了，看着就是快乐吧。

随便写到这里，便不由得想起我刚参加工作的时候，因为在首钢实习，没有拿到奖金，部主任说可以用300元来买书报销，当时的300元已经很多了，我似乎找到一种久违的快乐，总算有人肯为书出钱了。马上到中华书局读者服务部买了前四史来。买回来之后，花了很长时间，把它们都包了书皮——这便是我们的教育系统留给我的一份“遗产”。看见新书，不是欣赏封面，首先是怕弄脏了书皮，赶紧找外套包起来，想来也是很有意思的一种心态。

互联网改变了我的购书方式，却也把我的快乐剥夺了，在网上买书的确是省了时间，却也没有了意思，有的书，买回来觉得就像废品一样，连翻阅的兴趣都没有。而且，网络的虚幻也造成了人们在奇异心态下的购书心理。有时想想，还真是觉得互联网对人类的自然性的确是一种抹杀呢！

2006 年 12 月 19 日，北京。

什么是写作

写作是什么呢？在到处弥漫着大众生活、大众意识、大众参与精神、信息均衡的时代里，写作不再是我们那个时代的记忆里一种“神圣的职业”了，而完全被“大众化”了，被“娱乐化”了，被“业余化”了。

我对写作的记忆始于读初中时，当时有全国中小学生作文竞赛，我们家正好在盖房子，每个周末回去，就要和砖、瓦、石头打交道。现在想起来，也谈不上是快乐还是不快乐，觉得生活便是这样，没有可以选择的机会。盖房子的过程和感觉便被我用作题材写了作文，竟然还获奖了，只是我们住在村子里，邮寄的信件收到的时候，通知我去参加那一年夏令营活动的时间已经错过了。可能是我从小在农村长大的缘故，似乎也不羡慕外面的世界，也没有觉得有什么遗憾的，只是觉得原来作文是这样的一种事物而已。

上了高中之后，学习也不是很繁忙，本来我的理科成绩还是不错的，只是物理有些差，却还是选择了文科。作文便成为一个不能被甩掉的东西，一路背了过来。高一的时候，还没有分班，记得我当时写的一篇关于军训的作文被语文老师当作范文给同学们朗读了，说非常感人，她都要掉眼泪了。我自己在下面听着，也觉得很奇怪，自己居然也能写出这样的文字来！头一次感受到了文字的力量。

读大学的时候，尽管上的是中文系，我的文字表述能力实在是不怎么样，但还是表现出很热爱文学似的，一方面去写新诗、参加诗社，到处请教他人如何写诗，另一方面每天把背诵的古代诗词的句子，尝试着转化成自己的诗句，转化成散文形式。想来，还真是来自纯朴的乡村，并没有丝毫心理上的负担，只是觉得需要学习而已。

就这样，慢慢地进入了研究生阶段，写作便逐渐演变成了我对于文字的一种感觉和对于情绪的一种描述了，忽然感到有了描述的自信和对于写作的感觉。于是也很快乐地每天都在涂抹着文字，只是涂抹完了，多半只是给自己看而已。

毕业了，工作了，尝试着开始写短篇小说，写了很多散文，开始真正理解了写作对于我的意义一般，只要不是很疲倦，看着文字在纸上灵动地飞扬起来，所有的烦恼似乎也不见了，并且给自己起各种奇怪的笔名去发表，没有人知道于我是最快乐的事情。

对我而言，写作是一件很私人的工作。古人常说文如其人，对于我而言，却是完全相反，此种感觉已经是屡屡经过了，看到我的文字，人们常常会觉得和我本人无关。其实，我觉得这样正好是我对写作的理解。

文字是如此单纯、如此美丽，每一个人都有力量把它变成人类感觉的工具。因而，写作不应该是一个职业，只是人类的一种共同的“业余爱好”而已，唯有在这样的意义上，写作才是一件快乐的事情。

博客时代让我产生了这种想法，让每一个人拥有自己的世界、拥有自己的机会，参与中的“你”才是这个世界的“写作”者和“构建”者。

2006年12月29日，北京。

武侠心境

武侠似乎不是一种关于书籍的记忆、关于读书的记忆，而是人类的集体无意识在某种层面上对生命和自然力量的一种渴求，但究竟渴求的是一种何以言明的东西，或者感觉，或者记忆，则无从说起。

武侠题材的作品因而便成了不同历史时期的恒久不变的表现主题。但是，毕竟武侠与人类的“大众化”生活密切相关，而武侠对于近代化乃至现代化的诉求不一致，因而学术与武侠似乎是不能结缘的。

明清时期开始兴盛的小说，除了将中国近代向现代过渡时期的一种都市生活的情形描述出来之外，还提供给了人们娱乐、休闲、享受人类的自然性的一面。记得在上学的时候，虽然很喜欢楚辞、汉赋，还喜欢唐诗、宋词，但这些都需要“认真”去“读”“背”，而唯有自唐传奇以下，比如元曲，比如明清的戏曲文录、拍案之类的，可以和当下的大众读物般，随意地以各种姿态去读。

武侠作品的意思便和我上述谈及的市井类的大众读物有些类似。究竟我们现在所说的武侠读物究竟来源于何时，关于这一点，自有专家进行考证、解读。我这里说的武侠的心境，却与工业化的过程或者工业化的时代有不可分割的关系。

鸦片战争，尤其是第二次鸦片战争之后，中国的商业中心逐渐由广州一带转移到上海，媒介中心也如此。因此，上海的生活逐步与现代化的都市感觉对接。也产生了各种各样的不同社会阶层的人士。社会的动荡和社会的不平等也打破了传统意义上的界限，新的生活领域和新的职业供求开始出现。

原本，自宋以降，类似武侠之类的主题已经在文学作品里出现了，惯有的解释是由于人们对于理想的社会状况的向往，因而在武侠中缔造了好恶分明的意识与角色，发展至大上海时期，却已经是人们消遣的一种工具了。

这便是我要说的武侠的心境了。

武侠的心境，也见证了一种社会历史与它的大众心态的发展历程。时下的武侠小说所改编的影视剧依然在不停地重拍、不停地热播，人们在不同的时代享受着自己那个时代的生活和这个时代的梦。

2007 年 1 月 6 日，北京。

再论武侠小说

原本很想写一点自己关于书的感觉，很想记录下一种东西。文字似乎不是我们可以控制的，而是上天赐予人们的一种能力，因此，我们仰望着一种感觉，却无从知道如何将其清晰地表现出来。因而，当我想到读书心境的时候，原本是为了展示一种原有的记忆，却偏偏这种记忆与现实的感觉混合在一起了。

但，感觉没有满足的记忆，是一种残缺的欲望。为了一种欲望的实现与圆满，人们往往在潜意识里，渴望着什么，祈求着什么。此时，我便是这样的心情，希望上天可以赋予我一种与文字成为朋友的能力。

还要回到原来的话题。现在已经不记得了，上大学的时候，似乎武侠小说还没有流行，或者是在我所接触的文字世界里还没有，读的书似乎没有选择，因为受当时的主流教育观念的影响，总是表现得很自强，但是似乎也不是很会和人打交道，站在图书馆里心情往往是焦躁不安的。为了鼓励自己，老给自己布置任务：图书馆关于文学类的书籍，要按照书架上的顺序，一本本来读，毕业的时候，一定要看很多书。想来真是年少无知，空有志气而已。而后，为了给自己立志，便看了一些人物传记，大多是艺术家、文学家、音乐家的，现在有印象的好像只是《帕格尼尼传》而已。大学快毕业的时候，觉得自己宏伟的读书计划肯定是完不成了，便开始觉得自己很有思想，还列了 10 个题目，大抵都是关于中国古典文学的，因为古典文学是我的一个读书情结，总是认为自己做这种研究必定有长处。可惜的是，没过一个月，考研报名的前一天，听我们系的一个研究生说道：美学现在很热，还提到了我后来的导师朱立元的名字，他那种很是憧憬向往的表情加上复旦大学的名字，令我在填表格的时候，竟忘记了自己钟爱的古典文学，忘记了自己高中时候向往的经济学专业，想也没有想就填上了美学专业。

奇怪的是，而今想起来印象深的一件事却是：我第一次读武侠小说的事情。记得有一次，舍友拿来了金庸的《天龙八部》，一共是 4 本，于是大家每人看一本。书拿到的时候恰恰是晚上 10 点左右，于是大家打定主意，谁也没有睡觉，和隔壁宿舍的同学一起轮流看。天亮的时候在互相讨论中终于看完了。8 点钟还要上课，大家居然精神抖擞地去上课，正好是我的导师给研究生上大课，人也不少，上课的时候我们坐在一起，还是讨论武侠小说或者是说闲话，讲的什么根本不知道。现在自己当了老师，还真是觉得惭愧。

工作之后，金庸的小说越发地流行了，记得去人民文学出版社的读者服务部买书，居然还看到整套的金庸小说在卖，一套是 500 元。当时还真动了心思，只是觉得有点贵，另外觉得花钱买消遣的书似乎不是我的个性，也就算了。电脑普及之后，很多书籍都可以在网上找到了。只是，著作的这种无语化和陌生化的情形，不知道哪一天才可以消除。

娱乐与所谓娱乐的精神逐渐为大众所接受，休闲的方式也逐渐多样化了。电脑的虚拟世界令人不得不忘记了文字的快乐，个体的懒惰在电脑的虚幻世界里成功地被满足了。求知的欲望已经不再与青年学子的愿望连在一起了，为了生活或者为了工作，读书已经成为我们“记忆”里的一种奢侈品了。

但愿读书人依靠读书的力量可以重新温暖我们的灵魂。

2007 年 1 月 24 日，北京。

一种记忆

今天早晨有事要办，担心堵车，又担心下午读书会的书看不完，起了大早，7 点钟在附近的肯德基读书，9 点钟差不多读完了。去办事，途经地下通道，看到有书店在兜售积压的书籍，忍不住驻足观看，满眼望去，不是励志就是成功，不是管理就是老板，要不就是与这些相关联的概念：行为、心理、习惯等。最为蹊跷的是，看到一本曹禺的戏剧集，里面是《雷雨》和《日出》，居然是励志丛书！十分愕然，这种“奇思妙想”确实属于我们这个时代。

正打算离开，却发现了一套书，中国社会出版社的精装版《佛教三经》，原价 396 元，兜售 100 元。我笑着问卖书的小伙子，50 元卖了吧。他说：开玩笑啊，这个价格已经很低了，少于 95 元不卖。我说，那就 80 元吧。他和同伴商量之后就说：算了吧，就这样吧。其实，我也是在买与不买之间，但是读书人有时候就是这样，总觉得买书是正事，比起那些日用品来说，书多么便宜啊！正暗自窃喜间，猛然又发现了两本书，一本是我最近比较感兴趣的关于拆迁方面的小说《动迁》，写得如何尚不知，作为资料看看吧，一本是邓广铭先生的《北宋政治改革家王安石》。我毫不犹豫拿起这两本书，转身离开。

记忆就像是一种时光的痕迹，转眼就将人拉回到了十多年前。

大约是 1997 年的样子，其时我正热衷于对学者的采访，其中就有邓广铭先生。记得当时是春夏之交的时候，约好的时间是上午 10 点，我满以为上午 8 点半从北京的西城出发，10 点之前一定能到，没想到，由于不熟悉道路，加上堵车，我到邓先生家的时候已经快 11 点了。上楼敲门，邓先生高大的身影出现在面前，声音洪亮。我连声道歉，他也是连声抱歉，说道，没想到你找得这么辛苦！现在想来，那叫什么辛苦啊！本应提前出来，迟到原本就是我的责任。聊了一个多小时，其间，邓先生说，他正在写王安石传，他指着身后的书架说，（大意）虽然准备很多年了，但是还是没有完成，希望这本书包含他对宋史的一些看法（记得当时我们还谈到了刚出版不久的《陈寅恪的最后二十年》）。

令我印象深刻的是，邓先生身后书架上的一排排书，都加了各种各样的纸条或者卡片，密密麻麻，望过去更像是一种时代印记，倒不像是在读书了。

大约12点的时候，我起身告辞，邓先生很诚恳地说道：我家保姆就做了三个人的饭，我到楼下的小饭馆请你吃饭吧。我诚惶诚恐，赶紧道：不用了，耽误您的时间了。我下午还有事啊。他拿着拐杖站在那里，很犹豫地说：真是不好意思啊！

1998年1月邓先生便去世了。我的记忆也定格在他身后的那一排排书以及书中的纸条上。

许多年之后，在北京方庄环岛的地下通道里，与这本书不期而遇，就像是冥冥之中的缘分般，记忆从沉寂的回音壁中苏醒过来。我对历史没有专门的研究，现在所从事的研究或许与近代史有关，与此前的历史确实关联甚少，阅读也只是出于兴趣，并非为了研究，自然无从做任何评价。

有时候，书对于人而言，有多重价值，就像是这本书对于我而言，就隐含了我十多年前的职业理想、学术兴趣和青春时期的志向，或许这些在岁月的激荡和个人的时空演变中，都成了一种印记，但这些印记，却是构成人生温度的最佳材料，因了这些琐碎而又富有质感的细节，个体生命也才有了温情脉脉与复杂的情绪记忆。

2012年4月19日上午11:40，中国农业大学民主楼。

所谓独立

随着年龄增长，每个人都会觉得冒险意识减少了，冲动减少了。看着青春的朝气，难免会说：年轻多好啊！我要是年轻，就要如何如何的。除了年纪大的羡慕年轻的，年轻的也羡慕年纪大的：人到中年，一切稳定了，年轻人何时奋斗才到头啊？当代中国互联网文化中有一种趋势，也很有趣，在信息获取更多的状况下，却慢慢没有了判断力。茫然无措是这个时代的一大特征。不仅是他们，很多人都茫然无措。茫然无措于这个时代的一切。

因为茫然无措，便努力寻找各种机会，以证明自己活着的价值，选择的价值，甚至是存在的价值。无论是选择购物，还是网恋，无论是不停地工作，还是不停地外出旅游，甚至是出国留学、充电之类的，这些选择本身其实是无可厚非的，但是背后蕴涵的东西却很有意思。

比如说，一方面遇到烦心的事情，三五女性便出去购物。根据各自的经济实际，选择不同的购物场所。另一方面呢，在这些消费品的展示中，他们又常常觉得也没什么意义，这些消费品不买的话，生活也没问题啊。当然这里面有商家对人性的博弈力量在里面。但是也有人们的自我选择在其中。一方面人们不停地换工作，另一方面又不知道自己到底适合做什么工作；一方面人们在网上热烈地抒发着情绪，另一方面又在现实中快乐地遵守着各种他所厌恶的规则；一方面人们希望依靠自我奋斗实现目标，另一方面又希望通过婚姻或者其他捷径来找到可以依靠的路径。

是啊，茫然无措和找寻依赖的路径。个体在启蒙运动很多年之后的中国，却又遇到了同样的问题，不知道该复苏什么，也不知道该创造什么，一切都在多元化的视野中，杂乱地漂浮着。一旦出现一个新的事物或者人，无论是文化领域还是经济领域，一切都在向着那个东西靠拢，寻找各种依靠。

独立，有时候成了一种被观摩的样子，幸福的价值也发生了变化，不知道人们到底向往什么。家长希望孩子少奋斗几年，不要再吃苦了。吃苦的孩子被看作是不幸的，但是吃苦成功的孩子却被看作是成功者，值得依靠。“独立的过程”变得不是那么重要，独立的结果成了被追逐的对象。

马克思所说的人是各种社会关系的总和，有时候其实就是一种理想，一方面，人们寻求关系，另一方面，人们厌恶关系。关系显示了人的非独立性，没有关系，人又觉得好孤单。独立的理性的人，是一种理想。但是对一个社会而言，如果社会精英也在这种茫然无措中，那么，不仅仅是独立的问题，而是这个时代的取向问题了。

当人们行进在路上的时候，充满了对所在之处的各种不满。当人们站在路的终点时，又充满了对另外潜在的路的渴望。

独立，成为人挑战自身的一种勇气，也成为我们这个时代的一种奢侈。这原本是一种人性的特征，如今却成了时代的一种特征。

附记：随感，眼睛很疼，一直流泪。

2014 年 11 月 5 日，中国农业大学民主楼。

我们这个时代

日渐繁复而繁重的生活，常常使人不由得很想回头去看一看，我们这个时代拥有的是什么？而“我们”在“我们的时代”里又在做些什么？

“大众”在经历了工业革命的机械化和技术性的日常化之后，不得不在“现代”的呼唤中，一步步来到了前台。伴随着大众而来的则是精英分子的纷纷宣言，或喜悦或诧异或愤怒或无常。个体与个体之间的隔阂在为数众多者面前，勉强地在历史舞台前谢幕，只是那背影依然是那么无辜和淡定。但毕竟是在谢幕了。与隔阂同时消散的还有那不可还原的亲近感，陌生感和孤独感在这一时刻，便开始伴随着大众作为群体的成长过程。

“我们”无法去选择社会文化所赋予的时代精神，也无法逃离社会文化所给予的“心灵产品”，只好一方面憧憬着那机械化和技术性的快乐，享受着自己的宁静；另一方面，还原着不属于自己的田园诗歌式的梦想。

梦想毕竟只是梦想，在大众中逃离，重新拥有了个体的存在和这种存在的呈现之后，时代却无法令“他人”站在你的身边。你便只是你，孤单、陌生，似乎是独立，又似乎是无助。

无助的感觉在技术世界的日益更新和普遍性中，一边是自在与轻松，一边则是不知所措。繁杂的氛围已经与日子的常规性不可分割，其实在大多时候也忘记了时代与自己有何关系。

我们这个时代，各种观念悬浮着，你不仅仅是看客，也是参加者。观看是你的权利，却也是你的义务。参加是你的生存方式，不参加就只有选择不再做这个时代的“你”。

我们这个时代不再是“我们”的时代，而只是“历史”暂时落脚的地方，时间意义被消解了，空间的感觉也被划破，只有在这一瞬间，“你”才会感受到“我”与“你”的现身之处。

2017年9月，北京。

职业生涯

生存法则

每个学生似乎都在抱怨，不知道毕业能干什么。他们不是找不到工作，是不知道自己该干什么。

都抱怨说老板太坑人，工作没日没夜地加班，他们都这么大年纪了，还要辛苦工作。我问，你们多大了？回答：二十三四岁。无语。

有个学生更神奇，各个单位实习了一圈，说没有合适的，公务员最好，于是去考，没有考上，说自己心情很落寞。

是啊，落寞是必然的，但是落寞的意义是什么呢？他们茫然的眼神在眼前晃动，还说，其实不是没有工作，是好多工作我们不想做。那么，你想做什么呢？

家乡比北京好，但就是喜欢待在北京，二三线城市房价便宜，但是没有理由去那里工作啊。

人生的选择确实需要理由，但是理由的背后却存在着个人对社会生存方式的选择与依赖。换言之，是生存法则问题。

2010 年 5 月，北京。

那些孤独的房子

中国乡村的问题在最近十年，越来越成为政府、社会组织和民众关注的一个话题，甚至，在这几年的春节，新闻媒体、返乡的学生和高校的老师，都以各种或真或虚的信息传播方式，影响着或者普及着乡村社会的诸种状况。虽然我也在做农民工、农民调查，但也总是在这种诸多的信息中，不由自主陷入一种思维停滞的状态，我们的乡村究竟是什么样子？农家乐？新农村？新农民？职业农民？是乡村文化重建还是乡村教育的没落呢？这些问题太大、太复杂，三言两语难以说清楚，还是说点自我感受吧。

我从小在农村生活，是地地道道干着北方农活长大的。农忙时节、农闲时节，春夏秋冬四季变换，在农民看来，就是一种与生命同步的节奏。20 世纪 80 年代末期政策开始开拓农民的经济头脑的时候，人口流动、商业贸易便露出了头角。而农田，始终是农民个体化的起点，或许也是终点 。

农田的划分是按照田地本身的肥沃程度和临近水源的远近距离来挨家挨户分给农民的。按照生产队的划分，我们家分到了不同地方的几块田地，由于没有青壮年劳力，在村里分田分地自然会吃点亏，这个也很正常。

分到了好地的，都十分珍惜自己的土地。有事没事都扛着锄头到自己家地里转一圈，看着土地，看着庄稼，有一种踏实的满足感。而不好的土地，也不会被耽搁着，一般会栽种一些经济作物，种树的很少，但是在田间地头，农民都认为属于自己家的土地，便会栽树，以便夏季干活的时候可以乘凉，还能充分利用土地的资源。

收获的季节大都很快乐，比如谁家第一个收割了麦子，磨了面，蒸了馍，大家都要尝尝鲜，尝试的是丰收的感觉，是对土地的情感。而那些地里的蔬菜，就不用说了，经常是随手摘点别人家的菜，也送给左邻右舍一些新鲜的蔬菜。我印象最深的是韭菜花，因为韭菜花可以食用的时间较短，巷子里有一个大型的捣蒜的石磨，新鲜的韭菜花放进去捣碎了，然后放点盐，巷子里弥漫的都是韭菜花香香的味道，尤其是晚饭的时候，人们拿着馒头，蘸着韭菜花，边吃边聊天，快乐弥漫在小巷子的上空。

随着人口流动的速度和市场所带来的效益，农民忽然被赋予了自我选择职业的部分机会。那些早期的打工者，便是农村社会中传统价值的携带者和保存者，他们在城市艰苦的底层生活中学习和练习着如何摆脱土地的“纠缠”，随着自己的后代不断离开他曾经付诸汗水和情感的土地，田地与农民之间的关系发生了变化，这种变化几乎是普遍性的，弥漫在全国各地。

但是宅基地，却始终没有被放弃。即便是在城市工作了很多年，买了房子的，结了婚的，做生意的，打工的，宅基地始终矗立在那里，尽管在住宅上没有合法身份，房子依然盖得越来越漂亮，只是空置着。印象里，我们村子里的住宅区，都很集中，每个生产小队集中在一条小巷子的前后，挨家挨户，你家后院的枣树就伸到了我家的后院，我小时候还常常和哥哥弟弟一起在后院（厕所旁边！）偷偷打邻居家的青枣吃，即便吃完了拉肚子下次还继续吃，似乎这一并不正确的行为中包含着无限的乐趣。

前两年去县城办事，路过村子的时候，母亲指着路边的农田说，这都是以前最好的地啊，现在居然舍得做了广场！盖了住宅！盖了工厂！

很多农田即便不是住宅，也很寂寥地待在那里，并没有荒芜。或者是工厂，或者是现代化的农业方式，正在改变着农田与人的关系、土地与人的关系。在以前的时间观念里，总有农忙时节农闲时节之分，现在的农业时间，似乎不是那么突出了。

人们需要过更好的生活。但衣食住行依靠什么呢？当机构化的管理和市场的导向无法满足农民对农业的诉求时，他们自然离开土地，带着情感或者不带着情感，离开了的人再回来就不再是原来的人了！

土地，无论是农田还是宅基地。或许支撑着的不仅仅是农民的精神，还是中国工业化的根基。没有了土地，无论是自发还是被动的城市化，都难以在这里直截了当地走开去，而毫无顾忌。

那么，土地流转呢？或者是土地被再次集中化呢？离去的农民不会再种地，因为他们想种也不会种了。留守的，也不再会种了，情感支撑总归抵不过生命的流逝。土地的再次被动地集中化成了一种潜在的现实了，农村的未来呢？就是那些孤零零的“非合法存在”的漂亮的空房子吗？

不想写成了这个样子，因为要写其他的东西，答应了又找不到思路，弄得文字疙疙瘩瘩的，好生不痛快！

2016年8月10日，北京。

教师节随感

作为一名老师，尤其是在中国社会转型时期的一位大学老师，面对改革开放之后成长起来的一代年轻人，不仅仅要时常诚惶诚恐地伴随诸种庞杂纷乱的信息，还要在信息的选择和解读层面上给年轻的学生诚恳而有效的建议。

社会的责任、公众的义务、职业的规训以及为人师的良知，这种种因素混合在日益为商业消费理念所主宰的现实中，使得作为一名优秀的教师几乎成为一种不可能完成之使命。

但既然是使命，明知不可为，也要努力而为之，这便是作为老师的最根本的原动力。为了完成这一使命，我们不得不在冷酷的现实中为学生们呈现温良的人性、展现出人类认识世界历史之绵延的厚重、体验人类在自身设定的历史文化中如何构建自身的形象以成就人类的延续——生命的和精神的。

这一原动力常常会消解尘世间的繁杂与疲劳、净化人类精神世界的尘埃，常常会使年轻的面庞间或从世俗沉重的抉择中超脱，静静地享受那一刻的宁静和安逸。人类的心灵在这一刻，化解了职业、阶层、地位、身份等所附加在人类身上的割裂状态；在这一刻，学生与老师之间的那一道社会化的痕迹淡淡地隐退。

我们力图在行为上划归的平等，尽管不能在性别、地域、年龄、文化、历史传统等方面完全实现，但至少可以通过高校这一模式出现塑造人类在心灵上的平等和自由的认同意识，还原为人类在形而上意义上的追求。

但行为主义还远远不够，当罗杰斯为其病人的心理问题而不得不痛苦得放弃的时候，当马斯洛很认真地采访成功人士希望获得人类需求层次的研究命题的时候，他们都以自身的行为为21世纪新的教育模式提供了如何在人性纯良和积极向上的意义上成功地与学生实现精神世界交流的可能性。

行为、心灵以及职业的消解，这一切使得教育不再是“教育”自身，而是一种富有现代精神的理念的实施和应用，在这一过程中，我们都是现代生活的实践者，但我们又都是文化历史的负载者，这个时代需要的是同伴、朋友、知己，不是传统意义上的“老师”。

现代的“老师”和现代的“学生”穿越时空隧道，在历史和现代的裂痕和融合处不再陌生，使命感不再是那么神圣，教化的力量也不再是那么强大，自由而平等的行为模式、快乐而独立的心灵立场、非职业化的交流，穿过那种种设定的规则和秩序，在老师与学生之间，重新建构了人文精神和科学精神展开的时空。

2009年，教师节于北京。

再说教师节

今天是年9月10日。这个日子，很早就有，却无人记得，也很平常。但，有一日，却成了节日。

节日，原本就是一种仪式感和历史感很强的场所或者时间点，在那一刻，人们似乎才会想到，原来，人类要对人类自身感恩，而不是对其他生命。

如今，我印象最深的其实是三八妇女节，因为这一天，无论是原来的单位，还是现在的单位，都会有一些微小的物质性的东西提示着性别和身份。其次便是国庆节和劳动节了。因为放假时间长，意味着可以不工作，因而带着点隐秘的快感。

刚到学校工作时，9月10日的印象还不是那么深刻，总觉得不过是个节日，人类演绎给人类自己看的，意义在哪里呢？其实，现在想起来，因为父母都是教师的缘故，在乡村教书，对学生特别好，逢年过节的，有的学生几乎和他们成了亲戚，多少年过去了，这种师生情谊都没变。甚至有时候去赶集，遇到学生卖菜，也会随手抓几把新鲜的蔬菜水果给他们。这便是乡村教师的节日吧。所以，教师节对学生而言、对老师而言，并无任何意义。而教育局发的一些象征性的礼品，却成了一种标志：比如一个小小的铝茶壶，一条腈纶毛毯，一口锅，或者干脆就是一个油壶啥的。

当我做了老师后，已经进入21世纪了，时代也变了。在市场经济社会里，老师常常不了解学生，学生也常常不理解老师，师生之间的交往一度参杂着一些功利的目的。

这几年来，风气却又变了。因为市场深入人心后，人们发现如果道德水平降低了，市场的意义便打了对折，一切都太物质化，反倒需要一些非无物质化的感觉了。所以，教师节的意义忽然又重大了起来，而媒体呢，又不断报道教师行业的一些违规或者市场化过甚的现象，似乎教师，在市场时代，只能清廉高洁，不食人间烟火才是。古怪的是，大众也认同，似乎大众忘记了，一切向着物质看齐的时候，教师也是大众的一员。

当经济的后发劣势成了现实，大众吃饱喝足了，忽然觉得读读圣贤书也是不错的，否则闲着逛着，人还得了各种病，真不划算！“阅读日”也跟着提了上来。当“全民阅读”的理念深入人心时，教师节的意义则彰显得更为突出了！

也算是令人欣慰了！

无论对一个民族一个国家，一个家庭还是个体来说，阅读，不仅仅只是获得知识的手段，更是一种修养；而老师这个职业，不仅仅是一种职业，更是社会的良心，是一个时代道德的根本。失去这种含义，任何节日都是一句空话。

但无论是道德还是良心，并不能仅仅依靠道德和良心来保证，而是需要很多社会体制性结构化的因素来保证才行。否则，希望老师们身心奉献却又把他们扔到市场中，任他们自我挣扎，那么，任何表达都会成为一句空话。

换句话说，教师节，不是教师的节日，而是所有读书人的节日！

祝所有读书人节日快乐！

2017年9月10日，匆匆于北京。

教书与育人

开学已经三周了，似乎一种绵延的懒散还没有完全从我身上消逝。可怜的嗓子却是一日日不见好转。春节的时候，向母亲抱怨，她只是笑了一笑，说我们都已经习惯了。我的父母都在十七八岁的时候开始为中国的中等教育贡献力量，由于当时教育政策的倾斜，只有成绩好的学生才可能直接上中等师范学校，但同时便也失去了上高中乃至继续上大学的机会，这是历史的一种误会！因为父母教了很多年的书，因此当我决定作老师的时候，自然免不了传授经验。

想来人的适应性的确很强，记得上学的时候，我总是习惯于在后排就座，也从来不喜欢回答问题，只是喜欢听那些能言善辩的同学在回答问题，但也不觉得有什么遗憾。当了老师，免不了总要连续地讲课，真是多亏了几年记者的工作经历，似乎也没有什么吃力的过程就顺利“转型”了。

到目前为止，似乎也换了几个工作，但是就大范围而言，不外乎教书与媒体两种。而媒体工作与教书比起来，看起来流程是累了不少，想必而言，教书却是更累。

最近因某大学教授的博客所引发的事件，被媒体炒得很热闹。便让我想起教书与育人之关系来。

首先，教书的对象是作为个体的人，这一个个的人所包含的是一个个纯洁的灵魂，站在讲台上，看着这群需要你给予引导的学生，所有的疲倦和抱怨都不得不咽了下去。

其次，教书的目的是育人。关键的问题是如何育人，是教育他们有独立的思考精神，自由的学术思想，还是告诉他们如何更好地能在现实社会中生存。在我们这个时代，在教育产业化出现了诸多问题的时候，这个问题将如何解决恐怕不是单纯的教学问题。而是一个社会问题，一个民族需要解决的问题。

再次，教书与所谓的科研工作是什么关系？大国需要的是科研的量化，还是整体的人才的培养？这个问题如果不被解决的话，教书育人在人性的潜意识中，只能沦为一句空话。

最后，我们要育的人是什么样的人？是我们希望他们成为什么样的人？还是他们决定自己成为什么样的人？抑或是社会逼他们成为什么样的人？还是他们不知道自己成为什么样的人，而我们告诉他们成为什么样的人？

这类问题看似十分普通，却果真是难以弄清楚。以上只是随意的一些思考。欢迎大家提出意见，一起讨论！

2007 年 3 月 24 日，北京。

那场大学教授博客引起的轰动性事件已作尘烟，每日的新闻就如同组成生活的细节一样，但是教书与育人、科研与教学等问题在我们这个时代注定成为一个难以避免且必须回答的命题，对这个命题的关注，不仅涉及我们的后代，更决定着我们民族的未来。

2010 年 12 月，补记。

夏日的纪念

没想到，一大早雨下得令人震撼！

6点半出门的时候，还只是点点滴滴，10分钟之后便是倾盆大雨，下车的时候雨大得出奇。本来可以躲雨的，心存侥幸，想着应该没有什么大碍的，谁料到仅仅是5分钟的时间，裤子都湿了一半，确实很意外。

此时，雨已停歇了，就像是一种对夏日的纪念一般。想着最近所经历的事情，记下几句，聊作总结吧。

今年夏天，事情出乎意料的多，先是家里的事情不断；继而是学校的事情也不断；最后才是常规的研究工作。

研究工作自然是必须完成的，一份关于手机的研究报告原本打算6月初开始写，7月中旬完成，谁料到7月上旬才开始，8月中旬才写完，筋疲力尽，却又觉得哪里不太对，勉强写了不少文字，本来有兴趣的研究，在时间压力下，就像是一出无奈的戏剧，只想着赶快落幕。落幕了，却又那么不甘心，觉得应该还有很多地方做得不太对。我想，两个月之后再看看，可能会有新的收获。

想着不是很满意，但是体力却是大不如从前了，接下来的日子里，无论如何也集中不了精神。最近10天来，几乎没干什么正事，研究电视成了习惯，就像是魔怔。集中看了10天电视，好像对原来报告中的问题有促进作用，却同样是累极了，看电视也是需要精力的，尤其是把它当作了任务，没有了娱乐，一天到晚地思考成了一种魔怔。

马上要开学了，需要备课，还需要补充资料，赶在一起了，虽然课程已讲了好几年了，总想着要补充新的资料，媒介行业的变化太快了，新媒介技术与社会结构之间的关系日益为大家关注，研究变得日常化同时又变得越来越难了！

研究生入学了，也要布置他们如何读书、讨论，日常性的教学工作和科研工作同时要展开了！

多余的话不能说了，要备课了！给 90 后的新生上第一门课，难度比较大，他们往往对一切都很陌生，未知的世界中，要求也变得含混甚至自相矛盾，令人头疼。

生活可能都是如此吧。

在这个夏日的清晨，纪念这个夏季的心情，希望在秋天来临的时候，获得另一种秋意与浓厚的快乐。

2011 年 8 月 26 日，中国农业大学民主楼。

蚁族的奋斗与中国农业大学的奋斗

意外的事情天天都在发生，说不定什么时候我们就成为主角，而这种主角，有时候是我们不愿意扮演的。但是，事情不由人，就像是忽然在沉睡中，得罪了命运之神般，醒来了便是一个阴天，这个阴天，即使是努力地让太阳在线，也依然是阴天，阴得令人不知如何是好。

前天下午，正在办公室和研究生说论文修改的事情，他们心情很沉重地说，今年我们的工作肯定难找了，说不定明年更不好呢！我问道，怎么回事啊？他们回答道："正在播出一个电视剧，叫作《蚁族的奋斗》，片中主人公就是中国农业大学的学生，毕业后像'蚁族'一样生活着。我们学校明年招生分数线肯定下降，报考的人也会减少呀，不是成了找不到工作、找不到朋友，没有钱、没有房、没有车的典型了吗？"有个学生着急地说："真是的，电视剧是艺术，他们干吗不把主人公的大学编写一下，比如华夏大学、中华大学，甚至是什么其他的名字也行啊！唉！"

名字！在这个媒体开始浸淫我们日常生活、左右人们的思维模式、行为观念乃至于态度、认知的时候，任何负面的印迹便会成为一种集体记忆，这种集体记忆刻印在我们的当代史中，时间如何流逝也难以消除。

一个核心的问题是这种真实对应的大学生形象，尤其是蚁族的奋斗形象，无论其结局如何，作为一个艺术类型，究竟是正当的还是不正当的？又或者说艺术作品中的形象，是否可以"真实的"对号入座？

这个，还真不好说。关键是，这里不是对号入座的问题，而是恰如其分地对号入座的问题，学校网页发出了"反击"新闻，希望用数据来纠正这种负面效应。

但是，娱乐时代的奋斗确实十分艰难。

电视左右着人们的日常生活，电视剧展开各种话题，延展在网络上，大众就像是集体狂欢的参与者，不只是冷眼旁观，往往还添油加醋。

于是，娱乐场的奋斗，成了大众的奋斗，艺术品的奋斗，成了大学名字的奋斗，名字背后的奋斗，自然转换为学生深深的哀叹。

在这样一个时代，事实好像并不可爱，人们依靠电视节目学习历史知识，依靠超级市场认识各种动物和植物，依靠电视剧理解情感世界，依靠《非诚勿扰》宣泄自己的梦想，依靠《蚁族的奋斗》消弭着中国农业大学的“奋斗”。依靠这一切，新闻不再是新闻，艺术也不是艺术，事实更是隐退于身后。

我想，奋斗着的不仅是中国农业大学，更是我们每个人。

这个时代，就是娱乐奋斗的时代，让事实说话，在媒介产品面前，不过是一种幻象。

希望，明天，后天，乃至于很多天之后，我的学生们能够不再在娱乐产品的场域中，担忧着自己的毕业前景。

苛政猛于虎啊！娱乐更甚啊！

2012 年 2 月 24 日，北京。

形象化社会与漏洞型提问

这个学期上课较多，各个年级都有，也去清华大学听黄裕生老师的课。下课回来的路上，忽然想到一个问题：老师都希望学生上课发言，并且留出时间给学生发言，大家的口才都很好，滔滔不绝的。也一定程度反映出中国社会新一代青年人的能说会道能力确实提高了，自然这个也是形象化社会的一个基本诉求。我这里说的形象化社会是指，所有的社会成员都在一种表象化或者拟人化的状态运作个体，个体不仅仅是个体本身，而且是个体形象的替代品。组织与个人共同将形象化这一特征镶嵌在社会的表层，由此形成了我所说的“形象化社会”。

这个形象化社会体现在教育上，应试教育将学生的思维方式凝固在对知识的应答上，而不是知识的逻辑性的构建上，也就是并不培养学生对逻辑思维方式的兴趣，只是从纠错或者找漏洞的方式来应对知识，分数成为初等教学的主要指标，即便不是唯分数论，也是围绕着学生的成绩打转儿。我们常常说的教育中的良心底线，基本被各种形式消解了。

到了大学，主要问题便凸显出来了。文科的课堂上表现得尤其明显，特别是逻辑关联或者理论性较强的课程，一定要学生顺着老师的思路，慢慢往下走。但是学生对此并不明了，上课的人倒是不少，听课的时候也很专心，课后也拷贝了课件。但为什么总是讨论不起来呢？问题在哪里呢？

之前我在自己的课堂上也希望大家讨论，但是沉默的时候居多。后来就算了。从黄老师的课程忽然明白了一点，之前的教育，带给学生的是纠错补漏式的思维方式，在寻找知识点。一旦进入理论性很强的知识训练中。听课成了比考试更重要的东西，他们反倒就不明白了。还有一个现象，“课件”这个东西其实很不好，有了它上课做笔记的习惯被消解了。大家觉得反正不记录，也没什么。

还记着之前上课的时候，没有投影仪，大家只能是埋头记笔记，不懂了下课回头慢慢看。现在大家只是听着。开始的时候看看教材或者课件，主要还在于教育培育出来的思维方式发生了改变，纠错补漏式的方式，自然是不可取。但是，如何培育学生的这种逻辑思维能力，确实又任重道远。

周三上课回来打算写的，写了一段因为有事就拖了下来，今天顺序写下来，却找不到了感觉，勉强记录一下吧。

2016 年 11 月 20 日，北京。

专业的遐想

社会历史的发展给予了人类社会诸种知识的传承和积累、分割与合并提供了不可推卸的机会。这种机会成本与教育相结合，一方面是教育体制的系统化、专业化、教育理念的日益蜕变，另一方面，则是研究领域的日益繁复和日益模糊，无论是哪一方面，对普通个人而言，不知道是人性的一种社会化的过程呢？还是人性的一种无法估量的复杂化？

说到所谓的专业，人文社会科学的相关专业，普通人还可以马虎说几句，自然科学的专业则就基本是“我不懂”三个字的代称了。遗憾的是，无论是哪门学科，人们在分工之后，往往会遗忘了分工只是为了更好地了解人类社会、建构和发展人类社会，各种现实的因素使得这种分工在人与人之间的沟通中，尤其是在教育培训后的人类思维模式中，留下了无法消除的痕迹。

无法消除，但是需要专业标准，如何界定标准，需要科学手段。因此，工具性的、量化的、技术的手段被日益广泛地运用到社会诸领域，尤其是大学的研究系统中。

专业的分工原本是为了合作，分工的目的却导致了标准的同一性。原本多彩的世界，被人类自己的各种需要和自作聪明彻底单一化了。

传播学这个专业在中国目前的发展，正是一个活生生的例证。

2007年5月29日晚，草于北京。

网络社会实验的意义：希望之路

过去的一年着实不平静。各种舆论性事件迭起，无论是雨田事件，还是疫苗事件，抑或是罗尔的诈捐门事件，都在警示着这个社会：一切都在改变，大众通过网络参与社会事件的时代，正在以各种方式进行着社会实验。

为什么是社会实验？因为这种参与方式尚处在前无古人的阶段。无论是古代社会所关注的以理性为基础的美德教育，还是以近代启蒙为导向的进步意义下的契约精神，都将人类社会的治理不断分割为不同层面：政治、伦理、宗教、文学艺术和哲学等。但无论如何分割如何治理，其对象始终是人本身。或者是人所构成的人类社会本身。功利主义以后果导向给予了人们方便抉择的一种思路，这种思路因为便利而一度成为一种思潮。随着互联网社会的到来，在制度缺失的情形下，网络中的社会实验则成为补救或者考验制度运作的基本规则。

那么，对这种社会实验，人们该如何看待呢？社会实验的参与者又如何在参与中逐渐分化呢？或者说实验者本身又会在何种程度上陷入自我质疑的状态呢？还有那些敏感的词语，又会在何种意义上成为被制约的或被湮没的对象呢？

当人们在质疑种种现象时，其实也正孕育着希望之光。希望是什么？希望是悲观中的坚守，是乐观中的反思，是遵循基本权利中的追求，也是对个体自身的一种反思和批判，更是对个体与社会关系的另一种维度上的建设。

当情感或者情绪甚至是感觉弥漫在网络上的时候，我们还应该坚信的是：人类自身的理性与德性，作为理性存在者，我们虽然是有限的，但却是作为个体可以独立抉择的，可以自律的，可以反思的。在自律中寻求美德的人们注定充满希望，而在自律中寻求希望的人们注定走在一条充满了荆棘的道路上。

2017 年 1 月 5 日，中国农业大学民主楼随感。

忙乱而无畏

上个学期的工作还没有按照计划全部实现，新的学期又开始了。

生活显得格外忙乱却又无畏，冷静下来，其实不过是一种心态的选择而已。

慌张是一种遇到突发事件时的不自觉地不安全感觉的反应，就像是阳光下忽然遭到了雷雨袭击一般，其实雷雨每天都有，不把他们分割开来，似乎雷雨与阳光也就合二为一了。

生活的常态或者就是一种无措感，平淡尽管是人们口头上常常会言及的，但真正的平淡气息来临的时候，人们又会觉得孤寂而可怕，就像是进入了一种没有波澜的空气中，看着生活的点滴，碎碎地、凌乱地，在眼前闪过。

命运是设定的一种局，每个人都在自己的命运之局中。无论慌张，无论无措，又或者是无畏。

2014 年 10 月，北京。

那种昏暗而质朴的意识

每年五六月份都是一个特殊的时节，因为学生会毕业，不久后，新的学生又要来到。在高校工作十余年，却是一点伤感也没有，觉得能够让学生毕业是多幸运的事情啦！

或者是随着岁月的绵长和延展，对待学生的态度发生了很大变化。刚来高校的时候，我的一个在大学教书的同学说了学生如何和老师斗智斗勇，如何逃课，如何不读书，如何如何……难免对学生有了点“成见”，所以一开始对学生就很严肃。其实，这哪里是我的性格啊！

过了几年发现，随着“80后”学生的毕业，“90后”学生们有了鲜明的变化。这些变化体现在很多方面，对教育而言，很重要的是：他们会自己寻求出路，这个出路不是指就业，而是指读书，他们带着自己的思考向着自己的未来走去啦。

历史很多时候并不需要花很大力气去推动，只要赋予民众散漫而自由的成长空间就会迸发出令人惊异的力量来。尽管教育在产业化，市场化和科技化的目标导向带来了很多的负面问题，人文通识教育的基础明显空白，学生书写叙述的文字能力让人咋舌，但是，那种意识出来了，那种我们看着昏暗模糊的意识，在慢慢长出小小的嫩芽来，绿莹莹的，带着一往无前的勇气和质朴的探寻力量。这种力量到了研究生和博士生身上就更明显了。

我常常感到无力的是：因为人文社会科学学科框架知识的不完整，想读书又觉得花时间读书无法满足职业诉求的老师，和想读书又觉得花时间读书无法满足职业诉求的学生们，一起在困惑中，挣扎着，折磨着，在标准化的论文模式中，顺序前进，惯性思维，绵绵不绝。之前有个老朋友，也在大学教书，说过一句话：现在高校老师根本不知道该读什么书！是啊，读书需要次序，文明需要积淀。序列和次序混乱了，时间也白白被浪费了。

忙碌，似乎是这个时代的特点。有了商业力量的人们，在内部开着各种读书会；民间的读书会力量渐渐开始露出头角；高校的读书会也悄悄在青年教师中崛起，回到经典，回到那些质朴的文字中，才能让那种昏暗而质朴的意识明朗化起来。

对每个人来说，都在这种昏暗而质朴的意识中挣扎着或者曾经挣扎过。即便是留下了挣扎的痕迹，也含有那种力量的萌动性。这种可贵的意识，是中层社会形成的模糊的基础，方向如何，还要等等看。

祝贺我的学生蚊子、瑶瑶、书源，2016年顺利毕业。

感谢我的学生小群、程田、奇云、赵志民，当2015年我在美国的时候，他们依靠自己的努力顺利毕业，再次感谢你们。

感谢所有学生在教学相长中带给我的帮助。让我们共同将这种昏暗而质朴的意识明朗化吧，尽管路途不同。

2016年5月25日，随手记于北京。

学说话

学说话，本来是作为动物的人类的一种基本功能。当话语从嘴里冒出来，那是一种怎样神奇的感觉啊!

小时候，看着大人说着一串串训人的话，心里曾暗暗较劲，快长成大人吧，说话比他们还要快。长大了，上学了，却变成一个沉默寡言的学生。从幼儿园，小学初中到高中，看到老师来了就溜得很快，实在不敢也不想和他们说话。

记得高中时候的班主任，姓曹，说话拉着调子，慢吞吞地，说着方言，训着同学们，我天生是个小个子，不爱说话，从来不会也不愿意坐在第一排，总坐在最后一排，跪在椅子上看着黑板。常常看不清楚，也不以为意。高中时候印象最深的是学校的操场了，因为我晚上常常跑出去坐在单杠上和同学聊天。

上了大学，说着方言的我，不得已放弃了熟悉的运城调子，从此进入了北方普通话时期。上课依然是很安静，不爱回答问题，有个好朋友，上课坐在一起，常常说话，还被老师叫起来罚站。但说话依然找不到感觉，似乎那些飘逝的词语和自己无关一般。现在想起来，只是觉得当时的欧洲文学老师，很不喜我，我自然也不喜她，常常受到批评，却也无所谓的样子。

到复旦大学读研究生的时候，导师朱立元老师是个很敦厚的上海人，有着北方人的憨厚、直爽。善良，宽容，脸上总是挂着谦和的笑容。记得面试的时候，他看出来我很紧张，居然问的一个问题是：你家有几口人啊？……放到现在，一定会被人们演绎为各种其他含义，唯有在那个时刻，才会让当事人有丝丝暖意在心头，这种暖意绵延多年，依旧未变。复旦大学三年，我的说话能力依然没有提升，说话感觉并没有找到，曾经看着那些肆意飞扬的嘴巴，心里很无奈。

工作之后，媒体带着人的嘴巴不断飘扬，各种场景，各种人物，文字开始有了感觉，那些神奇的话语也就如自动流出来一般。在国外读书，好像也占了这个好处，才勉强混了几年的时光。

回国后起初实在不愿意去高校工作，主要是担心好不容易积攒的说话感觉被消弭了。当时在我看来，做老师的人，端着架子说话的人委实太多，自己很不喜欢。但却走到了今天。

拉拉杂杂写这么多，不过是因为昨天上了 8 节课，今天上午起来头疼了一上午，下午再上课的时候，忽然发现自己说话的感觉又要消散了，说话时的感觉不像是自己的感觉，而只是一种自主性的感觉。

不由想起来之前有个朋友，在德国餐馆打工，周末工作三天，周一上午往往抱怨没精力上课，就说，老李啊，总说学生不用功，但是在餐馆工作，说那么多话，真的没有力气了啊！

我现在到是特别理解她当时的感觉了。

2016 年 5 月 30 日，北京。

闲话日常

乡村教师30年：我的父亲母亲

周二中午在办公室接到父母电话，言辞间很着急。询问之下才知道是学校打电话给他们，让填写乡村教师30年荣誉证书表格。还需要贴照片。他们说，我们在北京，可咋办？我说，让学校把表格发给我，你们可以到小区旁边照相，我回去把电子版拷贝一下就可以了。

回家发现父母已经拿了光盘，我坐下来帮他们填写表格。父亲做乡村教师39年，母亲35年，后来母亲又返聘了4年左右。表格要求填写工作学习经历和获得的县级以上荣誉称号等。于是，我坐在电脑旁边，开始帮他们回忆退休十余年之前的事情。

我的父母初中毕业后，响应国家号召支援乡村教育，作为优秀毕业生被选拔到师范学校。师范毕业后，二人分别分配在不同的乡村学校教书，此后不断更换教书的学校。从1964年7月工作开始，父母一直分居两地。我们兄妹三人就在乡村长大，他们分别在周六的下午回家，周日的下午又离开家返回各自的学校，这一点，我印象深刻。当时的学校还只是一周放假一天。

从1964年7月成为正式的教师，到1987年他们一起调到同一所学校工作直到退休，自行车始终是我们家最重要的家庭交通工具。在乡村期间的种地浇地、卖菜交公粮等生计问题，都依靠自行车和小毛驴来完成，因此父母的周日非常辛苦。本来他们报考了成人自考，但因为只有周日我们家承包的地才能有时间耕种，坚持上了几门课程之后相继放弃了。

因此，父母在填表的时候说，我们就是中专毕业，职称是中教一级。本来父母亲可以评更高的职称，但因为要到省里去，还要走各种关系，“事先都排好了顺序，并安排了谁是什么等级的，去了麻烦……”因此，父母都放弃了，甘愿在一个乡村教书，也并不觉得有什么缺憾。至于获得的那些荣誉，在他们看来，并不是那么值得一提。

我还记得有时候在村里的小路上，常常遇到一些面目朴素、身材厚实的庄稼汉，或者在集市上遇到一些男女商贩，热情地对着父母叫着老师的称谓。父母淳朴的笑脸，在那一声声老师的叫喊中，那么灿烂与明亮。一瞬间，乡村的力量，在教育这一理念下彰显的精神，真得到了那一点点微弱又巨大的张力。

父母退休之后，有一阵子闲不住，很想到小区的学校教教书，过了几年，这种心思才淡了下去，读书锻炼，操心家里的事情逐渐成为生活的重心。

昨晚，看着父母亲轮流给外孙讲述语文和算术，有一种恍然的感悟。乡村教育，其本质究竟是什么？这是改革开放之后的中国教育始终没有回答的问题。义务教育？素质教育？应试教育？或者是公民教育？知识普及？……在市场化的力量下，都已经成为效率或者利润的计算工具。乡村那些淳朴的情义，理应呈现在乡村教育中的德性力量，却逐渐消散了或者被驱逐了。

至今还记得那些镜头：父母帮住校的学生保管钱财，帮学生热着饭菜，帮学生调解家庭矛盾，父母的一些学生也成了他们的干儿子、干女儿，我们的兄弟姐妹。有时候，我在想，乡村教师的力量到底在哪里？实在是需要我们每个人好好反思。这种反思关乎着城乡关系，也关乎着教育的理念与变革问题。

2016年5月15日，北京。

附注：父母说他们的教龄超过了30年，最终就是得到了一张证书。乡村教育的根基在他们身上，他们却生活在前工业时代。

2019年春节又及。

过有趣的生活

眼看这个学期要结束了，把试卷整理好，打印完毕。程序化的工作完成后，猛然意识到，一个学期真的结束了，有一种难言的疲倦瞬间滋生出来。我们每天都在常规里生活着，依靠周末的间隙给自己充盈着能量，有时候难免看着这些自以为是安身立命的工作，觉得毫无意义。曾经有个朋友，特别爱读书，每天都在办公室从早到晚地读书，有一天忽然告诉我，说自己在书店看书的时候，忽然发现这些书中所说的话题都毫无意义。我赶紧说，你需要休息了……无所事事，不可以吗?

是啊，无所事事，不可以吗?

我们总是给自己设定了长期和短期目标，无论这些目标是否能实现，人们的心情和行为却不得受着这些所谓的目标消耗着生命的意义。忽然意识到，我们活得太辛苦在于：有趣的生活变得无趣了!

所以，我开始反省自己，带着学生读书的时候，告诉他们，首先要开心地读书，吃好玩好穿好，带着愉悦的心情读书，这样你才能发现书中确实有趣的东西。

有趣，是生活本来的面目。而目标，则硬生生将这种趣味撕裂为常规性的行为。检查、监督、考试和控制，我们在规训的制度中自我规训着，无力而又无趣。

工作的繁忙、生活的压力，加上身体的疲倦，使得人们越来越无力去思考生命的原本轨迹，只是工作着，然后生活着，或者旅游或者休息，或者忙着或者闲着，或者无所事事，或者异常忙碌。一切都像是一种循环，生命就这样走向消逝。

所以，我们要优雅而自在地生活着，让生活有趣让工作快乐，让读书充满每一天平常的日子，让淡定和从容的感觉布满生活的每一个角落。唯有如此，目标才不只是目标，目标才不再是目标；也唯有如此，目标，才会消散，目标也才会凝固为动力。

快乐而有趣地生活吧！假期到了！

2017年6月30日，北京。

“我为什么要上大学”

曾经在同事拍摄的照片中看到这样一幅场景：几个农村的小女孩在春节的时候放天灯，天灯上面写的心愿便是歪歪扭扭的几个字：我要上大学！那些稚嫩的脸庞在灰黄又有暖意的灯光下闪烁着。她们蹲在那里，低着头，看着自己手里亲笔写下的愿望，心满意足地笑着。那一瞬间，如此地震撼了我，令我觉得时间还停留在20世纪80年代，全民热火朝天地奔着一个愿望：上大学。高考，是如此亮眼的一个词语！时间似乎停滞，空间也被割裂了，似乎有几群人，分别站在了河的两旁，水在流，物在变，人也依旧在。只是，被分割而已。

记得曾经看过张隆溪教授写他当时考北京大学外语系研究生的场景。他写到，以为自己的外语已经很好，以为纷扰的“文革”中肯定没人学外语，没想到成绩出来了，他并不是第一名！考得好的同学很多。因此发了一句感慨：中国真的是人口众多。是啊，熙熙攘攘的社会格局，与个体在这个格局中的选择，有时候是如此分裂，又如此地撕裂着，有时，甚至是灵与肉的撕裂。

微信群里认识一个小朋友，法学硕士，喜欢各种书的版本，热爱读书，还热心地邮寄了书给我。我十分感慨，现在这个时代“90后”还如此热爱读书啊！见面后，依然从遥远的地方带了可爱的连环画书送给我。聊天的时候，他无比苦恼地说到，“我父母身体不好，都在河北打工。我家在农村，本科考得不好，也就是个三本。好不容易考出来读了好的大学、好的专业的研究生，找工作的时候又麻烦了。我如果不读大学的话，现在早就赚了很多钱，养活父母了。”又说，“我很喜欢在出版社工作，但是别人说如果这样的话，我起码有 5 年的时间需要积累，没办法在北京买个房子，我打算买四室一厅的房子，带着我父母一起在北京住。所以，建议我去考律师，这样的话，很快就可以赚钱，很快就可以买房子了啊！”……我沉默了一会，问，“那你为什么要读大学呢？”他说，“是啊，不读书就不是这样了啊！”我只好说道：“读书毕竟不同，你的见识和眼光和从前都不同了啊！”自己觉得说得也好无力，他说：“没错啊！你看，我经常淘书来看的，很有意思吧？”……我沉默着看着办公室里各种杂乱的书，猛然觉得自己寂寥地站在旷野中，人流穿梭的旷野！

我这几年不断接触着乡村社会中出来打工的 90 后，他们中有少数人似乎连我要上大学这样的念头都没有了！一个小店的店主，来自农村，告诉我说：上大学有什么用！念那些没用的书，还不是出来赚钱，那还不如早早出来挣钱，还省了时间！

记得曾看过一则故事，说有人写信问专家，在有很多贫困人口的情形下，为什么人类还要花费时间金钱和精力去地球之外开疆拓土？最好的回答是什么？为了人类的未来！

上大学其实是百姓所抱有的以读书改变命运的最本色的观念的体现，为官为民区别在哪里？几千年来，依靠的是知识所带来的区分，而 20 世纪 80 年代以来的市场化，直接对这一观念进行了分崩离析式的挑战！读书，或许还可以成为公务员，但无法带来更多的财富，那么，读书为了什么？

20 世纪 80 年代，《读书》杂志曾经有一期的主题是读书无禁区。现在的问题是：需要读书吗？为了什么而读书？为什么要上大学？禁区与否已经成为一个被悬置的问题了，那么，让我们再度回到一百多年前的科举制度被废弃的那一时刻，再度问问我们自己：如果还有科举，你参加吗？

问题无禁区。

起码，这是个可以敞开来说的问题，不过就是个回答，回答之后的结果才更令人揪心。

2016 年 8 月 4 日，北京。

冬日晨光

冬天不可抵御地降临了！

阳光淡淡地散落在干涸的路径上，前几日的狂风将秋日遗留的痕迹扫荡一空，渐黄的秋叶落寞地在阳光下收拾着无奈的心情，却是很淡然的。

人们依然散漫地在秋日的节奏中，喜悦地生活着。

日子便是如此，四季的风景就像是一种变迁中的画面，铭刻着人们的渴望与梦想。

梦想在时间的消磨中，渐行渐远；渴望依然在沉积的心底里升腾着！

生命便是这般，将欲望渐渐耗尽，将期望弥补在每一时刻。

当欲望与期望交接之际，代际延续便在冬日的晨光中开始又一个轮回。

现代社会中人们的时间都用来做什么呢？

交通、工作、压力、欲望等诸种纷乱的杂物就像是悬浮在工业文明之后的天空中。

无论是礼俗社会还是法理社会，规则在设计着我们的生活，我们的生命。

留给人们心灵的日子还有多少？

我特别相信心灵的纯净，感受到世界上真有精灵的存在，它们灵动地伴随着我们的生活，在需要的时候十分纯真地开启着世界的大门。

祝福所有现代社会中的人们在文明的浸淫下，快乐成长，找到自己的精灵。

2010 年 12 月 2 日，北京。

酒与我

酒似乎是一种世界通用的符号，无论走到哪里，都可以感受到酒的气息。我第一次喝酒，喝的是葡萄酒，是在大学过生日的时候。记得那时的我从圣诞前夕开始，几乎是每天喝酒，是廉价的红酒，有时候还混在一起喝，喝多是难免的。现在还记得，喝多的时候，脑子很清晰，嘴里在说什么，也控制不住，后果往往是胃会难受好几天。我们班有个同学，还喝得胃出血，被送医院了。据说这位仁兄现在在卷烟厂工作，也算是上天的一种安排。

读研究生的时候，大家聚会喝的似乎永远是绍兴花雕。温热的黄酒在人声嘈杂中，弥漫着一种淡淡的南方气息。只是黄酒我似乎不是很喜欢。

工作之后，应酬的场合多了，同事聚会的时候也多了，难免会喝点啤酒，间或白酒，但是感觉不到喝酒的快感。只是有一年在东北做专题，每天都在喝，一开始有点害怕，总是一点也不敢喝，说不会喝。后来有些馋了，忍不住就喝了，一次正好喝的是酒鬼酒，因为喝得猛了，自己感觉到手在发抖，幸亏还没有大事，赶紧到洗手间去洗脸，渐渐地酒劲就过去了，似乎也还好。谁承想，自此我便胆子大了起来，每顿饭都喝，都是自己随意，到也自在。我这个人从来就很羡慕那些豪侠壮士，很讲义气。一次，在酒桌上，看到一个大汉被灌得很多，久了，他一直在讨饶，说一会儿还要开车，自己一时英雄豪气就上来了。说，来，他的酒我都喝了，连着喝了好多杯白酒，自己没觉得有什么，因为已经吃饱饭了，倒是他们感动得不知道说什么好，也很佩服。

但是，快乐不常在。也是这次出差，因为同事要和人拼酒，我也只好奉陪，先喝了许多白酒，又喝了很多啤酒，喝完了白酒，啤酒不过像水一般。好在，对方被我们喝倒了，我居然没事，谁想一着风，回到住所便吐了出来。

这些记忆过去之后，对于酒没有好感也没有恶感。基本不想喝了。出国前，去看一位朋友，这位先生年轻时可谓酒仙，我们俩聊着天，就喝完了一瓶红酒，记得他还说，不知道你能喝酒，否则就有很多乐趣了。

在国外，红酒很便宜，种类也很多，也有香槟和其他类型的酒，朋友和我便计划着每次喝不同品牌的红酒，从便宜的买起，坚持了一段时间，想来也很快乐，但也是时常喝多，晕晕乎乎的。

常去要好的德国朋友家里，他们一下班，回来先喝一点酒，家里总会存有不少酒。我也跟着喝了不少，但是对酒确实是一点不懂。记得，有一年新年，和朋友一起聚会，没想到除了主人买的三箱红酒之外，客人也是每人至少带两瓶红酒，吃饭的时候，喝得并不多。吃完饭后，聊天的时候，大家开始品尝不同的红酒，似乎都很能喝，在红酒中开始放鞭炮，觉得也真是另一种生活。

无意间认识一个朋友，现在的工作是法官，以前是专门做红酒的。据说，上百种红酒，只要他品尝，马上可以说出品牌、产地和年份。真是神奇！

可惜，我还是没有养成热爱酒的习惯。

2007 年 1 月 31 日，北京。

好几年都不喝酒了，似乎与上述心情渐行渐远，家人倒是常常喝得晕乎乎的，自得其乐。有时候也想放纵一次，但现代的生活，又何来这种心境呢？如果喝酒不是为了一种心情与愉悦，而是为了某种目的，便也作罢。

2010 年 12 月，补记。

一辈子的事

朋友的孩子明年要参加高考了，他千方百计想把最丰富的信息告诉孩子，以便做出抉择，说：这可是孩子一辈子的事！

我的“一辈子的事”来临的时候，记忆里残存的却是些快乐和有趣的逸事。首先是家离学校远，父母工作又忙，还有很多人的孩子的“一辈子的事”在等着他们决定呢。高考前几个月，我忽然很不愿意看书，本来个子就矮，还专门申请班主任将我调到最后一排，这样呢，上课时候想听的时候就跪在椅子上；不想听的时候，就坐下来干别的。或者悄悄溜出去，或者回宿舍睡觉，或者到体育场的双杠上吊腿玩，乐此不疲。

一天早晨，照旧是上数学课的时候，因为是我的强项，待了 20 分钟就回宿舍睡觉了，碰巧也有一位舍友在睡觉，打个招呼就各自安眠了。没想过了一会，在迷迷糊糊中被她的呻吟声吵醒了。自己觉得此时也该回去上课了。抬头看看她，却是满脸的痛楚，询问之后说是肚子特别痛，不是很成熟的高中生看到这个样子没有任何办法，一股莫名的侠义心肠促使我立刻做了决定：借了自行车，带她到医院去了。她是急性阑尾炎，要马上做手术，医生说来晚了就危险了。我立刻觉得自己的逃课睡觉有了天然的理由，使劲偷偷乐了一把。

那时又因为自己数学很好的缘故，做了几何课代表，很神气。几何课的老师是刚从北京师范大学毕业的，带着度数很高的眼镜，好像有上千度的样子。说话很斯文，我觉得当时自己很崇拜他。因为所谓“工作的接触”：比如收发作业等，经常有机会单独到老师的宿舍去。有一次下了课，他很温和地叫我吃过饭到他宿舍去，我很纳闷，不明白，宿舍里的同学们都跟着一起猜，无果。在大家的企盼中，我很快乐地去找老师了。老师很有些温情地看着我说：这个是不是你写的？说着递过来一张纸，我想不会吧，我为什么要给你写信呢？顺手拿着，原来是一封不正式的情书。他说，下课后，他正没戴眼镜的时候，有人给他的，因为看不清，还以为是我呢。我很熟悉我们班同学的字体，脱口而出告诉他这个人的名字。他愣了一下，嘱咐我别乱说。

到填报高考志愿的时候，因为我天生性格开朗，要好的同学又基本是成绩不好的，也没有对此有任何想法，只是记得填志愿的前一天晚上，下自习后，已经不早了，有位同学在回宿舍的路上等我，询问我他应该报什么专业什么学校。我只好装成自己很懂的样子，替他做了决定，谁想到，他果然是如愿了。我则“出事”了。

因为这“一辈子的事”在我是始终没有挂在心里，一来成绩一向不错，二来性格如此，又无人愿意和我商量，索性随了兴趣了。很骄傲地只填了一个志愿：北京大学经济系。确实是视为儿戏了，高考前一晚，听同学说有很好的电影看，就一起去了。我高中时的好朋友都是成绩不好的，也没有太多的关于大学的梦想，故而我便被更远地拉到了一边。第二天骑车去一个陌生的地方考试，因为离校远，中午就在附近公园的草地上吃点馒头，休息一会，下午再继续参加决定我的“一辈子”的考试。

“一辈子的事”果然在我的不经心中很失落地结束了，高考分数公布那日，我一个人很孤单又很有气概地去看，看完很不理想的成绩，心里的感觉也不知是失落还是无所谓，也没有顾及一直等我消息的家人，只是一个人在学校后边的大操场的台阶上坐着，不知道要做什么。意识在那一刻很奇怪地不是感到失望，而是想到如何去给家人交代，没有丝毫的痛楚和内疚，只是想着办法去解决这件事。不知道坐了多久，家人寻来了，以为我有想不开的倾向，反倒什么也没有再说。

后来我是上了一个与我似乎从来没有想到会与我有过联系的大学，

一个我一直很弱的专业——中文。

我不知道我们在今日该如何去决定孩子“一辈子的”趋向。在欧洲的时候，觉得大学专业的设置诚然有特色，但是学生选择专业的方式更令我觉得有其可取之处。高中毕业生，无论是在哪个地方，总之还是个半大的孩子，成年人的思维自以为是有了，孩子的新奇和不明所以也顺便携带着，在很庞大的信息资源面前，如果有重新选择机会的话，连我们成年人用所谓成年的意识做一个选择的话，也是很难决断的，何况一个涉世不深的“成年人”。所以欧洲的学校允许学生在前三个学期之内换专业，学生在选择了课程去听之后，经过自己的思考，来决定自己的兴趣和未来的方向。虽然也有人在毕业后，觉出当时的抉择不是太正确的，大部分的倒还是很正常地去循规蹈矩了。这种方式毕竟还是有可取之处的，虽然听起来有些不是很现实。对我们来说，将如此沉重的抉择权放在自己唯一的后代手里，万一将来没有合适的工作和生活机会又该如何？

反正天下总是没有完美的方案，我的被无意和散漫决定的这半辈子，虽然在时下人的眼里有些离奇，我倒觉得有古人的散漫之风、抱着随遇而安的态度，对自己的一辈子未尝不是很负责的方式。只是仿佛生活中的不舍得和不安定太多了，家长和孩子们便无意识地替自己和替他人决定着几十年之后的日子。

想来也恐怕是一辈子。

2005年1月6日，北京。

这个孩子如今大学毕业，开始读研究生了，朋友又开始计划他以后的路，前几天有个学生找我写推荐信，说是他本来不想出国，是他父母想移民，没有别的办法，只好依靠他实现愿望了。有些家庭的子女已经成为父母的一种工具，或者实现他们未竟的事业，或者是成为他们设计人生的砝码，抑或者是他们的私有财产，依靠的都是孝顺的名义。有时候，我还真是想把孝顺这个词从文化中抹去，代之以义务与责任。

2010年12月，补记。

纪念一个陨落的年轻生命

人们常常在各种理由中生活，也常常为了各种理由而说服自己。这种种理由有时候甚至成了一种习惯，一种印象，或者几乎上升为一种信仰。

当我拿着电话，听到这个不幸的消息时，正好是站在马路边的过街天桥旁，车声人声顿时消失，手机几乎从手中掉落下来。昨天晚上我还刚刚听到你的病已经好转的消息，在不到24小时的间隔中，什么样的力量将一个如此年轻的生命击垮带走？探究原因似乎已经不再重要，也没有任何意义。

事情已经过去几天了。你或许早已经在天堂的路上，快乐地生活着，我却依然清晰地回想着你的生命轨迹，难以平复久已不曾激烈的情绪。

还记得你背着小学生的书包上学的样子，拿着扑克牌教我如何玩一种我已经忘记的游戏的场景，只因为那时还幼小的你一时找不到玩伴，你说话的神态，单纯而敦厚的眼神，就像是一幅图画，悬挂在那里，安静而漠然。

时间一晃而过，高考报志愿的时候，电话中我说了我的建议，你如愿上了南京大学历史系，而放弃了你本来想报考的哲学、社会学乃至于经济学。大学毕业的时候，你早已是一个独立的青年，希望继续在南大历史系读研究生，我的建议似乎是希望你能换个专业，回到北京来读书，但似乎是南京大学的氛围和师生关系令你觉得更温馨，也可以保研，你放弃了回北京。

这一刻，我甚至在想，如果我不建议你去南京而留在北京读大学的话，现在的不幸是不是就不会发生呢？据说你在安徽招生时感染了什么疾病，回来之后突然复发，两个月之后一个年轻的生命便骤然消逝。尽管病因我确实也不明白，也无法理解，但时空阻隔，阴差阳错，乃至命运这样的改变这一想法却一再浮上心头。

自9月16日下午听到这个消息至今，在生活中，眼前会时常浮现你的影子，温和的笑容，敦厚的面庞，沉默的神情，有点可爱的嗓音，叹气成了一种惯例，至今。

或许是我的情感太脆弱了，20多年前奶奶去世，这20多年的岁月中，无论我走到那里，只要是迁移到一个新的地方，总会梦到奶奶，她站在那里，无声无息，如影相随。不同的是，你是一个年轻的生命，夭折的生命更令人痛惜更令人伤感，你的生命对于你父亲而言，就像是他的生命，我便更为之无可奈何却又倍加痛心。

但反之，人生就像是轮回，我相信，世界上总会有种命运的主人，它主宰着操控着一切，你的生命的消逝，或许是另一种新的旅程的开始，命运无常却又往往是一种轮回。

活着是一种修行，走向死亡何尝不是一种解脱，人生的轮回对生者与死者而言，意义相同，我们活着便是为了走向那个终点，终点也是一种新生命的起点。每个生命在世界上都有自己的使命，当使命终结的时候，也是生命结束的时候，我们总会在天上相见，我们总会完成生命的使命，重新进入命运的轮回。

2011年9月25日，北京。

面对熟人

不知道为什么，从童年时期开始，我总是不愿意老看到周围熟悉的面孔。出门做客在我从来就是一种负担：看见几乎不认识的人，很机械地叫着北方系统里复杂的称呼，被不认识的拐了好几个弯的亲戚谈论着、询问着，好像到了一个不得不表演的舞台，只有回答的份了。如果沉默的话，父母会在旁边说：大人问话呢，怎么没礼貌？如果还是不答，就笑中带着尴尬替我作答了。回家少不了挨批评，似乎我成了我们家家教不好的表现。心里总是感到委屈，却也总是没有地方诉苦，久而久之，觉得天下的父母大约都如此，天下的小孩大多都要受这种奇怪的教育吧。于是，时时刻刻巴望着长大，想着也有教育自己后代的时候，就拥有了忍耐的勇气，虽还是一样的无奈。

渐渐长大了，这种教育后人的机会却总是没有得到。毕业后到单位工作，老的少的，有意无意都在告诉你该怎么做，反正我这个人性格也从来不强硬，想反正算了，不就是听几句话吗，忍忍吧。好不容易出国了，到了一个陌生的环境里，主要的喜悦是总算实现小时候的愿望了。刚去的一段时间，很快乐地，到处都是没有见过的面孔，只是这一点就令我偷偷乐了好几回。不愿意出门的时候，懒散地窝在家里，不会有电话，不会有人敲门，恨不得在家里打滚玩。回头想起来以前工作的事情，想到熟人的面孔就心里发抖，觉得很烦。

好日子很快消失了，转眼又回到了北京，那种怕见到熟人的心理又涌了上来，朋友好像也不愿意太多联系了，觉得都是负担（几个知己的朋友除外）。有时想，我是不是在心理构架上有问题，大家都说我人缘挺好，我怎么觉得也如此。就是面对熟人的时候尴尬和不舒服。

我常常觉得自己很热爱我们的文化，却又不得不在这种很熟悉的过程里辗转反侧地更辛苦地活着。我只有一张面孔，只有一张嘴巴，却不得不拥有更多的面具、更多的话语形式。我站在“我”的背后，不知道该相不相信是我自己在说话，我甚至怀疑有没有自己在那儿呢，那个披在我身上的东西该称之为什么呢？

读书越多越不会说话，读书给了我话语的能力，却也使得我忘却了话语自身的权利。所以，我只有面对文字的时候才有平静和喜悦。

文人常用不如禽兽来形容很不人道的人，我有时觉得禽兽也很好，至少它们不会有很多张皮，它们过着它们的生活，何以我们要剥夺并要与这种生存方式做斗争呢？我本来很怕动物的，但一想到它们的简单化，便觉得一切都可以得到解决。

我从来也不想剥夺他人的话语权，可总是被他人剥夺话语权，我的话语在这里没有找到自己的家园，只好爬在我的文字世界里，夜深的时候，悄悄对着自己说了。我的公众的话语权就在我的世界里，熟人再熟也都在圈子外边，我很愿意他们跨越，却又总被他们牵引着，一半在他们的圈子里，一半在我自己的世界里盘旋。

我在哪儿呢？很多时候看着飘在空中的话语，明知道那不是我自己，还得顺着想，就是这样吧。我可能不是这个文化里的循规蹈矩者，文化给予我的却是我对文化的陌生感和距离感，我在远处眺望着，在我自己的世界里寻觅着。

教育他人的机会还是有的，只是想法没有了。我不忍心看着另外的个体重新经历我的过程，不忍心看着另外的自己在那个可怜的角落哭泣。我想让每个人成为文化的熟人，而不是看客，看客不是自己。熟人在和自己熟悉的过程里，不断在实践中忘却想教育他们的心态，适应中重新找到自己和属于自己的家园。

面对熟人，就是面对忘却自己的处境，忘却自己的生长背景，简化自己的生活场景，在无畏中，和自己熟悉并成为朋友。

2005年1月9日，北京。

随着在学校任教时间的延长，又或者是随着年龄的增长，熟人与陌生人之间似乎已经没有什么界限了，熟人即是陌生人，陌生人何尝不是熟人呢？人与人之间原本就没有可以衡量的长度，时间和空间的阻隔与联系只是缘于一种特定的情境与机缘，随着这些情境的消逝，机缘的殆尽，每个人拥有的永远只是单一的个体。没有单一而独立的个体，人类的存在只能是混沌状态，这或许是启蒙个体的含义之一吧。

2010年12月，岁末补记于北京。

语言的表达：小孩子的烦恼

虽然“能说会道”似乎成了这个时代“人才”的标准，演讲技能、沟通能力乃至于公关、推销等，都被混合成了一种表达的状态和行动。各种面试更是把这种技能推广到了极致：单人、多人、团队，各种循环，似乎是另一种人海战术，有时候想想，放在现在找工作，估计我是要失业了。尤其是我们这个专业：传播学，大家听着名字就觉得应该能说会道的。

没错，语言表达是个体进入信息社会必须面对也似乎不得不“学会”的一项技能，关键是：如何是“学会”呢？

儿子上小学后，回家的表达方式的改变让我有点无语，导致我不得不反思一下这个“能说会道”背后的含义。我家这个小朋友本来就很能说，小嘴巴不停地说，我总是反复告诉他：沉默是金。他一脸不解，然后说：“我这个年龄不明白你的话是什么意思……”我后来就放弃了。随便他说吧，想着慢慢他就明白了。

谁知道他的表达方式，在上小学后发生了变化：原来说话挺温和，现在基本都是命令句、反问句或者祈使句啥的，我昨晚实在听不下去了。就问他：“闭嘴、滚出去、笨蛋这类的词语，你从哪里学会的？”他说：“学校老师就这样说我们啊，表现不好就要被罚站呢……我们班的某某某同学，都被罚站好几次了……”我说：“那你也不能学他们说话啊，这样不好的。肯定是你们有点调皮，老师生气了就罚你们。”他说：“我表现很好啊，没被骂。比如课间的时候，我想去喝水，但是高年级同学很多，我就挤不进去，只好等着打预备铃的时候，快速跑过去，上课前肯定能赶到，因为我跑得快啊……”

小朋友接着说：“我好烦恼啊，上课有点害怕。要是忘记带课本了，不能超过 10 次，10 次后就要被赶出教室的。”我问他：“有没有小朋友被赶出教室啊?”他说：“目前还没有……”

本来我还想“教育”他如何说话，听完后忽然不想“教育”了。只是对他说，“你觉得别人怎么说话让你觉得温暖那就怎么说话，语言是温暖人心的，不是听了让人伤心的。”的确，语言表达是一种技能，似乎谁都可以学会的。但那些表达技巧背后的东西，又有谁去关注呢？一种语言背后富有力量的、充满希望的文化因素被撕裂、被断裂、被畸形化之后，这种语言表达还剩下什么呢？

我写下这段话，仅仅是为了进行自我反思和自我批判。消除语言中的戾气如何与教书育人的理念结合起来，赋予民族语言一种更为神圣的文化蕴含，或者才是更值得关注的问题。

2017 年 3 月 30 日，北京。

生活的朴素愿望

不知道什么时候，放假成了需要做事的借口和机会。似乎平日的时间都不够用。国庆放假前还在想，要是能好好睡一个大觉就好了。不料，还未放假，各种事情又都排好了。理由都是一样的：正好趁假期，好好做完吧。这理由，既有他人赋予的，也有自己赋予的。结果都是一样的，还没有开始放假就琢磨着赶紧把活儿干完。假期要结束了，却依然还是没有做完。却也只好计划着，这几日一定要做完。

有时忍不住想，闲散一点不是更幸福？可是徒有闲散的心情，却总是没有足够的时间。其实，即使有了时间，也没有闲散的心情。有时也想，不睡觉也好，就这样发呆好了。这便想起了前不久去云南丽江的街头所看到的，尤其是在束河古镇，一个个的小旅店、小酒吧、小书吧，门口的牌子用各种各样富有特色的字体写着歪歪斜斜的字：发呆、晒太阳、上网、聊天……除了上网之外，其他的事情也许都是我现在的愿望吧。

国庆的北京很少见的天气不好，阳光不再是那么灿烂，总是隐隐约约地下着雨，有时还是大雨。这种天气使我格外怀念那五年在欧洲的生活，柏林因为靠近波罗的海，每年的气候总是以十一月份和四月份为界，形成两个基本完全不同的特征。自十月中下旬开始，太阳便慢慢成了一个很奢侈的事物，大多时候，天总是阴沉着，飘着小雨，空气很干净，也总是湿湿的，令人呼吸起来总是有一种特殊的城市味道。一进入四月份，阳光亮丽地铺天盖地而来，城市的草坪上处处是随意而卧的人群，就连学校里上课的学生，在这个学期随着阳光的逐渐炽烈，人数也越变越少。当时曾听一个朋友讲过，冬天没有办法，只有上课读书了，可是夏天，要做的事情太多了，读书就算了吧。其实，所谓的事情，便是享受阳光。大多时候，看到的都是在草坪上发呆的人群。

周末的时候，或者天气很好的时候，也经常和朋友一起，或是坐城市旅游的汽车，拿着零食，一路聊着天，看着城市的街景，无所事事地混一天，或者是在某地的草坪上，晒太阳，睡觉。

发呆，真是一个好的境界！只是这个时代似乎不允许我们有太多发呆的心境和机会，即使是存在，也在时代的潮流中，不得已地消失了！

生活的愿望其实原本都很朴素，生存使得这种愿望不得已地潜藏起来了。朴素的生活愿望的实现才是一种奢望。反而，人生理想似乎占据了人们生活的重心，那么，我们为了什么忽视了自己内心自然而朴素的愿望呢？

2007年10月8日晨，北京。

寒假临近了，已经忘记几年前的愿望了，读书与教学仿佛是一辈子的事情，时间似乎是远远不够的，朴素的愿望只有在人的特定心态中才能实现。

2010年，补记于民主楼。

随意而写

人类的生活有时候其实很无奈的，选择的或者是你的自由和权利，选择之后却就由不得自己了，自由和权利在生活的限定和现实的琐碎面前，无缘无故地日益退让着。时常会听到朋友们的一些询问，问自己也问他人，有时是不是命中注定的？换言之，便是相信命运有时候是有自己的安排的。年轻的时候，血气方刚，不相信也不会去反思，年长后，无可奈何的事情日益多了起来，慢慢意识到，人是最无奈的动物。人类花费了几个世纪争取的自由和权利，在作为个体的人的内心深处，在现代生活的不断控制和秩序化中，似乎变得越来越无力而苍白。

无论学者在研究社会的制度系统如何借助各种力量在控制人们的现实生活，现实还只是现实，即使是理论家们，也不得不面对着自己对于自己的追问与无奈，努力地生存着。

人类是积极向上的，但有时是被迫积极向上的，实现自己人生目标的过程如此之漫长，耗尽了人类生命的一代又一代人的能量，推动着社会的演变和发展。

力量，各种无可估计的力量，推动着个体的选择，现代社会中的个体，只好忘记了这种思索，被各种力量推动着，一天天地走着生命之路。

人类的选择只有是自由而多元化的，而且每个个体对这种选择都肩负有自知的责任，在责任与自由之间获得关联，不仅需要制度，也需要习俗；不仅需要文化积淀，还需要现代教育体制……唯有这样，人类才能持续成长。就如同我们每个人一样。

2016 年 9 月，北京。

假日心情

终于正式放假了！

但告别的仅仅是上课而已，其他的一切照旧。

依然要想着如何备课，如何读书，如何调研，如何完成课题，如何撰写论文……就是没有如何过清闲日子。

生活在这样的一个时代中，选择平庸的生活其实很难，放弃思考去过体力般的日常生活更难，遭遇到的不仅仅是各种游戏规则，还有对人类原始秉性的种种考验。

冬日的阳光依然灿烂着，似乎一切都没有改变，但一切似乎又在悄然改变着，我们常常在职业背后选择着生活，又在生活中选择着职业。遗憾的是，职业的选择往往非职业本身，而职业本身如何又是人们不十分理解的。

放假的心情荡漾在每个人的心中，期盼着的过程比实现之后的结果更令人愉悦一些。

放假的实现意味着等待工作的开端，烦乱的心情被挤压在心灵的某个角落，被搁置，被遗忘，甚至被放弃了。

一定意义上说，每个人每天都在工作与假期之间徘徊，想将其完全分开却又无能为力，加班就像是一种魔咒，蔓延着无望的情绪，在城市拥挤的马路上游荡着。这个魔咒潜伏着，就像是人类自身所构成的社会分子一样。

假期总是一种期待，在这种期待中生命周而复始地循环着，循环中实现着轮回。

人类总是在无可奈何中才相信宿命，宿命却像加班一样，时刻潜伏着。

潜伏着的宿命，伴随着每个个体的生死轮回。

既然如此，那就快乐着吧……

2010 年 1 月 22 日，随笔于北京。

年来到

就像是一种不断被改变的符号，各种复杂的心情伴随着新的一年的到来。

一直纠结在工作和休假中的当代社会，不得不为此暂停。

我们需要这个时代，需要这种新的生活记忆，就像是一种轮回。

轮回的符号在文献中飘荡着，鞭炮也演化为一种今日的记忆。记忆与现实如此纠缠着，不知是今日还是往昔。

时间在河的那边轻轻地流淌着，无论是怎样的结局也不在意，我们在河的这边无畏地生活着，结局早已注定。

生命在年的轮回中，被缔造、被终结、被毁灭、被改造，庸常的人们在庸常的日子里自己制造着不再庸常的生活。

在喧闹中，可以看到的是更为巨大的沉默。

2008年春节，草就于北京。

2014年春节记

[张爱玲]对于三十岁以后的人来说，十年八年不过是指缝间的事，而对于年轻人而言，三年五年就可以是一生一世。

一般地说来，活过半辈子的人，大都有一点真切的生活经验，一点独到的见解。他们从来没想到把它写下来，事过境迁，就此湮没了。

看到张爱玲这两段话的时候，忽然觉得不该因为一时的懒惰，让一种感觉湮没。于是，开始了一段文字的旅行。

很多年没有在老家过春节了。记得以前外出读书的时候，寒暑假必然回家，当时农村正流行着联产承包责任制，假期的主要工作是干农活，夏日里汗流浃背，冬日里寒风刺骨。此刻想起的却是冬日里那稀薄的阳光，和阳光里温馨的一家人，那些争吵悄然过去了，或许，人生最为重要的便是回忆中的记忆而已。工作之后，假期自然被瓦解了，尤其是成家之后，回老家也成为一种奢侈品，不敢也无暇享用。婚姻，是家庭之间的纽带，也是中国人家庭关系最为复杂的表现。在这种复杂关系的挣扎中，人们放弃着自我的各种可能性，延伸着原本逐渐放弃的集体生活。出国后因各种原因，也没有回家过年，看着父母日渐苍老的面容，另一种心态浮现出来。人生便是一种轮回，我们看到了未来的自己。

这一年，2014年，时光在飘逸中骤然停滞。

带着孩子，伴着父母，在安静的冬日里经历着春节。小城的鞭炮，依然喧闹着，像极了小时候。记得上小学的时候，父母给我们兄妹三人安排的任务是去村里各家各户看春联，选择好的记下来回家汇报。一家一家沿街看下来，有时候还会遇到不认识的字，没手机没网络，研究一番，也算了。集市上有现场写春联的，父亲会即兴在家里写上几副，邻居也会跑过来，拿着红纸让父亲写，父亲总是感叹着，好久不写毛笔字了，然后欣然想着对联，慢慢落笔。院子里是大桌子，大桌子上摆放着砚台，父亲趴在冬日阳光里的样子我还记忆犹新，左邻右舍对文字和知识的崇敬之情也犹记于心。如今，鞭炮还在响着，声音更大了，带着孩子看春联的感觉却变了：春联依然在，但下面的商标却出卖了它的身份，银行、保险公司、食品等行业的标志悄然标记于春联的角落。母亲翻出来好多春联，仔细一看，都是广告商送的，消费主义果然成人文主义了吗？

家乡的羊肉泡馍依然有名，价格从多年前的 5 元涨到了 15 元，却清汤淡漠，完全没有了以前的感觉。我小时候热爱的炒凉粉，小小的几片，从我上高中时的 5 毛钱，成了 7 元钱，却不再那么好吃了。庙会里和北京一样，除了吃的、玩的，其他的，就是行人了。舜帝陵弄了个祭天仪式，演员们扮演着那个时代的人物，看着那些服装，很恍惚了一阵。临时搭建的舞台上，巨大的麦克风发出民间歌手的声音，一时让人仿佛又回到了 20 世纪 90 年代的岁月里了。恍然如梦，便是这种感觉吧？

见到了 20 年未见的高中同学，他们在小城里安静地生活着，像是什么都没变一样，说着当下的语言，却带着过去的情感，一切，还停留在二十年前，孩子，成了话题。人过四十的困惑，也成为一种主题，自我，在哪里呢？人们询问着。是职业淹没了他，还是岁月呢？

2016 年 10 月，北京。

节日与人

街上的人开始变少了。小区对面那个小小的理发店，依然在冷清地运作着；街对面的驴肉火烧店关门了，门口的招牌上直截了当地甩出了节日的气息；附近的一家家小店卖馒头的、卖包子的也悄悄关门了。路上的行人神色悠闲，行李箱的轮子在大街上自由地旋转着，一切都那么静谧而淡然。

是啊，人在过着日子，日子在观看着日子中的人。

稻香村门口排起了长队，红色招牌绚丽又夺目，人声鼎沸！下午在门口的理发店剪头发的时候，老板娘很稔熟地和周围的来来往往者打着招呼，还一边问我，看你最近总在这附近买东西，放假了吧？我顺便问道：春节了你们也不回家？她说：不回了，来北京20多年了，家里人都在这里。回老家干吗呢？连个溜达的地方也没有。也没个人说话，在北京，想出去溜达可以随时出去啊。……是啊，节日的目的是什么呢？当仪式感越来越淡化的时候，节日还剩下什么呢？

小时候过春节，新年前一天晚上枕头边就放好了新外衣新鞋子新袜子新内衣，第二天出门，巷子里都是穿着全新衣服的人们，街道干净整齐，除了鞭炮碎屑外，什么也没有。春联各自绽放着光芒。而如今的春联，成了商业文明的一种附属品，猛一看会发现很多家门口的春联都已经成了银行保险公司之列的天下了。人们也不在乎新衣服旧衣服了，服装的新旧不再是节日的一种印记，团圆的主题依然在延续，只是换了场所而已。紧张的工业时间和信息革命改变了人们的职业习惯，也改变了人们的社会交往方式。节日意味着可以悠闲睡觉吃饭旅游，总之是消费。

消费之后还剩下什么呢？

就节日本身，尤其是春节，不仅仅是四季的轮回，还是人与自然秩序之间的一种结合点。如今的自然秩序依然在干枯的树枝上悄悄孕育着春天，春节悬挂在人们厚重的服饰和绚烂的美食和旅游中。总听到人们说，年过得越来越没味道了！味道是什么呢？味道是那种怀着敬意和虔诚所遵循的文化信念，它蕴含着对文化和历史本身的尊重，尤其是对自然和人本身的一种天然的尊重。在天然的状态中，人们在蕴含着神秘色彩的自然信仰中建立了人与春节的关系，如今这种自然信仰的感觉消失殆尽了，年的味道可以在商业文明的喧嚣中，慢慢找回那种自然的感觉，味道才有可能回来。

什么是自然的感觉呢？难道要回到那久远的年代吗？自然是不行的。味道是一种心理感觉文化感觉，但同时也代表了社会的主流价值观。节日本身就是一种价值观，在这个价值观的背后，是一种文化认同和种族认同，也包括了历史认同和政治认同感。尽管消费中人们可以选择更多的东西，但失去了认同感，一切都会变了味道，或者没了味道。只是剩下吃喝玩乐而已。那么，人与动物又有何差异呢？

无论怎样，春节到了，人们盼望着团圆，盼望着美食，自然也盼望着与不同的圈子一起交往。交往着的人们构成了节日的一种风景，失去了这种交往，人与人之间，便只剩下了冷冰冰的消费关系。所以，新衣服新鞋子新袜子新内衣，还是需要的。或许不在于新旧的感觉，而在于味道的浓厚与淡薄。

2017 年 1 月 26 日，北京。

假日随想

2016年一年，忙乱得很！能休息的日子几乎就是周末了。往往是还没有感受到休息的乐趣，就又到了周一。即便是2016年的春节，好像也在忙着做什么，都忘了是假期了。2017年的春节，刻意把各种书籍抛在一旁，只做吃喝玩乐的事情。果然，假期真的变成假期了。

放假之前，也打算出去旅游一下，经过各方讨论，各方妥协，最终还是留在了北京，至今却觉得是一件幸运的事情了。旅游，其实也是很累的，旅途的操劳，最终会消解假期里的闲散，也变成了另一种劳作吧？当然，也或者，可以在一个地方安静地住下来，就只是晒太阳发呆，也是一件美好的事情。但，几乎不大可能吧。喧嚣就在眼前，远离喧嚣，是可能的吗？

所以呢，假日里，懒散度日，吃喝是大事，玩乐是大事，就像是挤压已久的疲倦忽然在这一刻找到了排泄口，猛地缓口气，一下子人就找到了舒服而松散的感觉。又像是经历了一个漫长的征途，紧绷着神经，小心翼翼地探路，总算到了一个可以心安理得地享受的地方了，一切都显得那么从容或者优雅，人们的心思，一瞬间在绽放着，回到了那个向往已久的时刻。

所以呢，假日里，东游西逛地，看着人群，看着风景，走着看着，看着走着，一切都是风景，一切都是日常。就像是在生活的旋律中忽然找到了停顿的感觉一样，沿途的人们，神色不再匆匆，每个人都像是走在自己家的院子里，拔草剪花、挖地砌墙，泥土的清香弥漫在城市的大街上、长廊下、小桥旁，甚至是公共汽车站台上，一切都充满了乡土的节日气息。

假日住在我们每个人的心里。它柔软又果断，淳朴又矫情，总是被期待着的，也总是被失望着的；总是被热闹着的，也总是被冷落着的。其实假日就是假日，是人类给自己设定的一种仪式，一种期待，在这种仪式中，人们找到了生活的位置；在这种期待中，人们给自己设定了生活的目标。有始有终，不仅是四季的轮回，也是人生的轮回。

2017 年 2 月 3 日，北京。

怀旧、想象与文化评判

前几天出去办事，重新回到住了好几年的一个地方，走在熟悉的街道上，看着没有改变的风景，以及街道上的小卖部，还有那些摆摊的、擦鞋的以及挤满了车的路边，感慨颇深。离开的时候，走在街道上，忽然有一种难言的不舍之情。索性走到曾经十分熟悉的公共汽车站旁边，等到了熟悉的公共汽车，坐上去，打开书，慢悠悠地看书、看街景、享受春光和外面的繁华。时光似乎一刹那又回到了曾经那一刻，多少个早晨，我都是这样，天蒙蒙亮，等车、坐车、看书，然后看外面，继而到学校。

不由想起了曾经住过的另一条街道，那是在柏林的一个小角落，每天出了地铁，就是一条小路，路上有一个超市，两家土耳其人开的小店，一路走过来，就回到了宿舍。离开的时候，每次走在那条路上，都格外珍惜那一刻的阳光，似乎要留在心里一样。

车依然在前行着，繁华的街道上，人们在过着日子，就像是时光，并没有停滞一般，如常。到了终点站，下了车，照旧沿着那条熟悉的路，走向了熟悉的地方，一切都是那么自然而然，似乎几年的时光只是一瞬间的感觉而已。

这便是怀旧，也是一种怀旧的记忆。其实，在怀旧这种情感中，人们往往会忘记，当时究竟是什么样的场景，只是记住了那种仪式般的感觉而已。这种仪式般的感觉，虽然看起来只是一种简单的重复，却构成了人们想象的基础。在这个基础上，人们不断想象着过去的那一刻，而早已忘记了过去的苦难。

也正是基于想象，我们评判着周遭的事物，无论是独自一个人，还是在群体中；无论是在网络中，还是在现实中，我们的想象带着怀旧的记忆，评判着，就像是我们没有了过去的仪式一般。

进城务工农民、大学生、流行文化还是精英话语，又或者是阶层问题，其实很多都是一种想象中怀旧的产物。因为忘记了想象背后的怀旧仪式，我们就带着想象或者想象的感觉，铭刻着自己的判断基石，设计着自己的判断，并不断给这种判断设立客观的标准，最终以这种标准建立了自我的各种观点。

网络时代，尤甚。当代社会中，人们常常仅仅是根据零碎的现实片段、借助想象本身，形成了各种各样的看法，这些看法，被一些突兀而来的所谓爆发点所激发，变成了一种想象与感觉混杂的洪流。这种洪流，来得迅猛，去得轻松，最终只是留下了被激发的热点人物，孤单地站在全球般想象的世界中，孤独又封闭。

这个时候，我们又身处何处呢？

2017 年 4 月 28 日，北京。

旅游经验的时间化与空间化

今日忽然想到了旅行这回事儿。曾经我是如此喜欢旅行，每到一个地方，总是寻觅周围的“景点”，然后争分夺秒地去“看”各种景观。随着时间推移，这种心境却是慢慢消散了。但是旅游的观念则在铺天盖地的信息世界中被凸显出来了。

随着信息技术与媒体传播在人们日常生活中的常态化，日常细节也成为旅游空间的一种元素，这种元素被分布在时间和空间脱嵌的社会网络中，形成了特殊的旅游空间与旅游时间。

之所以说是旅游空间，而非旅游文化，因为我觉得所谓旅游文化已经更多地被延展到商品与信息的交织关系中，成为实践性的一种形式了。而空间则不同。旅游空间可以被分割为历史的、地理的、经济的、政治的、个体的或者社会的，甚至是虚拟的和现实的。旅游经验在旅游空间中不但被虚拟化了，也被时间化了。

而之所以说旅游时间，而非旅游文化，则因为旅游观念本身也发生了分裂。在展示与被展示之间、在观看与被看之间、在凝视与被凝视之间，旅游者和被旅游者成了同样的景观，在被同质化的时间意识中，成了孤零零的对象化的产物。旅游经验甚至不再仅仅是旅游者的经验，而拓展为人类的集体生活经验和日常经历。通过展示的各种资料，历史记录或者人类活动的痕迹，都成为经验与历史交织的产物，因而也成为旅游被镶嵌到实践中的一种明证。

而旅游空间和旅游时间，自然与工业时间、现代时间、技术时间、虚拟时间是交织在一起的。旅游的时间化与空间化因此也成为社会变迁中的一种印记或者符号。这些符号铭刻在人们的日常生活中，成为现代都市生活的一种场景化的产物。

将旅游经验文化化或者知识化，或者将知识嵌入旅游经验中，一定程度会改变人类社会的交往关系，地理空间与旅游空间因此会交织在技术空间中，并随着历史意识的日常化，演化为一种独特的文化形式吧。

也或者，会成为人类精神不得不游荡的一种形式。

2016 年 11 月 13 日，随手记录于中国农业大学民主楼。

秋天那些事

犹记得夏日的炎热，秋天却不顾一切地降临了。甚至在尚未被人察觉的时候，冬日便规训着秋日，肆无忌惮地来了！

每天的生活就像是程式化的，起床、坐车、看书、办公室、上课、读书会，然后看书、回家。很多年前，曾经设想过，程式化的生活该是多么地无聊啊！现在却觉得安静而程式化的生活，最难得。

就像秋天，在一片绚烂的色彩中，姗姗来临；又在一片肃杀之中，被淹没了。日子如这四季，看似无常，却最有情。

昨晚没睡好，下午去听课的时候，困极了！只好一边想着古人的精神激励自己，一方面拿着手机看看那些绚烂的图片，以便激起心中那一点点的激情，与困意斗争一下。最终是不困了，却也下课了。

出了教学楼，出了校门，一路的黄色烂漫，一路的肃杀之气相随。犹记得读书的时候，最喜欢春雨冬雪，觉得那都是大自然缔造的极致之美。而秋日，看的文字多了，也少了浓烈的心思。

在连续两个多月程式化的生活后，这一刻，回眸望去，却是那一片黄色的烂漫，弥漫在眼里，无法消散。

很多年前，记得在香山看红叶，人还不是很多，那种秋意中的红色，不很浓烈，却也不是很萧瑟，只是很坦然地安静地绽放着自己的叶片。

这一刻，却是想到了那些静静绽放的叶子了。

电脑速度很慢，下载几本电子书，等着等着，就随手写下了这些文字。

2016 年 11 月 9 日，北京。

下篇

文人记忆

学术志趣

“原野听龙吟”：靠近张岱年先生

对张岱年先生的感觉似乎是一副遥远的写意画。没想到他现在竟是在这样的环境中，以八十有七的高龄，为他所一心向往的哲学史及哲学理论、传统文化的研究而孜孜地工作着：那或许可以称之为他的书房吧，约有十平方米的样子，粗粗望去，满眼皆是书，临窗的桌子上书堆得只剩下一个凸字形，右边倚墙而立的大书架，不仅里面，甚而架子的左右上方都热热闹闹地挤满了书，左边的墙是没有书架的，各色各类的书参差不齐地缩在各自的位置上，细细观之，却绝无灰尘。书旁的沙发仿佛是好多年前的人造革制品，是令人心冷的灰暗的酱紫色，随随便便地搁了几块同样是许久以前的纯棉白布，似乎还带有不太明显的暗道，即便如此，铺得亦不够平整，极委屈地折成并不美丽的形状，而张先生用以招待来访者的圆桌，轻轻一碰便会发出吱吱哑哑的声音，他自己坐的那把折叠椅，却是连坐垫也没有，只是在已裸露的早已生锈的铁架子上胡乱塞了一些诸如棉絮、布头之类的东西。

张先生用略有些低哑的声音热情地请我坐，但我只是觉得脸上的肌肉有些僵硬，平静、淡然已不可能再伴随着这次采访了，我慌乱地拉开包，极力想掩盖什么似的，终是什么也没说。

张先生耳背，我随意讲了几句话，倒也没引起他的注意。张先生着中式棉袄蓝色中山服上衣，扣子仅随意系了两个。只是那一头无任何杂质的雪白的头发和那双平和之中依然深邃的目光令我感动不已，我提议给他照相，张先生没有反对，却极仔细地系好衣服扣子，低低地私语："我这个样子怕是不行吧。"

我蓦地想起了张先生的父亲生前在住宅大门上贴着一副对联："大林容豹隐；原野听龙吟。"只要思绪依然活跃、依然时时关注学术动态，又何必在乎所居之所呢？

张岱年先生自1933年从北平师范大学教育系毕业后，60余年来一直对所从事的哲学研究充满了难以抑制的浓厚的兴趣，甚而在民族危机之时，以书生意气仍执着于学术救国之路——虽明知是不可能的，这种"知其不可而为之"的精神正是鲁迅所称之为"中国的脊梁"的主要内涵之所在。张先生在《张岱年自传》一书的扉页自题字为："自强不息，厚德载物；好学深思，心知其意；言有物而行有恒。"事实上，他也正是这样去做的，他赞同冯友兰先生研究中国哲学史的路子，他努力学习金岳霖先生的分析方法，并为熊十力先生的文笔雄健所启发，他远慕孔、老、孟、庄的宏卓深湛，钦敬西方哲学家的缜密，故而，他抛开了周遭的一切其他因素，心平气和地做他的哲学理论研究，提出他的关于文化的"综合创新论"，一点点地在哲学的王国里艰难而充满乐趣地漫游。

张先生现在依然壮心不已，仍时常为各类学术刊物写文章，兢兢业业地继续他的理论探索，他自己比较满意的几本著作是《中国哲学大纲》《中国哲学史方法论发凡》《中国伦理思想研究》《中国古典哲学概念范畴要论》。除此以外，张先生时时关注着学界后人的成长，他如数家珍地提到了几个我熟悉又陌生的名字，并客观地加以评价，继而又叹息搞哲学的后人还是太少了，尤其是中哲史，因为仅繁体字就是一个很普遍的障碍。

离开张先生家时，我的讶然与不平早已淡化。其实，对于终其一生钻研哲学问题的张岱年先生而言，不论是身居草庐还是身居大厦，只要心灵始终在无际的原野上飞翔，并携有一种龙的后人特有的精神、气度，他便会时时以夺目的辉煌令世人吃惊，从而为人类的文明做出自己的贡献。

中国有不少同张先生一样的知识分子，沉默时，是一条卧龙，龙的脊梁可以弯曲，因其柔韧性，但却终不会折断，因为其心灵的容量是无法描述的，作为学者的精神气质随时代之发展会趋向永恒的。

所以，我们时时听到旷野里龙的低吟——浑厚、有力。

（原载于《人民政协报》1996年5月9日）

想起张岱年先生

去国五年，回来的时候望着北京城有一种被隔离的感觉，仿佛已经是很久远的时光了。感慨还没有出来的时候，很快地在网络上看到了张岱年先生去世的消息。一种似乎是很恐慌的心思令我顿时忘却了隔离的感觉。觉得那不应该是一种消息，而是一种生机才行。给朋友打电话证实之后，没来由地待在桌子前，忘却着。

记得那是 1999 年，正好是中华人民共和国成立 50 周年，我还在《人民政协报》学术版做编辑，因为做一个系列性地对 20 世纪文化史的回顾这样一个专题报道，就首先想到采访张先生，请他就此来回顾 20 世纪文化史以及哲学史的问题。

与张先生的见面是在他中关园的寓所里，屋里很乱，书籍堆得很多，很散漫，似乎主人还没有机会和时间去翻阅，又似乎已经翻阅了，却没有时间或者精力去整理。张先生坐在书的中央，书的中央有一个不可以称之为书桌的书桌，旁边的椅子很凄凉地又似乎很安逸地在那里，恭敬中携着从命。张先生的神态很自在，没有如我所见到的一些时下的文人的抱怨和不安分的情绪，用平和的思绪回顾着中国学术史在他眼中的辉煌和灿烂，他的语速不是很快，却有着一种罕见的沉着和冷静，丝毫看不出年龄对他的羁绊和约束。

张先生的夫人只是没有言语地倒了一杯水给我，就退了出去。那时节恰好是仲夏，很炎热。张先生穿着很简朴的很多年前才有的老布料短袖衬衫，很清晰地望着书架上的某一处，似乎这个世界与他没有关系，他在自己生活的地方生活着，自己的地方只有他自己是拥有话语权的。

对话在这里几乎是在隔离的状态中发生着，历史和世纪的烽烟在这个不大的方寸之地燃烧着自己的生命。

静静地听着那轻轻地并有间歇的陈述，思维的清晰似乎不需要你去发问，就自然在那一刻流淌着。我保持着一种姿势，没有去喝水，也没有去做丝毫的移动，只是尽量僵硬地坐在那儿，遗忘了所谓的工作任务，享受着我们这个时代很难感受到的士人和学人的世界。

读书的时光和读书的快乐在世俗的标准里几乎蜕变为一种生存方式，生活的当下的状态使得生活的当下成为独立的主宰，在变革和革命化的时代尤其如此。别处不是我们所拥有的和实际想拥有的，书籍的使命成为职业化的实际手段，就如你去做一个在田野里耕种的农民一样，职业的需求变得越来越超出职业的本身。出版的多样化令这种无边的状态进入另外一个世界。

生活在别处的快乐和矛盾，使我们通常不知道自己的需求，只知道在这一刻的愿望。愿望代替了那种世界里的活动和机智，生活着就是生活着。我们不需要对话，因为我们都会告诉自己，迫于压力。读书的快乐会偶然地在那一刻，自己面对自己的时候，幽怨地爬上来，坐在旁边如小妾，轻微叹息里享受着短暂的时刻。

天亮了，起床了。消失的还是消失了。别处不是我们的生活轨道，只是生活的那一刻，对话从来也没有进行，因为我和你都不是在这种状态里的。你说，我需要；我说，我也是。生活如常，时世如常。街上的公共汽车自在地奔驰，街上的人群如梭，平常地生活着。

张先生坐在那里，很平常。如梭的生活和别样的感觉对他也本来没有分别的。分别的只是我们自己要给自己说的一些话而已。话语的权利本来我们也有的，只是自动放弃了而已，因为我们不想拥有，却又不肯舍弃，站在边缘寻求自己的权利，很辛苦却很实际。这里的话语世界很随意、很自在，显现的是历史、是我们之所以为我们的理由。

其实，我们不需要理由，因了没有理由而更加理直气壮和坦率自然，从而也实在，也社会化了。原本实际也很奢侈的。张先生也得实际，吃饭穿衣，生活琐事，样样躬亲，世界的界限、话语的分裂对他来说是没有意义的。对我们来说，意义或者有那么一点吧。

不由得会想到信仰的问题。对书籍的信仰和对人自身的信仰。实际的信仰和实际的关注什么是每个人的问题，不是读书人的问题。原本也没有等级上的分别，却有着等级上的自然分化，分化使我们读书的时候有着一种无以名状的快乐感，那个自身在文化和历史里很轻松地靠近了，明知回归是很期望的角色，便也不是充满着希冀了。程序化规范着这个时代和这个时代的读书人。很多年的习惯忽然在一种可以解脱的情形下奔跑出来，肆无忌惮地在大街上蔓延。

张先生的书桌不能称其为书桌，却显现着书桌的原始含义。身份的认同很简化地在这里得到一致化的评判。没有了身份的读书人却也没有想到还需要身份的认同。所谓公众文化的形成原本也因了市民社会的形成，身份在这里已经确立了。流行也很自然地确定了自己的身份，早已不是17、18世纪了，一部分的我们享受着公众文化的乐趣，一部分的我们蜕变着这种文化，剩余的一部分我们很辛苦地在田野里劳作，文化对这一部分来说竟是宋元时代的戏曲故事和说书了。

放弃了话语权和曾经给予机会而却没有得到话语权始终就不是一个层面上的问题。没有读书的记忆里涌现过这一部分的历史。田野里没有辉煌和灿烂，只有宁静中的质朴和刚毅。质朴从而厚重，刚毅因了宁静而柔韧。很多模糊的词语我们很难做确定的界定，界定也原本没有必要。无论走在路上的是什么，从张先生的眼里和神态中显现的只是那一片宁静的旷野。

旷野早已不是你我的记忆了，它在那里，始终如一，饱含着那片黄土地。无论有着怎样的名称和变幻的记忆，历史遗忘的不会是这里的土地，这里的旷野。

张先生的寓所很小，很拥挤，却又很阔大，不是因了书籍，只是那个人的姿态和神情。淡然地在向着无尽的田野望去，质朴而纯净。

2004年12月初，北京。

附注：2006的春节在寻找传统的鞭炮声中过去了，今日无意间看到一年前写的关于张岱年先生的回忆，一年多的时光是那么短暂，唯有以此来铭记一种流淌在我们心中的一种敬意和怀念。

2006年2月16日，北京。

随后几年中，总是听到一些学者仙逝的讯息，尽管大半由于工作的缘故都接触过，还采访过，除了张先生之外，其余的一直留在记忆中，始终没有落于笔端，随着时间的蔓延，或者文字的感觉和人生的感悟会有所不同吧，又或者再也没有一种朝气的文字，留下的只是平淡与沉稳的感觉。

2010年12月又及。

季羡林：本色的学者

“纵浪大化中，不喜亦不惧。应尽便须尽，无复独多虑。”这是季羡林先生很欣赏的两句诗，其作者是东晋诗人陶渊明。季先生的为人、为学，正如陶氏的诗，本色自然却又真淳。

漫漫求学路

季羡林先生1911年8月6日出生于山东省清平县（现属临清市）关庄的一个农民家庭，自幼家境贫寒，终年以高粱饼子充饥，一年能吃上一两次白面就很不错了。6岁时，他赴济南投靠叔父，叔父对他很严厉，要求他从高小开始课余学习英语。上初中后还亲自为他讲课，让他参加课余的古文学习班，读《左传》《战国策》《史记》等。晚上去“尚实英文学社”继续学英文。这为他日后学术上的成功，打下了坚实的基础。尤其是培养了他喜好读书的习惯。

1926年，季羡林转入山东大学附设高中学习，受业于桐城派作家王昆玉先生，遂对古文发生浓厚兴趣，自学《韩昌黎集》《柳宗元集》，以及欧阳修和“三苏”等人的文集，同时开始学习德语。

三年后，转入省立济南高中，适逢著名作家胡也频、董秋芳在此任教，这使得季羡林受益匪浅。从此，他改用白话进行写作，自谓“舞文弄墨终生不辍，全出于董老师之赐。”高中期间，季羡林已经开始创作短篇小说，如《文明人的公理》《医学士》《观剧》等，发表在天津《益世报》上；同时还翻译了屠格涅夫的散文《老妇》《世界的末日》《老人》

等，发表在山东《国民新闻》上。

高中毕业，19 岁的季羡林入清华大学西洋文学系学习，专修德语。在大学的四年课程中，他受益最大的是一门选修课——朱光潜先生的“文艺心理学”和一门旁听课——陈寅恪先生的“佛经翻译文学”，这两门课实际上决定了季羡林终生的学术研究方向：佛教史、佛教梵语、中亚古代语言研究和比较文学、文艺理论研究等。清华 4 年，正是他风华正茂的时期，他与吴组缃、林庚、李长之结为挚友。四个年轻人经常聚集在一起，纵论天下大势，臧否古今人物，一时被誉为“清华四剑客”。同时他还创作了许多散文，并翻译过一些外国文学作品，都陆续见诸报端，成绩斐然。

1935 年，季羡林以优异的成绩考取清华大学与德国的交换留学生。是年秋赴德，入哥廷根大学深造，从此开始了 10 年的留学生活。在哥廷根大学，他主修印度学，辅修英语语言学和斯拉夫语言学。他的导师是当时世界著名的梵文和佛教文献专家瓦尔特施米德（E・Waldschmidt）教授。1941 年，他以论文《〈大事〉偈颂中的限定动词的变位》获哲学博士学位。当时，欧洲的战事正酣，交通中断，欲归不能，只好滞留在德国继续从事研究。5 年之中，季羡林在对吐火罗语、吠陀语和佛教混合梵语的研究中取得了很好的成绩：他写了数篇优秀的学术论文，名声大振，饮誉四海。可以说，留德十年所取得的成果奠定了他在国际学术界的权威地位，至今这些论文仍作为重要文献被引用。

1945 年秋，欧战硝烟未尽，季羡林急切盼望归国，辗转瑞士（停留半年）、法国、越南，后取道香港，终于在 1946 年夏末回到了阔别 11 年的祖国，这一年，他 35 岁。

般般报国心

1946 年，经陈寅恪先生推荐，回国不久的季羡林被北京大学破例聘为教授，兼东方语言文学系主任。这一待，就是半个世纪。

半个世纪以来，无论是什么样的环境，他都恪守着自己对学术、对祖国的诚挚的信念。20 世纪 50 年代，他写过几篇重要的论文：《中国纸和造纸法输入印度的时间和地点问题》《中国蚕丝输入印度的初步研究》等，这主要是针对当时世界上流行的一种说法——“在中华人民共和国成立之前，是中国向印度学习，而在中华人民共和国成立之后，则是印度向中国学习”而写的。季羡林认为：这个论点既不符合事实，又抹杀了中国对世界的贡献。他通过大量的考证和旁征博引，终于令人信服地证明了印度的纸、造纸术和蚕丝是中国传入的，使得印度学者和中国学者心服口服。后来，他又在《糖史》一书中进一步论证了蔗糖熬成糖的方法是如何从印度传入中国的，中国接过这种熬汤方法加以提高，熬成白糖又传回印度的过程，这些看来不大实则是很重要的问题。不但在学术上有重要意义，而且可以烛照出季羡林拳拳爱国之心。

“文化大革命”期间，季羡林背了不少黑锅，一段时间中，“一个月有几天要到东语系办公室和学生宿舍所在的楼中去值班，任务是收发信件，传呼电话，保卫门户，注意来人。”（先生语）但他仍从 1974 年起，倚仗着“心灵深处那一点微弱但极诱人的光芒”克服了无数困难，将那部两千年来驰名印度和世界的《罗摩衍那》全部翻译完毕，将这 250 万字的印度史诗由梵文翻译为汉文的工作该是一项多么巨大的工程啊！难怪日本著名教授中村元先生称这一本为东方第一、世界第二个全译本。

以学术来报国的信仰，以学术来完成对文化本身的研究与展望的信仰，使得季羡林先生从不敢有丝毫懈怠。新中国成立后，他除担任北京大学东方语言学系系主任之职外，还曾任北大副校长 5 年，第二、三、四、五届全国政协委员，第六届全国人大代表和常委会委员，国务院学位委员会委员，中国东方文化研究会会长，中国亚太学会会长，中国比较文学学会荣誉会长，中国作家协会理事以及德国哥廷根科学院《新疆吐鲁番出土佛典的梵语词典》顾问，冰岛“吐火罗语与印欧语系研究”

顾问等 50 余个职务。1992 年，印度研究梵文的最高学府瓦拉纳西大学授予他“最高荣誉褒扬奖状”。

学问中西间

季羡林的学术成就介绍起来是十分困难的，其研究之深之专，之广之丰在这短短的篇幅中是很难写清楚，写全面的。

大体而言，主要有以下十个方面。①印度古代语言研究，②佛教史研究，③吐火罗语言研究，④中印文化交流史研究，⑤中外文化交流史研究，⑥翻译介绍印度文学作品及印度文学研究，⑦比较文学研究，⑧东方文化研究，⑨保存和抢救祖国古代典籍，⑩散文创作。

但是几十年来，他用心最多、成就最大的领域则是印度学。目前为止，已出版的有关学术著作已达 800 余万字，为中国的印度学作出了卓著贡献。

正如他在《季羡林学术论著自选集》序言中写的：“高山、大川、深涧、栈道、阳关大道、独木小桥，我都走过了，一直走到今天，仍然活着，并不容易。说不想休息，那是假话。但是自谓还不能休息。仿佛有一种力量，一种探索真理的力量，在背后鞭策我”，也正是因为有了这种奋斗不息的精神，他从一个普通的农民的儿子成为学界泰斗。

但季羡林既非书香门第之后，更无家学渊源可言，这学贯中西的学问是如何得来的呢？还是用他自己的话来说吧：“我记得，鲁迅先生在一篇文章里讲了一个笑话，一个江湖郎中在集市上大声吆喝，叫卖治臭虫的妙方，有人出钱买了一个纸卷，层层把纸包裹住。打开一看，妙方只有两个字：勤捉。你说他不对吗？不，他是完全对的，但是说了等于没说。我的经验压缩成两个字是勤奋。”

勤可以成就一切。

结　　语

著名美籍女作家韩素音在季羡林 85 岁华诞时的贺词中写道：“他毫不追求权力、财富或是被人颂扬，他整个献身于他的国家——中国和中国人民，还有他的不动摇的忠诚，对我们所有人来说，都是一个榜样。”这真是十分公允的评价。

季羡林一生节俭朴素，淡泊名利，他从来反对宣传自己，平生只写过一次 2 000 多字的自传；他视金钱为身外之物，用自己千元的工资和微薄的稿费在东方学系设立奖学金，或者购买图书寄给家乡的小学校……季羡林平时布衣粗食，他最爱吃的东西是馒头就大葱。但季羡林又是富有的，他拥有太多的书，他爱书，藏书，兀坐在书城中，怡然自得。

这样一位本色的学者，面对他，我们其实是用不着去评价的，也没有资格和能力去评价他。他不太高大的身躯几十年来一直站在东方文化的中流上，从不去苛求引起轰轰烈烈的震动。他的已经褪色的中山装，那顶可爱又随意的绒线帽，以及那直率又宽厚的笑容，与他的学术研究一起，形成了一个 20 世纪本色学者的完整的形象。

我想，“本色”从来也将应该永远是对一名学者的比较诚挚的评价。季羡林对此二字更应有其独特的体会与理解。

（原载于《纵横》1997 年第 8 期）

“中国学”者：访饶宗颐先生

饶宗颐这个名字，对国际汉学界、国内学术界，很久以前就不是陌生的了。他所涉猎的专业之广，专著之丰，都是非常人所能想象的。恰逢“王国维诞辰 120 周年纪念会暨学术研讨会”在清华园召开，我终于有幸与饶先生“交谈”了几分钟。

饶先生祖籍潮州，1949 年移民到香港，1952 年起即在香港大学教书 16 年。1968 年赴新加坡教书 5 年，中间又在日本、印度、北美、法国等地从事教研工作，回港后又在香港中文大学任教。饶先生可以说是教一辈子，读一辈子。他谈到 1952 年当时的中文系同仁为中国传统文化的传播所做的重要的事：编了一部中文读本——《中国文选》，作为入学考试必读之书，在英国殖民地教育控制之下的学生们才有机会接受传统文化的陶冶，这本书也因此影响至今。饶先生主张认识中国传统文化，必须打好中国语文根基，能够阅读古代不同文体。他认为“选学”是一切学问的基础，如果讲文学，而不讲文选，是无法获得对远古的文学取得深入的了解。

饶先生出身于书香门第，古典文化的基础十分丰厚，因而做起中国学问来便有了很好的条件。他很早先人着鞭，在敦煌学方面做了许多的研究，对中国古代史尤其是上古史有浓厚的兴趣，他认为：追溯源头我们的研究重点还是应该放在古代史方面，因为我们有那么多出土的材料没有好好利用，比如甲骨文等。

开会期间，饶先生还在清华大学做了一次特别的演讲，关于中国文字起源的问题。这次演讲中，饶先生利用考古学的新发现，结合文献学、文字学、历史地理学的有关知识，提出了一个李学勤先生认为至今无人提出的观点：中国文字的起源是多元化的，大家仅知道仓颉造字，其实此外还有一个诅诵值得研究，论排名次他还在仓颉之前，楚国地区有许多古陶文出现，证明文字来源非出一人之力，起源也是多元化的。饶先生的演讲引起了许多青年学生浓厚的兴趣，他说：同学们真是很可爱。如此专业冷僻的讲题竟能引起这么多人有兴趣。

饶先生的话语很明白也很有力，他快活的神情看起来丝毫不像一个81岁的老人，他仿佛从这一张张年轻学生的脸上看到了吾国学术前途充满了希望。他说：培养人才很难，应该给他们更好的机会、更好的条件去发挥才干，学术的重要性以后会慢慢显现出来的。

饶先生在敦煌学、甲骨文字学、历史学、文学艺术、考古学、文献学、中东文化交流史等方面都有很深的研究，对目前流行的显学——简牍学也有一定的研究。面对这样一位学者，我毫无发言权；况且在这短短的几分钟时间里，我也不可能了解到很多。我用这短短的几页文字，并不是想也不可能写出饶先生的学术品性；只是想说：中国传统文化本身所蕴含的魅力是无可言说的，正如饶先生所讲：中国上古的历史、文化问题越研究越有意思。许多看似枯燥的、看似没有联系的文化现象，其实是可以结合并构成一个有秩序、有体系的文化网络的。或者说，学术不应该是一种职业，它源于文化，源于对历史的热爱，这力量就是延绵了民族历史的内在因素。

（这是1999年国庆期间去拜访饶宗颐先生后记录的文字。当时记得是在国际饭店，在场的还有北京大学历史系教授荣新江老师，这些文字并未发表，这次收录在此，作为历史记录，特此说明。2018年12月，北京）

与史重约：访邓广铭先生

采访邓广铭先生并不是一件轻松的事，虽然事先我已做好了充分的思想准备，但看到这位 89 岁高龄的老先生时，心中的敬畏与担忧还是不由自主地涌了上来。

邓先生的声音很洪亮，沧桑的几十年学术生涯磨砺出的谦恭、诚恳的学人态度令我感动不已。他很宽容地接过我递过去的名片，说："谈什么，你起个头吧。"我仅仅知道邓先生所做的《辛稼轩年谱》《稼轩词编年笺注》影响较大，便小心翼翼地询问起缘由。

邓先生哈哈一乐，"我是 30 年代从北京大学毕业的，毕业论文做的是《陈亮传》，导师是胡适先生。陈亮乃南宋思想家，反对理学，曾以自身强烈的思想见解与已有很高社会地位的理学家朱熹进行论战。他和辛弃疾私交甚好，诗词来往较多，为了做好《陈亮传》，就必须弄清楚他与辛交往的过程，所以，我掌握了不少辛弃疾的材料。"

可以想见，20 世纪 30 年代的中国社会是怎样的一种状况！邓先生为了弄清辛弃疾的许多生活细节，曾翻阅了去世不久的梁启超先生写的《辛稼轩年谱》。加之，《陈亮传》交于胡适先生后，胡先生亦认为陈和辛的关系写得不够，这更促使了他进一步修正的决心。

于是，大学毕业留校任教的年轻的邓广铭雄心勃勃地走向了学问的殿堂。恰逢当时胡适先生任"中华教育文化基金董事会"秘书长，邓广铭于是询问导师，能否以《辛稼轩年谱》《稼轩词编年笺注》申请基金，胡适先生有些为难，沉吟半晌说："梁启超做过《辛稼轩年谱》，其弟梁启勋做过《辛稼轩词注》，他们的名气都很大，你刚出茅庐，得写篇文章，证明你拥有的材料很多。”

我能想象出为了这篇文章年轻的助教付出了多少心血，他将梁先生作的年谱中不清楚的或没有的细节一一补充出来，用丰富的材料为自己的申请打下了一定的基础。文章发在《国闻周报》上，立即引起了南北方学者的注意，夏承焘先生通过该报写信给他，说：“我正在写唐宋十个人的年谱，其中包括辛稼轩，看到你这篇文章后，我决定不写了，非你写不可。”同时，正在清华大学任教的陈寅恪先生通过傅斯年先生、胡适先生打听他，很是赏识。夏、陈二人显然对申请起了很大作用，资助费顺利地批下来了。

谈到这段往事，邓先生很是感触，“资助费批下来后，胡先生首先告诉我‘三十岁以前研究学问，应当受到鼓励；三十岁以后有人鼓励也得研究，没人鼓励也得研究，这是学者的本分。’实际上，若是批不下来，很可能我与宋史便无缘了。因为抗战爆发后北京大学南迁，教授、副教授随迁，讲师助教暂时留京，我当时是助教，甚至连基本的生活费都没有着落，何以谈研究？”

于是，战火纷纷的中华大地，有这样一位年轻的学者用整整两年的时间泡在了北平图书馆，勤勉地完成了两本书《辛稼轩年谱》《稼轩词编年笺注》。

历史之线终于牢牢地握在他手中了，年轻的邓广铭牢牢地抓住这条线，先后写了《辛弃疾传》《岳飞传》《王安石传》。其实，他几十年的研究成果又何止这些？这些甚至不是他研究的重点，用邓先生自己的话讲即是“门外谈词”，不是他的本行。

邓先生目前正在修改这四本传记，他说：“这叫失之东隅、收之桑榆，这些书最晚的距今也有二三十年了，时代的烙印太重，于学术研究是不利的，希望能给后人留下比较丰富的史料佐证。”

邓先生的书桌上是一盏极普通的黄色台灯，桌面上、桌子下面则堆满了各种书籍，“我已 89 岁了，每天的工作效率太低，心里很着急，特别不希望有人打扰。”

离开了邓广铭先生，我觉得脑子里满满的。想起邓先生告诉我的一件事：白石老人82岁时，胡适先生曾让他去做《齐白石年谱》，他去采访白石老人时，老人说：“你提个头吧，我再给你讲”，邓先生马上意识到他当时根本没有资格作《齐白石年谱》。

其实，以我不足30年的人生时限、用仅仅一个多小时的接触又能对89岁的邓广铭先生真正知道多少呢？但我还是要努力地去听、去写、即使是一星半点，也是珍贵的史料。遥远的名字、遥远的记忆本身就是历史。

搞了一辈子宋史的邓先生，大概正手持放大镜，逐字逐句地重温多少年前的故事，毕竟，这再一次的约会是以更深厚学术功底为后盾的。

与史重约，该是邓先生当下追求的一种境界吧。

（以笔名三白发表，原载于《人民政协报》1996年6月11日）

人文社会科学家的历史使命：访任继愈先生

用这样大的一个题目来描述采访任继愈先生的感受其实是很准确的。因为任先生多年的研究工作及行为已做出了证明。

采访任先生那天，天气出奇的冷，风很大，任先生却早已在办公室等候了。话题是从他的研究工作谈起的。任先生讲他年轻的时候，对中华民族的性格本身有极大的兴趣，虽然大学时念的是哲学系，文化视点却一直没有改变。

任先生认为中华民族有自己的特点，这个民族在历史的演绎过程中自我发展、充实改变，虽吸收了其他的各地域、各民族的文化长处，却总是保存着自己的完整性。这一文化现象深深地吸引了他。

读大学期间，通过对中国哲学的学习得知：中国哲学曾吸收了印度哲学中的许多东西，他对印度哲学中的宗教意识，充满了兴趣。

用任先生的话讲：因为中国的宗教是传统文化的起源，文化的一切活动都可从前期宗教的各种形态中得到解释，而哲学，则是文化的精华，不去探究中华民族的哲学发展史，就无从了解中国传统文化的精髓。所以，他动手了，一个个极其广泛的领域被他用简单的文化现象勾连起来。

任先生的话语虽不多，却讲述得十分清楚，他谦和的口气、简约的谈话倒真的令我有一种误会，似乎这轻描淡写的寥寥数语已完整地表达了他的观点。

任先生并不谈及自己的著述，他总是讲几句话，就停下来，朝我笑一笑，尔后静静地看着我。我只好硬着头皮扯着话题："任先生，您对中国宗教有什么看法？""我认为中国有三种宗教：儒教、道教、佛教。有的人认为儒家的信仰并不是一种宗教信仰，但有些庙宇如天坛的庙宇便只能是儒教的庙宇。这三种宗教是中华民族传统文化的三大支柱，或者可以说是灵魂。”任先生这些话讲得很快，也很快在冬日的阳光里被温暖着，窗外虽是剧烈的寒风，窗内却时时荡漾着文化的热情，散播着文化的暖意。

我索性又提了一个大众化的问题：“任先生，有的人认为中华民族缺乏形而上的思想方式，即重实践理性，轻理论理性，或者可以说是民族性格中有一种固有的更重功利、实用的精神，您觉得怎么样？”

“中华民族的传统文化的优劣本身是同一个问题的两个方面，中华民族的民族整体性格也是一个问题的两个方面。这与我们民族的历史发展有一定的关系。俗语讲：中华民族是勤劳、勇敢的民族，这勤劳、勇敢其实并非天生就有的，而是因为我们的祖先生存的地理环境、自然环境很差，生存是首要的也是必须面临和解决的一个问题，因而他们不断地与自然环境进行斗争，因而我们民族的忧患意识也就很强。除此之外，我们民族的历史经历也很复杂。战争——不论是内战还是外来侵略，都使得遭遇它的人类不得不想方设法首先生存下来，他们当然首要注重的便是现实问题。”

任先生的话语仿佛把我带到了几千年前的洪荒时代，历史的沉重与厚实对于一个民族而言有时的确是种难以摆脱的压力：这个民族将不得不在带着辉煌灿烂的文明的遗产的同时，步履沉重地思考未来。正如国学大师陈寅恪先生将中华民族传统文化喻为“连体婴儿”一般，我们将无法摆脱传统文化所带给我们的两难境地。我们面临的一方面是启动夏商周断代工程，探寻我们民族悠久历史的源头，另一方面则是现代化的挑战，舍弃哪一方面都将是得不偿失，历史提供的这个难题将如何解答？

任先生的解释或许只是一种缘由，我想也正是由于此，他才将宗教、文化与哲学连在了一起，以他个体生命的微薄力量痛楚地思虑着这个问题。

他一方面骄傲地认为："有的民族虽有文化却并没有哲学，宗教则包括最早期传统文化的诸种方面，文化的精华方面才是哲学。"另一方面又不得不为中国传统文化的各个方面在现今的发展而叹息。但任先生并没有丧失信心。他讲文化的振兴需一段时间化的超前性与滞后性现象总是难免的，人文社会科学的研究将会在未来的日子里得到足够的重视。

我却不得不捡起这个话题重新思考。中华民族的精神支柱，脱离了对人文社会科学的各种阐释，还剩下什么？而这剩下的部分也正在消失。

我们有理由如任先生一样对人文社会科学的发展充满信心，对文化的振兴充满希望，但这的的确确不是一朝一夕的事，它尚需几代人的努力才可能实现，关键的问题是：该怎么去做？

带着任先生的希望我离开了。北京图书馆渐渐隐在了都市的喧嚣与繁华中，川流不息的人群冷漠地做着各自的工作。在北京的寒冷气息中我感受了一种文化的温暖，它的生命已不能再拖延了，请给人文社会科学以足够的重视吧，尽管它们的生命充满生机。

也许，任先生又坐在北图的办公室里工作着了，他的屋内依旧是阳光荡漾，他在期盼着学术研究的更加繁荣。

宗教、文化与哲学的启迪由此而展开，宏观的气魄于是演绎。我想：我们也会充满希望，因为根基仍在。逢夏必枝繁叶茂，逢秋则必是硕果累累。

（原载于《人民政协报》1997年1月6日）

汝信的学问观

汝信这个名字在我的记忆中一直是与《西方美学史论丛》这本书连在一起的。他那清清晰晰、朴素明晰的文字令我对极晦涩的西方哲学萌生了至今仍可以说是浓厚的兴趣，正是这一兴趣，引导我一次又一次地走近了哲学。

其实，汝信先生自称不是搞哲学出身的。他讲他原是江苏吴江人，1949 年毕业于上海圣约翰大学政治系，后参军做翻译，转业后方到当时的中国科学院哲学研究所工作。

也许，从语言转向哲学对汝先生而言本身就是一种奇迹，用他自己的一句话说，“我是没有真正入门的。”

于是，我想象出了 20 世纪 50 年代年轻的汝先生是如何一页页地读晦涩的哲学书。1955 年，他荣幸地成为贺麟先生的研究生，贺先生当时以研究古希腊、德国古典哲学为主，(加之那时对现当代西方哲学采取的是全盘否定的态度)，汝先生勤勤恳恳地读的亦大多是德国古典哲学方面的著作。他曾对我说，“德国古典哲学是人的思维发展到很高水平的产物，的确是难懂，但是是基础，是哲学发展过程中很重要的一环，忽视它是根本不对的。”

1981 年，因工作需要，汝先生从社科院哲学所调任社科院副院长，行政事务大量地占用了他的时间，哲学似乎是渐渐弃他而去。但他依然在招研究生，依然勤勉地教导他的学生。对于目前学术界对现代西方哲学的热衷，他表示不敢苟同，认为这与时下学界的浮躁风气有关。他说：“西方现当代哲学对于现在而言虽是研究少，文字新，似乎易出成果，但就历史而言，许多著作极可能都是过眼烟云，历史的自然淘汰法是无情的，而当前的许多书还没有经过时间的选择，哲学史则已经过了时间的一次次选择。”

所以，他提出两点：一是要注重对哲学史的研究，二是要冷静地研究当前。以古希腊哲学为例，虽看似文字浅显，实则有很丰富的内容，哲学上的许多观点都从这里发端。

回到古希腊，其实不外乎有两点：一是以一种冷静的态度走向哲学，二是从史入手，注重连续性地做研究工作。哲学，在某种意义上是训练思考能力的学问，并非一定要给人以什么知识。

汝信先生喜欢历史，包括政治学史、经济学史，乃至语言学史，尤其古汉语研究，哲学史自然更不用提了，他遗憾万分地丢掉了大量的研究时间，他不止一次表示：希望退下来后继续他的研究工作。

但学问又何尝是静止不动的？这十多年来，他的同仁们默默无闻地工作已使许多问题的研究走到了另一番天地，学问，用一位老学者的话讲亦是“一日千里”，历史已不容置疑地将一个人的定位确立了，这大概正是个体生命的悲哀吧。

但我还是要为汝信先生祝福。得与失从来都是兼容的，他那睿智的头脑里一定还埋藏着另一个领域的许多精华。在以后的日子里，必将慢慢地喷发出来——以炫人的夺目。

（以笔名卜一瀚发表，原载于《人民政协报》1996年7月9日）

为你喝彩：访吴小如先生

吴小如，1922年生，北京大学中国中古史研究中心教授。主要著作有：《读书札记》《中国文史工具资料书举要》《古典小说漫稿》《古典诗文述略》《古文精读举隅》《诗词札丛》《小说论稿合集》《吴小如戏曲文录》《书廊信步》；译著有《巴尔扎克传》等。

采访吴小如先生之前，北大中文系一位教师曾告诉过我一句话："你若是有什么典故不知道的，你若去请教吴先生，必会弄明白。"我半信半疑地靠近了吴小如先生。

吴先生声音洪亮，话语急促，行动敏捷，思路清晰，丝毫不像是70多岁的人。坐在这位满腹经纶的学者身边，我真是有些紧张，就像是两个相差极远的人极力想沟通一样，尴尬极了。

吴先生的书房里，发黄的线装书安安静静的，一如正低头沉思的主人一样的安静。我只好试探性地打破沉默："吴先生，您搞中国文学史好像都是通的？"话音刚落，吴先生急促的声音传来："我直白地有一个想法，如果是在中文系教书，中国文学史就不能只教哪段，从先秦到近现代都应该搞得很清楚，然后才可以找出题目来做，这样的研究搞出来才是真正的研究，没有根基的研究，势必不会有好的成就。"

"除此之外，文史哲不应分太清楚，纵观中国历史，几乎没有哪一个历史学家不是作家，司马迁、班固、欧阳修等都是很好的例子。唯有实现文史哲一体化，才有可能出现一代大师。"

吴先生似乎有些激动，他的话语匆匆向我袭来，又匆匆在不大的屋子中心荡漾，学术研究的态度与方法这一尖锐的问题不得不提了出来。

吴先生认为现今的状况是研究的领域越来越宽，研究人员的研究领域则越来越窄。大而言之，搞理工的文字功夫很差；小而言之，搞文学的不搞语言，搞语言的不搞文学。从文学史本身来看，已分类了，搞先秦段的搞诗文，搞宋元明清段的则重戏剧、小说。互相之间并不是通的。“虽说是隔行如隔山，这‘行’也太小了!”吴先生轻笑着讲出这句话又停止了。

吴先生的忧虑明显地挂在脸上，依旧是急促、快捷的话语清清楚楚地字字流出，焦急的他怕是没有太好的情绪开怀大笑了。坦率地讲，吴先生的这种治学态度与方法与时下的市场经济的社会大环境似乎是格格不入的。

吴先生教了一辈子中国文学史，始终信奉清初学人的一句话：“义理、考据、辞章，三者不可偏废。”年轻时，他在中学教古文课，为了解作古文的甘苦，曾跟一位研究桐城派的老先生学过作古文；教戏曲时，又专门学过京剧，故而他认为除了文史哲一体化以外，还必须研究一个学问或掌握一门知识时，经过亲身实践。

吴先生双眼平视前方，他的思路清晰可见地随着笔的触动，在我手下的稿纸上留下了浅浅的痕迹，“为什么大家都佩服钱钟书先生，就是因为他不但外文好，中文也好；不但能读书、有心得，而且是作家，同时他也有自己的创见、见解，这些创见与见解都是建筑在博大而精深的学术基础上。大家都认为王国维先生的《人间词话》写得精妙绝伦，殊不知他还有《人间词》，正因为他明白作词的甘苦，所以才提出‘格’与‘不格’等一系列问题。同样地，胡适先生谈词比起王先生来就是门外汉了。现在的许多人并没有扎实的学术根基，却只想有创见，这样做往往只是昙花一现。”吴先生在讲述了一大段话后，似乎有些疲惫。

我有些疑惑地问：“如果什么东西都读的话，是不是有些杂?”

“一个人事实上很难做到‘通’，所以在‘通’以前容易被看为‘杂家’。我们祖先的一些典籍，如《淮南子》《吕氏春秋》等都是包括了各方面学问的‘杂书’，但其内容却仍有一个中心。我希望的是老老实实读书，不要急着捞‘水面’的中心，我可以告诉你，如果我的学生做某一个专题来向我咨询，不论文学史的哪一段，我都可以开出一些参考书。”

我于是向吴先生请教如果研究晚明的顾炎武先生，应该从何处着手？吴先生当即说道：“有三本书可以看：《朱元璋传》《晚明民变》《明代特务政治》，如果是搞晚明研究的话，看《晚明民变》即可。顾炎武的著作则有《日知录》《诗文集》《天下郡国利病书》等”，并详细讲述这些书的有关情况。

我为自己感到惭愧，虽然来以前就已经想好了向吴先生请教的。吴先生依旧没有更丰富的表情，他平静的目光依然直视前方。

吴先生的字写得很好，京戏也唱得不错，他同时也是从搞现当代评论起家的，他的文学史研究更是简约精彩……

我没有资格评价吴小如先生，他似乎也不需要这个。多少年来他固守着自己的阵地。固守着自己的治学态度与方法，勤勤恳恳地做着也许早已不为时人所注重的工作。

我为你喝彩，吴先生。同时相信，必将会有更多的人为你喝彩。

（原载于《人民政协报》1997年4月7日）

忆小如先生

每日里的事情，都好像很多一样，但也不是太积极地想做。权当是病中对自己的一种放纵吧。

昨晚躺在床上看微博，忽然看到小如先生仙逝的消息，一些感触浮现出来，本来不打算写的，想了想，还是记录几句，以便日后查阅。

认识吴先生大约有将近 20 年的光阴了。当时是为了《人民政协报》“学术家园”专刊，我尽可能地搜罗各种学术界，尤其是人文学科（侧重于文史哲）的学者来试图建立一个学术的长久专栏，后来出国中断了，但却结识了很多学术界的良师益友。

拜访吴先生是叶秀山先生介绍的。因为我以前工作的报社是全国政协主办的，与政协有关系的学者很容易联系到。叶先生当时是全国政协委员，吴先生则是叶先生的熟人也是学长。我先是打电话请吴先生赐稿，他不久之后就写了封信，并寄了稿件给我。信件是用标准的 300 字的稿纸写的，竖版，繁体，一个涂改的痕迹都没有；稿件则是用蓝色圆珠笔誊写的一篇文章，是关于张爱玲的，吴先生说这篇稿件是他 24 岁在天津某中学工作时所写（印象如此，细节需要再查询），一直没有公开发表，他重新誊写了一份稿件，同样非常工整，也是一个涂改的痕迹都没有。我收到信件之后，其实是有些惶恐的，他的写信的格式和落款题头都很传统，我也不知道该如何回信，想了想，还是按照自己知道的格式写了封回信，没想到，吴先生回信说，你这样写是不对，比如开头应该写小如先生，不应该写吴先生……

去吴先生家拜访他的情形我有些记不清楚了，当时说了什么也不记得了，只是记得他的寓所在北京大学中关园，室内装饰简约，感觉他的生活像是苦行僧一般。后来，便是电话联系，再后来，我便出国了。出国回来后，专门打电话问候了吴先生，他声音洪亮思路清晰。到中国农业大学工作之后，因为校庆的缘故，校方希望请吴先生为农大百年校庆写一副字，我打电话给吴先生，他当即就答应了，事后我想了想，觉得并不是很妥当，当时他已经80高龄，这些字写下来他说需要连续4个小时，不能中断，一旦中断或者写错了，就需要重来。写好后，我和当时的农大的宣传部部长到他家里取字，顺便聊了一会，吴先生只是说，这些字刻成石碑的话，拍张照片给他。

后来因为石碑太长了，我拍了几次照片也不太好，问了其他同事，便找了一张相对完整的照片，到吴先生家看望他并送给他。他当时说的话我还记得很清楚，说自己年纪大了，睡不着的时候就看四书五经，说“你还年轻，很多人对你寄予厚望，我觉得你一定会读书很好，研究也能做得很好……”我当时听了没觉得什么，写到这里却是冷汗迭出……尤记得当时是夏天，吴先生穿着一件大汗衫，拿着大蒲扇，坐在一张20年前就在那里的书桌前的椅子上，很自在地扇着扇子和我聊天。当时启功先生仙逝不久，他就谈及了去中央文史馆参加纪念会和告别会的情形，娓娓道来，虽然看起来平常极了，现在想来却别有一种感觉在里面。

此后几年，逢年过节我还是会打电话问候吴先生，他似乎比较繁忙，社会在变，文化忽然变得那么值钱了，吴先生原来冷清的生活被这个热闹的文化，也弄得有点杂乱起来了。到后来，随着学校工作的繁重，联系渐渐少了，最近两年，却是没联系了。本来还打算着，今年有空去看看他，但现如今他却已在路上。

严格说来，小如先生做的学问我并不懂，知道得也很少，他擅长的京剧我也是基本不懂，尽管有他赠送的书若干，也没仔细研读。高校课题导向的研究将我的时间挤压得很厉害，我可怜的人文情感被这种研究弄得支离破碎，无路可去。但是想来，还是需要反思自己，如何在时代的纷乱中将这种情感找寻回来。

小如先生，一路走好！

2014年5月12日，北京。

思与思之间
——记叶秀山先生

叶秀山先生是一位极谦和的学者，他有着一张让人感觉淡泊却又浓厚的脸，微微翘起的已略略发白的眉毛自有一股灵动、内敛的气韵，我不知道具有这样一张脸庞的人是否能无例外地归入哲人，但至少我可以这样说，以这么多年“思”，与“思之外”，为职业的学者，必定是一位充满了“思”之灵活性、非凡性、深邃性的人。

叶先生1935年生，祖籍江苏镇江，1956年从北京大学哲学系毕业，尔后分配至中国科学院哲学研究所（隶属于当时中国科学院哲学社会科学部，该部是中国社会科学院前身）工作至今，现为中国社会科学院哲学研究所研究员、博士生导师，兼任中国社会科学院研究生院哲学系副主任、中华全国外国哲学学会理事、中华戏曲学会理事。我想，这也许与他生就精致、细腻的天分有关。叶先生在他的哲学论文集《无尽的学与思》的前言中，曾简略地讲述了他的求学经历：仿佛是很偶然的机缘他才选择了哲学专业，而随即便产生了浓厚的兴趣，渐渐地让自己的思想无尽地在这个充满神圣性的领域里飞扬。

据叶先生自己的体会，他从北大毕业后很想转去搞美学研究，贺麟先生当时正在哲学所主持西方哲学史方面的研究工作，不同意他转向，建议他先打一年的西方哲学史基础再做决定。当时美学界的大家们正在争论“美的本质”，对此很有兴趣的叶先生也主动写文章参加了争鸣，并于1961年被调去参加编写高等院校本科教材《美学概论》，但四年的编书工作却没有使他的研究转向，反而是把他牢牢地钉在了哲学这个基地上了。

正因为有了这种“扎根”的信念或者说是精神（当然也与他所在的西方哲学史小组有关）。叶先生从此便以西方哲学这一领域为自己的“精神家园”，并不知不觉地在“思”与“思之间”“存在”了几十年。

这“存在”的过程中，专业性与职业性渐渐地走向了分离。在叶先生看来，专业本身就应该而且可以构成一个目的，它不应该仅仅作为一种手段，对于专业本身的发自内心的兴趣则是一切的前提。职业性地去从事专业研究却往往会阻滞对专业本身的研究工作。因为“哲学”本身充满了“吸引力”“哲学”的问题，也都是可以长久问下去的、是“活”的问题，它可以“延展”或曰进入“人”的个体生命，叶先生“精致”的特性在这一点上得到了无尽的放飞——当然，这是过了许久他才意识到的。

西方哲学的研究，对叶先生而言，首先是德国古典哲学，因为他的毕业论文是康德，重点仍放在康德上。“文化大革命”中，叶先生“得到”了很长的“休息”时间，用他自己的话讲，足够上好几次大学的，他补充了英语基础，并学了古代希腊文和一些拉丁文，这一点，加上当时的政治气候，促成了他对古代希腊哲学的研究兴趣。不久，他的第一本研究古代希腊哲学的书——《前苏格拉底哲学的研究》出版了，这给了他很大的鼓舞与信心，并决心继续深入下去，同时着手写《苏格拉底及其哲学思想》。

改革开放不久，叶先生到美国进修了两年，有机会对现当代西方哲学流派发展及现状进行研究，他的视点迅速地从古代转至现当代，可以说，至今仍如是（但按叶先生的计划，他还是会或者说正在回到古代的）。于是，在写完了《苏格拉底及其哲学思想》一书后，他开始着手写有关现代西方哲学方面的书，即《思·史·诗——现象学和存在哲学研究》，也正是从这本书开始，重材料引用的叶先生开始将自己的思维方式转向他崇尚用自己的“话”写自己的“思”，不再注重大量引用原文——

或曰“思”之活跃性已不能够吸纳时插进的引文，只有转为自己的话，自己的思才可以顺畅得当。即读他人书，说自己的话。自己的“话”一经说出便不可遏制，但完全自由地在“哲学”，这个“大”的“体系”中如此做，显然不是可以完全实现的。叶先生又酷爱这种文字与思维的自由性，他于是特别钟情于短小的文章，他认为短小的文章不容易用一些生冷的术语或绕来绕去的话语来吓唬人，更容易做到平和、自然、明白、易晓。他的这些短小文章已结集出版，题目与动机相通——《愉快的思》，这些短小的文章我不敢说与叶先生的哲学研究有很大的关系，却至少“显现”了他的学术作风与态度。无论是否专业（职业），我们都是可以“自由”地“生”“活”着的，即使是很晦涩的方式，其通向的路也只是一条——“自由”，这“自由”在叶先生自有一种解释。这种基本精神或曰态度，使得“自由”的叶先生很愉快，他用功不懈地“啃”着一个个“垫脚石”，向着可以走向“光明”的道路无穷尽地趋进。用这样的“话语”来“描述”或“表述”叶先生的“想法”必定是有误差的。其实，一个人可以“做到的”和可以“讲出的”与心之“所思”之间又怎么没有距离呢？何况，叶先生之于我们而言又是“另外一个”呢。我们怎样或是怎么能够在多大程度上来理解他的“思”及“思”之状态呢？

完成了对现当代哲学的一个大致的巡礼后，叶先生又着手续沿他以前的古代哲学研究，他的视点在现代与古代之间交织着，也互相印证着。他觉得，有了古典哲学的基础、现代哲学的明晓，回头接着搞柏拉图及亚里士多德，信心更足、也更有把握。似乎一条通达的路已若隐若现，显现的部分对他而言是较为明晰的，隐蔽的部分虽不十分明晰却充满了“思”，之神秘性与挑战性。叶先生安安静静地回到他的世界里，“思”之又思。

也正是经过了漫长的“求学”生涯，叶先生对于他青年时期的“热衷”于美学研究有了新的看法。他认为，“哲学”所“思”所“虑”之问题，其实是包括了诸种“事物”的起源的，美学研究同样如此，许多大的哲学家，在自己的哲学体系中虽没有直接探讨美学的有关问题，但其对哲学问题的探讨思路所延展出来的思想，无疑构成了美学研究的基本框架。譬如康德，他并没有高的艺术修养，但从他的“哲学体系”中“引申”（暗含）出来的那些美学思想却都有很持久的影响力。是研究美学问题所不能忽略不计的。同样，叶先生对哲学的研究及兴趣，必然会旁生出对美学的一些新的看法，于是有了《美的哲学》一书。

《美的哲学》一书，主要是从哲学的意义上探讨美学问题，结构有点像西方哲学家在其哲学体系中所做的，或者说，基本没有把“美学”作为一门独立的学科。叶先生也许想提醒国内美学研究者尤其是西方美学的研究者，美学本身的研究如果不是以扎实的哲学的功底和深厚的历史感为基础，就等于把美学研究推向“死”胡同。这也许是一家之言，但这“言”之后的几十年的“思”却又显然是不能轻易忽视的。

其实，在《美的哲学》一书之前，叶先生还有《书法美学引论》一书及有关戏剧美学方面的文章。他本身在书法、戏剧方面（尤其是京剧艺术方面）都是身体力行者。他研习十余年的书法，他在戏剧表演方面的体会，对于理解纯粹而又具体的艺术精神方面都是得天独厚的，而关于这些具体艺术的美学问题，他应该是有充足的发言权的。

我知道，不论是关于哲学，还是美学，乃至艺术，叶先生的想法都是很“丰盛”的，它们积在他的心头，经过几十年的不息的磨砺，一点点地开始露出头角，但真正的冰山何时显出真面目，就是一个永远难以解答的谜了。

叶先生在学术行为方面也许还是一种典型，他很少参加学术会议，这“谜”于是就更加深藏起来了，关于他的“盛名”的传说曾使我十分诧异，尔后又转而理解。我想，他也许就该是这样一个人：他沉默，是因为他在“思”，他“缺席”，同样是因为他在“思”。他热爱艺术，但竭力地使其生活化而非专业化，他想用概括起来的办法来使专业与生活裂开一条宽敞的缝隙。这种努力的成效只有他最清楚。无论是对书法的迷恋，对京剧的热爱，还是对音乐的陶醉，我想，都源于他对哲学问题“精”而“细”的“思”，“思”将他带向了另一个“生活场景”，他快乐而充实地存活于“思”与“思之间”。

关于叶先生的话题其实还可以说很多、很多，我觉得他本人在某种程度上倒更像“哲学研究”本身，充溢着顽强不屈的反复询问、反复求证的力量；某种程度上又像一个“贪玩”的孩童，除了“思”之外，还向往“思之间”乃至“思之外”的“世界”。“生活”之于他而言，始终是有着“琢磨不透”的魅力。

（原载于《美术观察》，1998 年第 1 期）

读他人书，说自己话

熟悉叶秀山这个名字是与一本《思·史·诗——现象学和存在哲学研究》的书联系在一起的，那一行行文字透露出的思想火花一点点涌入我的脑海。那时恰巧我的导师朱立元先生批评我写文章条理性差，心下很有些不平，随意发挥岂不是作文的一种境界？于是提笔寄信于叶秀山先生，几乎是抱一种梦幻般的期待。叶先生回信了，是用那种浅黑色的圆珠笔芯，字体在纸张上任意摆布，毫无约束的气质。

从此我记下了这封信连同这个人。有幸的是，今年开政协大会期间，在五洲大酒店我终于见到了这位学者。

他坐在国际会议中心二楼大厅的沙发上，有些微犹疑地望着我，“我建议这个采访取消，我们随便聊聊，”我固执地为自己找着各种不太确定的理由，叶先生笑了笑，“那好，你就说谈点儿什么吧。我一直是在书斋里生活，别的似乎都无法提及。”

一时沉默，我想一定要找到一个切入点，“叶先生，从《美的哲学》开始，你是不是尝试走另一条路呢？”

“应该说是开始用自己的笔说自己的话，我原来是很欣赏体系的，研究工作在一种规律性的操作中进行亦充满了乐趣，但我所研究的领域西方哲学却是朝着消失体系的方向运行，这无疑逼我从旧的体系中走出来，对研究方法本身做一些思考。”

叶先生双眼平视着前方，周正严谨的学者气质很自然从脸庞流露出来，他的手十分清秀，手指很自然地弯曲着。

“你的研究工作的转折点是从哪本书开始的？”我有些胆怯却又小心

翼翼地问，生怕话说得太离谱了，使眼前这位学者徒劳地做着解释。

“所谓转折点便是指出了我研究工作的新思路，”叶先生宽厚地望着我说，“我以前的著作例如《前苏格拉底哲学研究》等书，都是以体系为基础，辅之以大量的材料论证而成的，而从《思·史·诗——现象学与存在哲学研究》一书开始，我竭力地用笔写自己的话，已经有了变革的印迹，《美的哲学》一书，我则努力地用自己的思维方式、自己的写作方式、不再堆砌材料，或者说不再用引文，力求将自己的文章纯粹化起来，使水分更少一些”。

“这样做肯定十分辛苦，”我听着这虽十分平常，实则经过了多年探索得出的结论，不由地迸出来了这么一句话，想起自己在学校写文章时，往往是无话可说时就用材料填补，否则，话就讲不明白。

“当然，恰当的引文可以起到画龙点睛的作用，也不是完全不可以用。而且要先说自己的话，必先读别人的书，学习别人——特别是大学者是如何思考，如何说自己的话的。这样，你的话才有根有据，所以很难，很累。”叶先生边思考边说，他清瘦的面庞很客气地转换着不易察觉的表情，一双不太大却十分明亮的眼睛浅含笑意。

“叶先生，你目前正在做哪个项目的研究工作呢？”

“手头正做的是‘科学与宗教’主题，是在西方哲学史范围内做的，计划写 40 万字，刚写到亚里士多德。”

“那你所采取的写作方式是怎样的呢？”

“还是一句话，用自己的笔讲自己的话，尽心尽意，点点去做，争取全部硬货。而不是掺杂了软货搭配起来的。”叶先生笑着解释：“也就是说，有一部分好的与差的搭配的做法我不欣赏，尤其是写部头大一点儿的书，容易‘搭配’进一些平庸的章节。”

“这样做一定很累吧？”

“确实很累，而且是越做对自己越不满意，我已经出版的书，没有一本是自己觉得十分好的，最近写的几篇小文章我倒比较喜欢，其中一篇是为纪念梅兰芳先生一百周年诞辰所作的。”叶先生说完笑了，“我十分喜欢我的研究工作，虽很累却别有意趣，与书为伍其实是一件顶美好的事情呢。”

我望着这位书卷气十分浓郁的学者，一向伶俐的嘴巴毫不含糊地迟钝起来，叶先生讲他连学术会议也很少参加，研究工作需要深入去做的太多了，以至于现在与他的许多很好的同行朋友还未谋过面呢，“比如，你的导师（注：朱立元老师是作者的硕士生导师）的导师蒋孔阳先生，”他很快乐地讲道，“但我们又有文字交往，我尊敬他的扎实学风。”

也许，曹丕的“文人相轻”论在这位学者及他的朋友面前已经褪色了，苍白得只留下浅浅的痕迹。

“大会开完后我将继续‘科学与宗教’这个主题的研究，时间真是不够用!”叶先生此时显得格外急迫，仿佛时间在他的生活中流逝得特别快。

与叶先生道别时，他热情地邀请我到他的“工作现场”看一看。最近，《叶秀山文集》已经出版了，也许还可以更好地领略一下这位学者的文化风范呢。

（以笔名逸如发表，原载于《人民政协报》副刊，
1995 年 11 月 16 日）

一份淡淡的记忆：写在叶秀山先生70寿诞之际

题记：

如何将曾经的记忆和今日的感觉平淡而醇厚地表现出来，从来或者都是一件不很容易的事情，文字的堆积和浮华诚然能够掩盖人性很无望的一面，感觉总是那么很不情愿地停留在我们如何也无法过渡的地方。时间在琐碎和繁复的消磨中，无奈而又平静地注视着这个地方，轻轻地叹息，关于叶秀山先生的记忆就这样慢慢地从那里爬上来，连带着一种清新、平和的感觉……

关于叶先生的记忆是从一封很简单的信开始的

记得，那时我还在复旦大学读研究生，却对如何读书一窍不通，学位本身对我的意义比其他的东西都显得重要。原因很简单，我的家境并不富裕，生活的清贫令人不由得对完成某项成就的向往超过了对于过程本身的重视。上海的都市气氛和关于黄土地的成长的记忆和感觉，两种迥异的场景在心里不断纠缠。在这样的状态下，我每天很秩序化地在图书馆待着，很多时候不是为了读书本身，似乎只是为了待着，在书籍的气氛中，就只是待着，看着那一排排的书，很着急，又没有足够的时间和心情去读书，最重要的是——我不知道我的兴趣是什么？报考西方美学这个专业，当时是一种盲目的冲动和时髦的自尊心混合的产物。所以，也很矛盾，不知道是顺着自己的天性去读书呢，还是照着专业的研究方向去选择书籍。在这种状态里，昏昏沉沉了一段时间。有一天，无意间在图书馆看到了叶秀山先生的《美的哲学》一书，没想到的是，对理论书籍一向很排斥的我，似乎猛然看到一种理论所带来的快乐，叶先生频繁使用的引号也成为一种让我感到很有兴趣的促进点。当时，我的导师要求每周必须交千字文，说是为了锻炼我们的思维能力，我的文学化的描述和张扬立刻遭到了批评，在《美的哲学》一书的后记里，我恰好看到了叶先生的单位——中国社会科学院哲学研究所。很自然地给他写了封信，信的内容我已经记不清楚了，大意是说，对于理论研究中的体系建构和文字表述的问题向他请教，心里原本也没有抱着能收到回答的希望，只觉得当时的抑郁可以转移到他人身上了，有一种很自然的轻松感而已。没想到，也就是一周左右的时间，我就收到了回信，宿舍的舍友还很奇怪我怎么会有从中国社会科学院寄来的信。可惜，信我现在已经找不到了，大致是对我提出的问题和困惑的回答，记得文字的表述很简单，也很质朴，字体似是草书，用钢笔写来十分灵动。当时的感觉，一方面是一种莫大的鼓励，另一方面则是一种很想认识他的愿望。那时，在我的目力范围内的学者，无论学问如何，几乎都写着很糟糕的钢笔字，看了让人很不愉悦，有一种文化被玷污的情感在里面。因而，对叶先生的一种莫名的兴趣自然愈加膨胀起来。

和叶先生的真正交往是和《人民政协报》联系在一起的

从复旦毕业之后，我即开始在《人民政协报》文艺副刊部做编辑，工作的新奇和对文化的一种渴望，加之全国政协的资源优势，使我对工作环境和工作本身充满了难以描述的热忱。更凑巧的是叶先生从第七届开始就是全国政协委员了，在政协委员名录里，很轻易找到了他的联系电话和工作地址，以采访的名义第一次和叶先生在他的小的工作间见面了。记得他的工作间很小，放一张床、一张书桌和一个简单的书架，剩下的空间就只够一个人转身了，书桌旁有一张供来访者坐的椅子，今天回想起来，叶先生的声音很清晰，很有磁性，有一种柔性里携带着韧性的味道，很绵长，却不乏力道，清清楚楚地、仔细地叙述着自己已经和正在做的事情，丝毫没有对眼前我这个对哲学研究一无所知的年轻人哪怕是一丝的轻视，大概是他说到老庄的研究时，我觉得好不容易有说话的机会，很冒昧地插了几句话，当时，叶先生停顿下来，抬起头，有些诧异地看了我一眼，继而说了几句在他看来很随意、对我却很有鼓励意义的话，大意是说，年轻人有自己的想法不错，要多思考、多读书。原本对自己没有信心的我，在这几句话的鼓舞下，生平第一次有了好好读书的念头，不是为了考试，只是仅仅为了读书的读书，并开始认真用自己的脑子读书了。记得那是1994年秋日里的一天。

那次采访写得如何已经忘记了，倒是借此和叶先生的联系多了起来，我当时开了一个栏目是学人随笔，叶先生先寄了一篇给我，题目大约是“要做点翻译工作”，并让我在星期二的时候去哲学所约稿，在那里，他把我介绍给其他的同事，并希望大家能写点学术随笔。不久，叶先生便给了四篇这样的随笔。关于学人采访专栏，他不但详尽地介绍自己的老朋友，还介绍其他的学界前辈，并嘱咐我，如果被拒绝，就说是他让我联系的。吴小如、楼宇烈、王树人、汝信、李泽厚、徐元邦、傅乐安、李学勤、刘坚、李思敬等先生都是叶先生直接或间接介绍给我认识的，还告诉我他们的学术背景和大致经历，告诉我采访他们之前要研究他们的相关资料。那时，我读书的兴趣和动力除了工作需要之外，很大一部分来自叶先生的无形鼓励和这些学者的不断促进。

这期间，有一次无意中我提到我的硕士毕业论文是关于维柯美学的。叶先生建议我拿到《外国美学》去发表，说他是那里的编委，关于维柯的研究似乎还没有发过相关文章。我依言给了叶先生，不久，《外国美学》的编辑程孟辉先生来电话了，询问通信地址等事宜。我很高兴地将消息告诉叶先生，很兴奋的语调，天真地认为，是自己的论文写得不错了，居然还告诉叶先生，这样很激励我，我会好好读书的。叶先生在电话那头说，好好读书好啊，应该鼓励。现在想来，真是年少不谙世事啊。

1995 年底，《人民政协报》改版，增加了“学术家园”专刊，我原本不打算做这个专刊的，征求他的意见，他说，这对学界是一件好事，值得做。于是接了下来。做创刊号的时候，叶老师几乎是和我一起做的，他提出第一期一定要名人写创刊词，栏目设计也要有特色，并率先在创刊号写了一篇文章。发刊词是由季羡林先生写的，学人专访栏目遵循叶老师的建议，采访的是当时任国家图书馆馆长的任继愈先生。因此，创刊号很快就产生了影响。在接下来的时间里，叶老师持续把他的同事、学生、朋友介绍给我，并希望他们支持我。这样，我的作者队伍在叶老师的尽力帮助下，逐渐壮大，除了哲学以外，还向历史学、文学、考古学等方面延伸。每每和叶先生见面或者是打电话，他总是会把他认为“学术家园”里写得有意思的文章告诉我，告诉我应该向哪些学者约稿。

继续读书和叶先生的鼓励

和叶先生稍微熟悉起来之后，有空的时候，我会在星期二的时候去哲学所看望他，并顺便约稿。有时，也去他家，听他和他的学生一起探讨一些问题，虽然是很散漫的谈话，但是我每次都觉得受益匪浅，并逐渐有了想再继续读书的念头。因为我读大学的时候，最喜爱的始终是古典文学，读研究生的时候没有继续读古典文学专业一直是我的一种遗憾，在我的导师朱立元的建议下，于是报考了他的同窗董乃斌先生的研究生，只可惜，专业成绩不太好。通过此事，我倒是明白了一个道理，古典文学已经成为我的一种记忆，对于文学本身的热爱和向往随着时间的流逝和境遇的变迁，在我的个性里逐渐消退了，就像是一种希望，因为始终是希望，便永远是一种梦想，永远安逸地躺在心里的某个角落，因为不可实现和不可逾越性而变得格外难得，因而也得到了格外的重视。我的古典文学的梦很快就被我自己遗忘了，我似乎意识到我对于思辨性的东西逐渐有了兴趣，并开始形成一些我不能表述清楚的想法，于是萌生了报考哲学专业的念头。

这可是叶先生的专业，我对自己一点信心也没有，所以即使是选择了哲学专业，也没有想到要报考叶先生的。心里想，我的哲学基础和思维能力都很弱，还是选择容易考的导师吧。就我平日里听到他们所说的学者教授，想来想去也不知道选谁做导师。记得一个晚上，马上就到报考期限了，我在家里很不安分，不知道如何决断，左思右想，虽然感到踌躇，还是打电话询问叶先生了。叶先生很平和地帮我分析每一个导师的情况，并分析利弊。我听完之后还是不知道怎么办，实在很着急，就脱口而出，说“叶先生，我其实很希望报考你的，只是怕我的水平太低了，考得很差让你太没有面子了，我也觉得很不好意思”，叶先生听完，很简单地说，“那怕什么，没关系的。”我听了，心中的负担更重了，又紧张又恐慌地开始准备了。在准备哲学专业的考试过程中，叶先生的学生黄裕生给了我很大的帮助，他花时间给我讲述了哲学史的主要脉络，并就我提出的一些非专业性的问题做了仔细的解答，在这里，向他表示感谢。至于叶先生，我再也不好意思询问他应该如何看专业书，只是就着自己的基础，使劲突击着，也不知道明白了没有，也不清楚是不是就可以了，考试的时间就到了。

考试结束后，我也没有给叶先生打电话，因为我不知道到底是考得好还是不好，我的确不知道。哲学对我而言就像树在我面前的一座山，我能做到的仅仅是在石头已经被磨平的地方，用自己的话，顺着文学的思路，去堆码文字而已。或者，这样说已经有些过分了。但不失为对当时心境的一种描述。在忐忑不安中过了几日，直到黄裕生告诉我，成绩出来了，我的专业成绩还不错，叶先生还算没有太失望，我这才给叶先生打电话询问，他总是说，不错了，很不错了，没有想到。还好，我并不认为自己真的就不错了，只是觉得没有对不起叶先生，有一种如释重负的感觉而已。对于哲学的惧怕仍然还在心里压着，没有丝毫的松开。我的外语成绩在那次考试中考得很不好，我还很不懂事地希望叶先生能帮忙，现在想来，对于他来说，几乎是违背他的良心和学者人格的事情，我不知道我当时怎么会毫不犹豫地讲出来，还带着一种理直气壮的感觉？那一年，我也正好计划出国留学，去读叶先生博士的事情就不了了之了。我的心思也不再是在这块土地上张扬，开始向往着那片自己也不知道的远方的麦田。对于愿望的期待使得关于此地的生活和记忆在感觉里变得不真实和临时化起来，就像在此地是做客，该去的远方才是家园一样。想来，每一个留学出国的学子和我的感觉都大致相当吧。

欧洲留学和叶先生的记忆

初到欧洲的感觉就像是一个不知所措而充满幻想的乡下人，热切地奔到某个地方，以为可以看到从小在书籍和传说中认识到的阔大的世界，却忘记了无论那个地方的文化如何沉积、社会如何井然有序，那都永远不会属于我们。

我还记得很清楚，刚去的时候，一切都很杂乱，就像忽然被抛到一个锻炼人性的地方。整理好行李，稍微熟悉了周围的环境，并且买到了电话卡，终于可以打电话了。站在街边的电话亭里，拨着叶先生熟悉的号码，全然忘记了在北京已经是夜里 11 点多钟了，居然还询问叶先生我应该选什么样的题目来做博士论文的选题。叶先生从没有一丝严厉的语调，只是一如既往地用他独特的而又清晰的思路，不厌其烦地建议着。现在想来，真是有一种不堪回首的感觉。似乎，叶先生还正在电话里，仔细地嘱咐着我什么。遗憾的是，我最终还是放弃了我自认为对思辨思维的热爱，觉得在异乡这样的环境里，现实和理想的差异几乎无法预测，我也没有资本去消除这种差异。只是担心叶先生会生气，有一段时间没有和他联系。

等专业各方面都定下来的时候，告诉了叶先生，希望他不要生气，这也是现实所迫，他依旧在电话里很平静地说，生什么气呢，读书总是好的。尽管如此，总是觉得很对不起他，似乎离开了叶先生的专业，就似乎是离他远去了，哲学研究已经弥漫在叶先生的血脉里，生活在他的眼里也已经蔓延为一种独特的个性化视角。

快毕业的时候，依旧很兴奋地告诉了叶先生，希望我的这种喜悦可以令他感到欣慰。他自然永远没有严厉的批评，只是说，不容易，在德国拿到学位不容易，尤其是文科专业。我从教的时间还很短，不知道作为一名老师，在面对他的学生时，应该体现出来的是一种什么态度，叶先生以他的行为给了我启示。他的平淡无奇和自然鼓励的语气不仅仅给了年少无知的我一种极大的促进和引导，更重要的是令我迄今仍在不很漫长的读书生涯中，想到他，自然想到了学者的一种品格和良知，永远有一种温馨和平和的感觉。我会觉得，无论我是否可以听到他的声音，看到他的身影，只要拥有对这种感觉的记忆，都会鼓励我在以后的读书生涯和踏实做人方面不断思考，不断反省。永远记得，不要忘记了叶先生的声音。

叶先生的长笛及其他

去叶先生家次数多了，自然发现了叶先生对于西洋音乐的热爱。我对音乐的了解极有限，几乎是乐盲。聊天中，经常会听到他如孩童般的欢悦的声音，是为了他新得到的音乐光盘。记得，有一次，他专门找人做了一对音箱，我碰巧去他家，他很快乐地邀请我欣赏他的新音箱，很陶醉地沉浸在音乐世界里，我则有些紧张地坐在那儿，心里在想，到底有什么感觉，有什么不同，要怎么对他描述呢？听完了，自然是顺着他的话说了几句，心里感到很不安，想着怎么也要了解一些音乐，别太让叶先生失望了。

欧洲留学的念头刚刚冒上来，就琢磨着，出去别显得中国人太无能，怎么也要学一种中国乐器吧。询问叶先生，他觉得应该学长笛，因为长笛预示着春天，也适合女性来学习。并特地买了一把长笛送给我，并从自己的收藏中找了一张很有名的长笛演奏家的唱片送给我。我千里迢迢地带着它们出去了，几年后，又千里迢迢地带回来，其间也试图继续学习，实在是没有心境，也就作罢。有时，在电话里，叶先生也会偶然问起，我总觉得很惭愧，似乎不是对不起自己，而是对不起叶先生。

除了音乐，叶先生喜欢的还有书法和京剧。尽管他也写一些这方面的文章，总是说，“不能写，不能写，否则我就没有玩的了。”

他的这种喜欢，虽然我都没有，但这种对于学者和文人的理想化的感觉却蔓延在我的灵魂里，每每想到叶先生，就觉得中国文化的意蕴还埋藏在世界的某个角落，对于文化的向往的感觉会在一种莫名的冲动中得到缓解。

离开北京5年之后，回到这里，似乎是带着一种对于文化的感觉回来的，叶先生在我的记忆和感觉里，拥有的便是这个角色。回来之后，工作很繁忙，也一直没有时间去陪叶先生聊天，看望他。时间的流逝和空间的隔膜对于心里的记忆而言，是永远不存在的。即使是在这些很忙碌的日子里，在我的心底里始终有一个声音在回响：做得不错，挺好。在忙碌的间隙，叶先生的神态、举止会自然地浮现在眼前。对于他的感激，我原本很大大咧咧的性格，永远也不会有很委婉的言语表达。就以此不成敬意的文章向他诉说这么多年来我对他的敬意和谢意。

谢谢您。叶先生。

2005年8月31日，北京。

（注：此文摘自《斯人在思》，江苏人民出版社2006年版。此书是叶先生的学生为他70寿诞准备的一份礼物，在此衷心希望他健

康、快乐、轻松、自在)。

今年是叶先生75寿诞，因为工作的缘故好久没有联系了，我在学生的建议下购置了周杰伦新出的光盘寄给他，希望给他带来一些年轻的快乐。收到后叶老师确实很愉悦，发短信说他也要与时俱进。这便是可爱、纯良而又智慧的叶先生！

2010年12月又及。

迟来的告别：致敬亲爱的叶老师

下面的文字写于叶老师突然辞世我去他家拜祭之前。当我和鲁路一起进入他的工作间，站在他的遗像前时，几乎是浑身发抖的，泣不成声，无语凝噎！以至于这些文字，过了几个月之后，我才有情绪放在博客里，与叶老师做一次迟来的告别。虽然万分不舍，却又不得不舍。人生无常，生死轮回，也是常态。祝他在另一个世界继续做那些好玩的事情。据说初二是祭拜的日子，在这个时刻，与您告别，希望您能在另一个世界感觉到。

2017 年 1 月 29 日及。

亲爱的叶老师：

此时此刻我依然无法承认您已经离开这一事实！网络上您的照片那样沉着地看着我，用手滑过屏幕上您的脸庞，眼泪不停地在打转，短短几天时间，竟然阴阳两隔，时间如此无情，令我怎能不恨！

1993 年我在复旦时便与您通信，1994 年到北京工作更是频繁去社科院 9 层的哲学所拜访您。后来又频繁地去您家里拜访您。往昔的种种历历在目，如同血液一般，流淌在我的身体中。猛然听到这个消息时我正好在办公室，看着屏幕上您离去的消息，忍不住全身发抖，眼泪不停地流，但依然不愿意相信。通过各方确认之后，一个人在办公室痛哭不已。

前几日您还在说我儿子乐乐长得这么快，转眼都上小学了；前几日您还在给我转各种好玩的信息；前几日您还在建议我如何做历史研究；前几天您还告诉我再给你80年，你都玩不够，好玩的东西太多了；前几天我告诉您读您的论文和著作，明白了一些，您却说自己发现以前讨论的问题现在都不是问题了；前几日您还在告诉我如何教育乐乐小朋友，乐乐小朋友还在微信里不停地留言给他亲爱的叶爷爷；前几日我还在调侃您真可爱，您说可爱比可恨好啊……

恍惚之间，时间如此无情，我血液中的一部分再也没有了。我遇到什么问题习惯性地询问您和您分享的习惯又如何要改变？

从1993年到2016年是多漫长的岁月，无论我在哪里，您始终在我身后呵护着我。从青葱岁月到不惑之年。这几年我一直没去拜见您，也从来没有提出去拜见您。主要基于以下三个理由：第一我与哲学越来越远了；第二我在高校的研究做得非常不好，实在无颜面拜见您；第三我总在努力想找一条路，做出一本可以说得过去的书送给您过目。我8月份刚说过您要活到120岁啊，我要给您一本我的著作，让您为我骄傲。您说“你没辜负我，我为你骄傲”。但我无法说服自己，于是依然每天在微信上和您聊天向您请教，告诉您我现在做到什么程度了，有什么问题，您总是简明扼要地提出关键点，我马上就能明白您的意思，会努力在想着如何更好地做下去。这是多么奢侈而昂贵的交流啊！

如今这一切都要从我的血液里被抽离，我要一个人面对这个庞大的世界，后面再也没有您的身影。我是如此忧伤。我知道您并不希望看到。所以我要打起精神，做出可以让您骄傲的东西，向您汇报。

我相信等到那一天，您会以另一种方式在场。

收起悲伤，去做那个您希望的我吧。

2016年9月11日，挥泪书于北京。

离别却是重逢

半夜忽然醒来，似乎是感受到了什么。一年前的今天，您猝然离世了！

时光飞逝，岁月匆匆。

转眼间，您离开已有整整一年了。

午夜梦回，您仿佛就站在我眼前，微笑着，用带着调侃又可爱的表情看着我……似乎一切都如昨日般，恍惚间，却早已是物是人非。

我们注定都会从生向死，也注定会被遗忘。人类文明的薪火相传依靠的是精神之力，而非躯体之续。但是，个体的情感，却可以延续另一种人类的文明史。

从何说起呢？一时语噎……

忽然想起2004年初的事情，那是我出国几年之后第一次回来。选了一个周二去社科院拜访您，中午一群人一起吃饭，其他人已经不记得了，只记得我坐在您和王树人老师中间，您不断帮我夹菜，还热情地向周围的学生和同事介绍我。可惜，我天生是个脸盲的人，记不住人是经常的事情。吃完饭，挽着您的胳膊，走在路上，陪您聊天，记得您特别开心，兴奋不已。

又想起来我临出国前，您正好要去意大利出差，一大早的飞机，大约是4点要起床，我担心您起不来，4点钟特意打电话给您，您在电话那边用欢快地声音说道：起来了！起来了！下次见面不知道什么时候了……

尤其记得您比较喜欢吃甜食，我每次去您家，夏天就会买冰激凌，冬天会带红酒去。水果买得很少。您长期一个人，吃饭总是很简单，一般也就是包子馅饼之类的。所以出去吃饭的时候，总是说，要点在家里不能吃到的菜。您住在东直门的时候，附近有家菜馆，名字一时记不起来了，去的次数最多，我中间回国的时候，和您、黄裕生还一起去吃过一次，您还是一如既往，喜欢熘肝尖、肥肠等。

每次吃饭的时候，都听您和学生们、同事们聊哲学问题、说学术界的各种趣闻逸事。我就在旁边听着，您就会把您觉得好玩的学者介绍给我，我觉得有趣，就会约起来采访一下，然后和您交流一下感受。

吃了无数次饭，聊了很多次天，也陪您出去买了很多次东西，因为您是个很时尚的人，穿衣打扮很有自己的一套，穿戴总是很洋气的，我有一次调侃说，每次去社科院，在电梯里看大家的穿着，觉得好土气啊！您哈哈大笑说，哲学所很洋气的，我们做西方哲学研究的，要是土气了，其他所的岂不是更土了？

……

坐下来，想写些什么的时候，涌上来的却是这些杂七杂八的小事。心里沉沉的，又不知道该从何说起。就说说这一年的感受吧，向您汇报一下。

我原本喜欢古典文学，后来喜欢理论，本来向往哲学的，您说哲学太硬了！我出国后，原本也是打算学理论，却阴差阳错做了媒体研究。回来后，又阴差阳错在中国农业大学，当时很厌倦理论。索性从一开始就做了调查研究，这一做就是10年。其间，我不断抗拒理论本身，抗拒形而上的思考，只是希望通过调研资料去呈现我所关注的社会变化趋势。

2014年突如其来的大病之后，人却忽然惊醒了。重新思考回到理论的轨道上来。于是，开始在微信上向您请教一些问题。2015年回国后，又在清华跟着黄老师听了一年的课程，集中开始读纯粹理论的书籍，很多年前的感觉慢慢回来了，和您的交流就更多了。

这一年来，我总是安静地读书，似乎外界与我已经无任何关系，无论什么书，只要有空，就会开始读。虽然人到中年，时间精力有限。但想起您说自己 50 岁之后才开始有时间读书的，骤然警觉，一切从未开始，又何谈已晚？

您离开之后，我既没有参加葬礼，也没有去墓地祭拜。私下里觉得，只要我不去，就可以在午夜梦回时，能看见您刹那间的微笑。可惜，我看起来很外向，但并不擅长和您进行学术交流，更愿意听您说，然后回去自己看书琢磨，再记录下来。我的读书计划逐渐靠拢您的专业，也开始认真回头读您的著作的时候，您却猝然离世，悲伤无穷无尽，像是铺天盖地的乌云般沉重。

我欲靠近，您却已离开。都那么真实，又那么遥远。

希望我可以在未来的一年里，继续安静地读书思考，写下那些靠近您的文字，和您交流。

祝您在另一时空里读书思考快乐生活。

2017 年 9 月 7 日，北京。

寻找一种记忆：张隆溪情结

或许在教育赋予的各种知识体系和我自己无边杂乱的爱好中，我常常会忘记自己的专业，最近这几年常常在写完一篇论文后，思考半天，也不知道究竟该投向哪个刊物？因为连我自己也不知道该属于哪个专业。但，即便如此，在说起来不太漫长的读书生涯中，心向往之又无缘相见的学者，却并不多见（这个说起来会引起歧义，我只是将其限定在国内文史哲的范围内，尽管如此，仍会遭到非议，文字无奈只能如此了）。这个当然很大程度上归功于我以前的职业。在这些学者中，张隆溪教授是其中一位。

说起来也有将近 20 年的光阴了。在大学阶段很喜欢古典文学的我，在报考研究生的时候，听了一句不知道谁说的话，就报考了美学专业，还自以为给自己一个挑战。所幸顺利考上了。但对我这种习惯了散漫自由的人来说，学习纯粹的西方哲学和美学理论，不啻是一种“难题”。首先是康德的《判断力批判》，弄了一个学期，我都抄写了几遍，做了许多笔记，还是没看懂。继而是我迷恋上了分析哲学，弄得晕头转向，也没有收获。我开始怀疑自己的学习能力，不知道出路何在？读书的意义何在？幸好有两位学者“拯救”了我，一位是叶秀山先生，叶先生在此后成为我的良师益友；另一位便是张隆溪先生。

就个性而言，以我散漫的读书方式和无边杂乱的兴趣，做什么都很难做好，我自己也知道这一点。但也找不到一条路。哲学对于当时喜欢写点情绪化文字的我，确乎是难上加难，又遇到了各种“高深”文字的摧残，几乎是溃不成军了。上学期间，除了美学之外，我的主要课程集中在文学理论上。各种“故弄玄虚”的文字把我累得找不到北，解脱的方式便是宿舍的同学们一整夜看金庸的武侠小说，彻夜不休，早晨上文学理论的课程，便是悄然睡觉，但，从不觉得有何不妥。

在这种近乎“无望”的读书生涯中，张隆溪教授的一本书《二十世纪西方文论述评》一下子解救了我。虽然我买到的时候已经是“旧书”了。但其中平易的文字叙述，对于各种理论经纬有序的解读，对于当时的我来说，不啻是一种强心剂。好像一下子找到了方向，那些晦涩的文字在我眼里重新恢复了生命力。尽管张先生后来的很多研究都超越了这本书，但对我而言，记忆尤深的却是这本小书。

研究生毕业后到北京工作，有机会接触到各界的学者，我当时还以为张先生在中国人民大学，但终究没有寻觅到。便开始有意识地接触与张先生相关的“四川乡帮”，连续采访了系列的四川籍学者，或许对文艺理论研究有点失望也或许是自知能力有限，我转而将注意力集中在西方哲学和历史学上了，认识了很多做历史和考古研究的学者，还曾动了读历史学博士的念头，也动了回头重新学习古典文学的念头，但最终却回到了我当初最“恐惧”的西方哲学上了（但为何又转到现在的领域，又是另外一种机缘了）。

多年的时光就这样消散了。这次来到香港城市大学，我原本是抱着让脑子放松的心态，什么也没想干。却像是冥冥之中自有天意，在网上寻找各种学术讲座信息的时候，看到了张先生的信息，原来他就在城市大学教书！这个“迟来”的消息一下子唤醒了我的历史情结，便马上给张先生写了封邮件，怕说得不够清楚，又重新写了一封更长的邮件，希望能够当面请教他。张先生很快就回复了，我确实没想到。

张先生的办公室很有文化意味，周围布满了我所熟悉的文字符号，有一种无比悠长的历史亲近感。张先生恰好有点咳嗽，我一直不断地说着自己的困惑，一边担忧着他的嗓子，每听到一声，心里就没来由紧张一下，但为了能争取时间，就只好不停地说着。张先生很温和地提着自己的建议和看法，另一边着急地看着时间，接下来他要上课。在各种杂乱的情绪中，我离开了张先生的办公室。

没想到的是，在一次李金铨先生组织的南丫岛之行中又见到了张先生，在各种方言读诗的气氛中，中国文化的绵长与传统的底蕴在那一刻被深刻地唤醒了。当人们更加自在地在旅游文化的建构中，塑造文明史的时候，这种展现文化的方式岂不是更令人珍惜？

我是一个文字表达和口语表达极度分裂的人。尽管在南丫岛有很多机会，也没有再向张先生请教。在人群中，倾听是一种幸福，也是一种体验，就像是满目望去，人声鼎沸；回眸一看，却是空空如也。这种虚实之间的感觉，或许最能折射出人生的双重天地。

每个人的一生都有很多说不清楚的情结。它伴随着个体的记忆在不断成长着。实现了的情结会绵延更久一些，就像是文化本身，在时间的变幻中，自然会选择该走的一条路。

2014 年 3 月 15 日，香港女青雅舍。

寻找回家的路：记李金铨先生

每个人都走在回家的路上。但或许并非每个人都意识到这一点。我与传播学的关系，似乎也是从寻找回家的路开始的。

至今我都不知道是不是应该感谢我现在的工作单位中国农业大学人文与发展学院？我虽然从事的是传播学专业的教学和科研工作，与国内主流传播学界之间的关系却是很疏远的。一是因为我原本的专业与新闻传播学无关，以前的师门多集中在美学和文艺学领域；二是我没在国内读博士，“丧失”了很多与主流传播学界发生各种令人联想的关系的可能性；三是我本人对我自己所从事的新闻传播学专业一直有着深深的“失望”之情，这种“失望”源自我本身对文史哲学科的有些“偏执的热爱”。最后一点却是与我的单位有关系，我们学院是一个交叉性很强的学院，各种学科（哲学、社会学、管理学、发展学、法学、经济学等）混杂在一起，我的同事们都从事着“五花八门”的专业研究，却经常需要在一起进行学术研讨，既有交叉性又有边缘性的特性，天然决定了我所接触的传播学在中国农业大学的特点。当然，还有一个特点，很多人将传播学直接当作了宣传学，或者新闻学，或者是影视研究（做科教片或者各种纪录片等），我的传播学同事们来自各种多元化的专业背景（文学、发展学、编辑出版学、传播学、艺术学等），与农大的文科发展思路相匹配，三农研究直接成为研究的主要视域。我自然也不例外。以上种种原因导致了我从事传播学的复杂性和令人疑惑的认知状态。

我想如此下去也没啥不好，记得前几年出版《乡村传播与城乡一体化：北京市民与农民工传播关系之实证研究》的时候，有关部门的工作人员打电话给我说，你这本书没办法放在新闻传播学书架上，只能放在社会学书架上了，云云。我说没关系，随便吧。一随便，又好些年随便过去了。

现在应该不再随便了，要说说人生大事了。学术，在我看来，对一个学者而言，便是另一种人生。每个学者一旦踏入高等教育行业（这里不排除一些学者，在业余做出了很好的学术著作，如法国年鉴学派中不少学者），就意味着学术生涯的开始（这里也可以广泛地将读博士的时间和过程加进来）。而我自己的学术生涯，我认为是从中国农业大学人文与发展学院开始的，此前不过是随便地打酱油、以玩乐为目的的。在进行了不到十年的学术生涯后，我一天天对自己开始感到失望，却一天天在想着如何读到更多的书。在思考、读书、学科定位和个人认知之间，几乎每天都在反思自己，到底在干吗？时间在我这种内在冲突几乎达到极致的时候，“遭遇”了李金铨老师。

我得坦率地承认，来香港之前，我对李老师没什么太多的印象，只是记得大致读过其几篇论文，关于传播学本土化方面的。还记得大致翻阅过一本他出版的传播学方面的著作，其他的印记在我的记忆中，实在是找寻不出来。再加之，我与主流传播学界之间的疏离关系和自己知识的欠缺性，孤陋寡闻实在是不可取，但也有无可奈何之处。似乎不是不可原谅一样。

第一次面对面见到李老师，是到港的第二天晚上，吃饭时的拘谨在吃完饭后他带领大家一起认识“回家”的路后逐渐消失了，他背着一个双肩包，一路走一路讲着城市大学的一些地理信息，等大家“到家”了，李老师再背着“书包”回家，说为了第二天的上课要批改学生的作业。第二天，去上李老师的课，讲的是研究方法和研究思路的问题，虽然看起来有些简单和枯燥，却又很有思考的价值和意义。研究，从来只是从简单朴素处着手以后方能有更大的潜力，否则从高处着手，似乎很容易摔下来难以翻身。李老师不断强调这一点，也不断地在解释这一点。接下来，他还选择了一个时间段与大家分享他的学术经历和观点，说起他为何从事传播学研究工作，为何放弃了新闻记者这一职业，而将自己放置在美国这个学术境遇中，并在此后的时光中往返于美国与中国香港之间，将中西之间的传播学本土化、西方化与全球化之间的关系在身体力行中做了大量细致入微的工作。

其实，这些烦琐的细节在我们眼里，仅仅是一种简单的平铺直叙，也很难看出其中的跌宕起伏。在文字的叙述和身体姿态之间，往往有更为深刻的关联，这些关联才是文字应该赋予人们的记忆和感觉。可惜的是，在这些平淡无奇的文字概述中，李老师所希望赋予的似乎并非他的学术历程，而更多的是他的人生历练，也或者，满脸沧桑的他，不知道从何处说起他几十年的学术生涯，遭遇到种种社会历史文化和政治问题，乃至于家庭问题，在各种散漫的口语表达中，他不断地重复地问：不知道你们想听到什么？是啊，我们到底想听到什么呢？

继而又有了一次 8 小时的学术漫谈……从文艺八卦到生活琐事，从宗教人生到学术拷问，从个人生活到现实政治，各种五花八门的话题体系混杂在一起，形成了奇特的交响曲。

用这寥寥数语来描述长达 8 小时的过程，我实在是感到莫名地内疚。从喝咖啡到吃晚餐，李老师持续地回答大家的提问，貌似随意实则语重心长地谈着自己的感悟，而我则一直闷头记录着。在喧哗的背景中，听着似乎是遥远的地方传来的声音，像是置身于各个不同的时代中，灵魂需要不断攀爬着，攀爬着。我在记录的同时不由得想起了好多年前和朋友在意大利 Uffizi 博物馆时的场景：置身于一幅幅作品中，就像是置身于历史中一样，各种社会场景和历史文化印记扑面而来，与不同时代的心灵碰撞，在色彩斑斓中体验着历史的味道，就像是李老师的学术 8 小时。从下午 2 点钟到晚上 10 点钟，时光机器在细节中不断捕捉着印记，记忆在个体的行为中不断聚集着，我们不再是 8 小时之外的群体，而是站在了 8 小时的门槛上，体味着未来，感知着过去。

周末的时候，李老师和他的几个好朋友组织了为期一天的南丫岛之行，在这嘈杂纷扰的集体生活中，我们“被”纳入了这个行走小组中。行走，其实是寻找回家之路的一种方式，在这种行走中，人们找到的往往是自己，迷失的也往往是自己。我们汇聚在这里，同时也失散在这里，就像是很久远时光中的一家人，最终还是会成为一家人，只是，需要更多的时间来祭奠这个过程而已。

这个散淡的下午和傍晚、这个行走中的周末还有那个漫谈式的分享(其实是对新闻史研究的一种漫谈)，在这个混杂的过程中，学术，成了一种延绵的行为。在这个行为中，很多零碎的材料逐渐被汇聚起来，形成了一种绵延不断的意识。意识中的艰辛与妥协，茫然和无助，焦虑与冲突，融入其中与游离之外的种种，一点点被揉碎，在言语的朴素无华中，透出亮光来。这一丝丝的亮光中，可以呈现出来的不是生活在别处的感觉，而是生活在此时的一种努力。

生活在此时，其实是一种无望的选择。因为无望，才又充满了多元化的希望。此时是一种最紧密的家的感觉，也是一种最遥远的心的距离。“荒谬的人”总是在寻找出路，“此在”的人却渴望在出路中找到林中小路，纵横交叉中我们都在“回家的路上”。

李老师是孤独的，也是寂寞的；同时又是宽厚的，心里有历史的人。在我看来，孤独的心灵才能找到回家之路；而心里有历史的人，才可以回应时代，也才可以回应历史，同样也才能找到此在，并在此在处享受孤独。

2014年3月18日，中国农业大学民主楼。

走向城市的纵深处：访侯仁之先生

采访侯仁之先生是我一年多前的一个想法，终因各种原因迟迟未能完成。时至今日，《人民政协报》的“学术家园”创刊，便立即向侯先生发了约稿信并打电话提出采访，但侯先生婉拒了，说他身体不大好，也只有作罢。谁料没过几天，侯先生竟托人打电话找我，等我匆匆赶到才明白侯先生的意思：他讲他年纪已大，眼睛也不太好，接到约稿信很不安，不知怎么办才好；他讲你要采访，想了解哪方面的情况。听完侯先生的话，我真不知说什么才好，一种学者对学术的态度、对人对事的看法仔仔细细地铺陈在面前。

侯先生讲他的专业是历史地理，顾名思义即是历史时期的地理。这门学科使得自然科学和社会科学相互接近，它是自然科学和社会科学在边界上走向一致的过程的最恰当的见证。

侯先生于1931年到北京，即对北京作为“文化古都”的城市本身发生兴趣。1995年，是北京建城3040年，为什么这个城市从周朝初年到今天，从蓟城到北京城，历经3000多年而不衰呢？

侯先生讲他把研究视点放在对城市的历史地理环境演变的考察上。换句话说，城市的成长过程是怎么样的？在这个成长过程中城市的转变是如何进行的？

1949年，新中国成立前三天，侯仁之先生亦从英国利物浦大学地理系获博士学位回国。当时，北京市政府正成立“都市计划委员会”，梁思成先生任副主任，主管业务。梁先生请侯仁之先生参加这个委员会，为他们的研究提供有关北京城市的历史地理背景资料。侯先生满怀喜悦，他说："我是从旧社会过来的，我所学的知识正好能为新时代首都的城市建设服务，能够报效祖国，感到万分兴奋！"这样，年轻的侯仁之先生义无反顾地投身到对"文化古都"的历史地理的研究中。

侯先生认为，北京城在历史上的每次发展都必须首先解决"水"的问题，今天的发展仍然是这样。而且，城市的发展过程本身便是将不利条件转化为有利条件，自身不断趋向进步的过程。也就是说，历史地理学必须为现实服务。

1958年，侯先生任北京大学地质地理系主任期间，国家召开了"西北六省区治沙会议"，中心议题即是要改造沙漠。侯先生积极参加，认为：在中国，沙漠地理研究几乎是空白，文献资料也极度缺乏，且沙漠地区人烟稀少。他于是带领几个助手，利用暑假时间投身到沙漠的考察中。一望无际的沙漠并没有亏待他，沙漠中遗留的大量人类活动遗迹和遗物给他的研究提供了重要的机缘：广大的西北沙区原来是草原，至今还有留存下来的大量人类活动的遗迹、遗物，大如城堡、小如磨盘、水井等，那么，于何时为何草原变成沙漠……

侯先生就这样日复一日、年复一年地在炎热的七八月份，在沙漠中一点点地研究着，沙漠地理这专业终于不再是空白，拓荒者的脚印坚实地留下了。

不论是关于城市的发展，抑或是对沙漠地区的研究，侯先生均在认认真真地去做，他在谈话过程中还提到了当年和他同去沙漠考察的考古学家俞伟超对他帮助很大。他说历史地理的研究应该不是孤立的，它与考古学、地貌学、第四纪地质学、气候学等有不可分割的关系。需要极强的实践性。他说"我老了，不可能再做实地考察了"；他说"我感到庆幸的是我已经看到了后继有人。"科学的发展也必然是后来者居上。时代的发展、客观的要求为一切新兴的学科都将带来广阔的前程。

侯先生工作的意义及价值是有目共睹的，侯先生的勤勉也渐渐沉积于他工作的成就中了。不论是自然科学还是社会科学，专业本身的划分并不十分重要，关键是学科研究本身的价值及意义。

也许，我们在某一刻，心灵之弦便是挂在城市的纵深处；当我们仔细探寻时，侯仁之先生的身影早已沉稳地伫立。

（原载于《人民政协报》1997 年 1 月 27 日）

豪华落尽见真淳：记朱立元先生

正像我没有十足的把握写出每一位学人的品格一样，写我的导师朱立元先生是一件更难的事。太熟悉的人和事清晰地堆积在心灵的一隅，简单明了，等候着消失。

我的眼前迅疾地浮现出第一次见到朱先生时的情景：那时我刚从山西来，在复旦大学文科大楼的7层等待复试，朱先生的身影匆匆地从我身旁掠过，他出乎意料地高大，一点也不像地道的上海人，而且十分质朴、和善，将朝气与长者之度结合得天衣无缝。

这以后的日子里，朱先生的行为方式、学术研究的态度也渐渐呈现了出来。朱先生大学毕业后即去新疆锻炼，一待就是十余年，家也成了，孩子也有了。1978年，为了给自己一个机会，他和夫人王文英一同从新疆走了出来，靠着勤奋与智慧，带着满身的乡土气韵回到了南方。在朱先生的家中，我曾经看到过他插队时的照片：人看起来很苍老，却很刚毅，有一种那个年代磨砺出来的特有气质。

在新疆的10年中，朱先生接触得最多的当然是马列著作，而他考入的研究生的专业则是文艺美学，方向是西方美学，导师是蒋孔阳先生。为了将失去的岁月补回来，朱先生在一个对于他可以说是十分陌生的领域里辛勤地耕耘着。也许是新疆十余年的磨砺使他养成了朴素的习惯，他这样一个整日埋头于西方美学研究的学者，全身上下竟无一丝一毫的"洋"气。

时下的理论文章，尤其是文史哲方面的，似乎追随的是越看不懂的越是好文章，越赶时髦越是走在学科的前列的潮流。朱先生牢记他的导师蒋孔阳先生的教导：做文力求明白易懂，做人力求干干净净。力争使自己站在学科发展的中正的位置，为学科的发展尽自己的一分力量。从1988年至今，朱先生先后担任了复旦大学中文系的副主任、主任，大量的行政工作、社会活动侵占了他学术研究的时间，他不止一次地说过他的时间都快挤没了。但既在其位，就必谋其政，即便如此，朱先生仍是想方设法为系里的老师们谋福利，无论是在生活上，还是在工作上。

对其所从事的专业研究，他也一刻没有放松。由于高校现用的《西方美学史》教材，是朱光潜先生20世纪60年代写的，而且只写到19世纪末20世纪初的克罗奇，现当代西方美学基本没有涉及。朱先生便组织各方力量，先行出版了《现代西方美学史》，这近90万字的美学史耗费了朱先生大量的心血。目前，他又在组织力量，计划搞《西方美学通史》，听说已讨论了好几次提纲了，计划1999年完成。

我曾就搞历史研究的问题专门向朱先生请教过，朱先生讲他自己做的时候也是诚惶诚恐，因为现在各学科搞史似乎是一种趋势，这应该也没什么错。关键是有没有这样的功力、有没有这样的眼光，如果不是站得比史本身略高些的位置来看的话，这史就不能是有充分存在意义的。关于西方美学这一学科，朱先生说，因为我们起步比较晚，大多数人感兴趣的又都是现当代，我先做《现当代西方美学史》，便是希望能起到整理、研究的作用，而《西方美学通史》，则是出于建设学科本身的需要。虽然目前我们还缺乏许多东西，但如果不去搞通史的话，又如何将我们这一代人对西方美学史的整体认识做一个完整而系统的总结呢？

朱先生的意思我懂，他的许多想法我也了解，而他自己所思考的一些专题也需大量的时间去做，可是他就是这样一个人，不论谁去找他办事，只要力所能及，他都去做，而且是尽心尽力去做，这又得耗去他许多的时间……

去年年底，朱先生要去日本，途径北京，我去看他，发觉他精神似乎更好了，声音饱满、洪亮、有力，越来越像年轻人，他与我随意地聊着各种各样的话题，丝毫没有学者的架子。这使我想起了读研究生时的情形。那时，我们师兄妹几个的讨论课是在朱先生家上的，刚开始是讨论康德的《判断力批判》，我们几个先讲好，一讨论，就扯别的话题，一扯朱先生也跟着扯，不知不觉一堂课就结束了。其实，现在想想，朱先生便是这样一个人，他明明知道我们在脱离应该讨论的话题，他本来可以有更多的道理来讲，但他没有，他平和、宽容地任我们发挥，什么也不说，甚至是毕业以后。

我现在方明白那是怎样一种品格：它不可以用好与坏来形容，它容忍的是个性的张扬与发展。这种胸怀只怕是几年后的今天我才意识到。

朱先生依然很忙，忙得连他自己也讲不清楚。他也从不发怒，总是平和地处理哪怕是极细小的、极琐屑的一件事。离开朱先生已近三年了，想起他的为人与气度，不禁想起金代诗人元好问论诗的一句话“豪华落尽见真淳”，将其用到朱先生身上，便另有一种意思在里边了。这种意思，我想，朱先生是懂的。

（原载于《人民政协报》1997 年 4 月 21 日）

在 路 上

前些日子朱立元先生寄来一本《现代西方美学史》的书，并没有只言片语，书静静地沉落在抽屉里许久，搬家的时候有幸重见天日。一日，独自与书交谈，精神却莫名地感动了，这 88 万字的一页页，如会说话的小精灵倾诉着主人的艰辛与勤恳。

美学史一幕幕由此展开。朱光潜先生喜悦的泪水轻轻划落在扉页上；早该这样了！的的确确，不但朱光潜先生不再遗憾，叔本华、尼采、柏格森不再残缺，弗洛伊德、荣格、兰克等名字也不会是陌生的印迹，现象学、存在主义、符号学、解释学曾经或正在沿着美学所做的努力充满希望地走在大路上。

我记得《在路上》是美国现当代流行的一本小说，它纷纷杂杂的内容印满了人生的各种感觉。而与朱先生晤面的场景则如那其中的一种感觉，连同这本书的思绪，活生生地摆在了书桌上，时时逗引我的记忆。

三年前一个不算太热的日子里，我去沪面试。一个人悄悄地上了复旦大学文科大楼 7 楼，望着中文系的牌子，有些发慌，本来是两点钟面试，我来早了，站在楼梯的拐角处，不断听见楼道里纷杂的人声，蓦地一个洪亮的声音撞击开了记忆——我与朱先生虽没见过面，但通过一次电话；肯定是朱立元先生，虽很激动，脚步却不敢向楼道口走，好不容易挪到楼道口，正瞥见一高大的中年男子低头与一人交谈，那声音分明是朱先生的，他说完了话，匆匆笔直走过，脚步匆匆迅疾，我一看快两点钟了，赶忙不顾一切冲出去：“您是朱立元先生吗？我……”“你是山大中文系的李红艳?”朱先生依旧面带笑容，准确叫出了我的名字，所有的对于上海的恐惧与敌视也就是在那一刻消失的，我下意识挺了挺腰板，随朱先生走进了教室。

三年的日子一天天如惊叹号，雀跃着奔向前，欢声笑语与默默读书交相辉映着，温情脉脉与兢兢业业相伴着，我的师姐、师兄、师妹，与我紧密地团结在朱先生的周围，朱先生简直像父母，对我们诸方面都关心。书是一日日混了过来，临到毕业论文答辩的时候，他比我们还要紧张，令我直想掉泪，直想从头将书读上一遍，我一遍一遍地在心里对自己说我真不是个好学生，内疚感慢慢浮上来，如陈年老酒时日愈久愈浓，直逼得我抬不起头来。

而今，望着这厚厚的书，泪水几乎蓄满了双眼，翻着目录，朱先生那笑吟吟的面孔又出现在面前，悲痛过后，费些时日将书翻完，一种使命感涌上心头。人本主义美学与科学主义美学如两根红线贯串全书，现代西方美学史按时间顺序被分成四个时期：萌芽、形成、多元展开、后现代时期，各个美学流派亦作如是分，如分析美学分为早期情感主义阶段、中期对日常语言运用的分析阶段、后期从怀疑回到肯定阶段，这庞大的体系，完整的结构、平实的语言、周全的内容，一层层的背后究竟饱含了编者多少心血？朱先生那乌黑的头发多了几许白发？那健朗的身板是否已趋向佝偻？那洪亮的声音是否依旧？

也许，朱先生毋庸言语便知我的愧疚了；所以他只是平和地寄来了一本书，如一位慈祥的长者无言地注视着我的成长，没有了循循善诱，省略了语言交流，在这厚厚的不携任何感情色彩的言语中，精神的交流就这样达成。

路，漫开来，如一道美丽的弧线。朱先生或许正和我一般为谋生而奔忙，他沉寂的心灵可曾听见我一路不太顺畅的问候？就让这在路上的感觉走回我们每个人的记忆中，连同对这本书的历史性感觉。

（以笔名逸如发表，原载于《中华读书报》1995 年）

湮没不仅仅是传说：访李学勤先生

李学勤这个名字曾无数次轻灵地飘动在各类学术刊物上，他厚实的文字透过几千年的历史浓密地挂在我的心头。我竭力想象着这位日日疾行于书海之中的学者之勤奋、用功的程度，忍了几忍终于拨完了号码。

话筒那边是李先生急促的声音，携着一种“快”的氛围向我袭来，“我的忙是你无法想象的，行政工作与学术研究几乎是绞在一起了……”我实在是太想拜见这位学者了，告诉他即使是谈半小时也愿意。

那是一个冬日的上午，太阳薄薄的，从建国门地铁往日坛路走，我心里紧张地算着时间，千万别晚了啊！没料，李先生却是一个极随便的学者，不太考究的西装散散地伏在他的身上，急促的脚步伴着同样急促的话语向我袭来，“我们没有多少时间，就直奔主题吧。”“李先生，您是一个‘杂家’，我想您能不能就一点，即考古学的原初及现代阐释做一种评述或者说分析？”

“首先，我不很同意考古学在中国历史悠久这种看法。古代中国的先哲们对器物等的研究只是考古学的基础，并非现代意义上的考古学。”李先生说到这里，轻笑了笑，“现代意义上的考古学是19世纪前期兴起的，还不足200年历史。而现代考古学在中国奠基最早是1926年，标志是由李济先生主持的山西夏县西阴村的发掘，这是中国人自己主持的第一次田野发掘，规模很小，但很明确地在中国考古学史上抹下了极庄重的一笔。至1928年开始的殷墟发掘，中国考古学便真正建立了。”

李先生充满感情的语气，引我的思绪不禁飞扬在几千年前的历史遗迹中，那无奈的浮动的千年尘土，那残留的斑驳的千年器皿，还有那未来得及融于泥土中的根根白骨，一切的一切，无言地立在无际的荒原上，凝重而充满古意。

“但是，中国考古学的兴起与当时的社会文化背景密不可分。晚清时，疑古思潮突起，古人的文字几乎均受到了怀疑，这在当时是一种进步，可以说为用现代考古方法研究古代扫清了道路。但疑古如果只破而不立，不可避免会导致文化史的断裂。针对有人提出的‘东周以上无史’的说法，一批学者竭力想从书本以外寻找手段探索古代文明，这对考古学在中国的发展起了推动作用。也正是由于这个原因，中国的考古学一开始就与古代史联系起来，这与西方的考古学更多与美术史密切联系是不大一样的。比如说，为什么首先就发掘殷墟？就是由于发现了甲骨文，其中蕴含了商代历史的丰富材料，证明了殷墟是商都，补充了古史的空白。这同样是为了研究古史。”

于是，中国特色自然而然就形成了。所谓书本以外的手段的确是新思路的开端，新学科的起点，那这门新的学科的发展方向又是怎样的呢？

李先生像是明白了我的心思，又仔细地解释道：“现代的考古学离不开现代化的科技手段。应当说，考古学在中国已是一个羽翼丰满、相当成熟的学科，其前景是无限光明的。”

我明白，辉煌的明天需要的不仅仅是憧憬，科学从来就容不得半点马虎和虚假。“李先生，您认为我们目前的科技水平与丰富的考古对象相适应吗？”

“不相适应。或者说，现代科技手段在中国考古界运用得实在不够，这必然就带来许多不可弥补的遗憾。有的遗迹得不到充分的研究，不充分的研究无疑是浪费，而这种浪费又是无可弥补的，因为考古学的遗迹一旦破坏就无法再生。”李先生很激动。

一种学者的责任感严肃地挂在他的脸上，我亦不晓得说什么才好。历史遗产这种宝贵的财富我们可以重造吗？难道就任这种人为的或是客观的湮没带着几丝无奈走向浪漫的传说？希望不是。

“现在考古界已有不少人在探讨新的手段，新的理论，这是一种好现象，起码是在补救的边缘做工作，因为中国秦以前的历史就是依靠这门学科的成就才得以寻觅到一些从前根本想不到的线索的。可以这么说，考古学的许多重大发现，几乎将中国古代史面貌从根本上改变了。相信下个世纪会有更多更重大的新发现。”李先生似乎一下子转为对前景充满信心。

古语讲得好：历史是不可改变的。考古学的真正目的是还历史一个清清白白的自我，以其独有的特点给人类提供许多年以前祖先生活诸方面的场景，使早已湮没的古史从浪漫的传说中堂堂正正地走出来。

愿我们与我们的祖先能有一个真实的约会。

（以笔名三白发表，原载于《人民政协报》1996 年 3 月 26 日）

汉学，一门古老而崭新的学科：再访李学勤先生

年初，中国社会科学院历史研究所所长李学勤先生曾打电话给我，希望能就国际汉学研究现状及意义做一个专版。但因种种原因，时至3月初这一行动才得以实施。

坐在李学勤先生家中，听他娓娓道来，国际汉学的状貌随着时间的缝隙一点点展开。李先生认为：汉学一词本来是没有国界的，但国内一般说的汉学多指的是外国人对中国历史、文化、语言等的研究。对国际汉学的研究，是指中国人对外国人研究中国古代历史、文化、语言的成果的研究。国内学者对国际汉学的研究还很少，一般而言主要有两种障碍：①语言；②思想观念。

其实，外国人研究中国文化、历史、语言的方法、角度，常常是不同于我们的，值得我们研究和借鉴。更重要的是，国外有不少关于中国的材料，国内没有，即使是国内有，也应互相对照、互相参考。说到这里，李先生举了一个例子：南明灭亡之前，永历皇太后极其愤慨，曾写了封信，托人带给罗马教皇，呼吁外国支持，信到时，南明已亡，这封信便留在了梵蒂冈，一直到今天。

李先生认为，就国际汉学家的构成而言，早期主要是传教士、外交官，他们大都在中国待过很长时间，如大家熟悉的利玛窦、马国贤、威妥玛等。溥仪的老师庄士敦，回英国后即到大学当了汉学教授。后来的汉学家则多是专门学者，在大学任教和搞研究，也教中文。目前，到中国来，能掌握中文与我们打交道的人，几乎全是这些汉学家的学生。可以这么说，国际汉学首要的作用是促进了中外文化的交流。

第二个作用是研究国际汉学，可以进一步了解外国人对中国研究的情况，以更好地走向未来，走向世界。

讲到这里，李先生从身后的书架上抽了几本书，一本是 *Early Chinese Texts A Bibliographical Guide*（《中国古代典籍导读》），这是英美汉学家的书。另一本书是法国出版的《史前冶金学》，李先生说，类似的讲中国古代冶金的书国内出了，但法国人的书在介绍世界情况方面资料比我们全，也更新。另有几本是关于丝绸之路的书，是日本出的，汇集了世界各国的史料、图片，看起来精美极了。

有的人也许会怀疑，中国人自己的学问都没做好，再去研究外国人研究中国的成果，是不是不可取？李先生在这里强调：我们的研究不仅是为了学习外国的好的东西，更重要的是立足以我为主的原则，向世界传播中国的历史文化。这涉及21世纪中国在世界的形象问题，涉及加强中华民族凝聚力的问题。

听完李先生的介绍，国际汉学研究这一学科的意义、价值已不再陌生，也无须再怀疑。这一古老而崭新的学科必定会在未来的世界里替我们的民族写下辉煌的一笔。

（原载于《人民政协报》1997年3月24日）

考古学是什么？
——访俞伟超先生

关于考古学的发现的话题，在20世纪的今天是愈来愈走向成熟了，对考古学本身的认识及其与相关学科的联系也异常清醒地挂在职业或非职业的学者的心头。作为与考古学研究距离较远的边缘学人，迫切希望了解的恐怕还是从一个简单的基点出发：考古学是什么？带着这个问题，几经周折，终于得以与俞伟超先生晤面，也终于有了一个令我很感兴趣的答案。

俞先生作为中国历史博物馆馆长，行政事务虽然很多，但这一位置同时也使得他有比他的同行们更广阔、更高远的视野，我们首先聊起了水下考古学。

1987年俞先生到历史博物馆以后，即积极筹建水下考古学专业。国家文物局于1989年颁布《中华人民共和国水下文物管理条例》，同时将这一专业的筹建工作交给了历史博物馆。同年11月，历史博物馆成立了“水下考古学研究室”，并参加了由多家政府机构与学术单位组成的“国家水下考古协调小组”。并先花五年时间培养人才：一是请国外专家学者来讲课；二是派有关人员出去学习，三是与国外合作，在国内搞水下考古。目前，我们已经独立完成了一项水下考古工作。从去年开始，又启动了航空摄影考古，希望能在学科建设方面做一点工作。

其实，俞先生的专业是秦汉考古，离开北大时，他十分难过。但事实上，俞先生这十余年来，又早已超出了专业本身的限度，他搞过周代用鼎制度研究、楚文化研究等，并且花了很长的时间和很多精力，在俞先生看来，专业本身就是一种局限，而考古学里的某一专业又是对考古学这一专业本身的局限。那么，在俞先生的眼里，考古学究竟是什么呢？

首先，俞先生特别欣赏西方美学家克罗齐的一句话：“一切历史都是当代的。”中国考古学发展至今，已有七十余年的历史，不算长，但也风风雨雨，有许多经验、教训值得总结。俞先生坚持“所有考古工作归根到底的目的都只在探索人，能够理解一个时代的人，也能理解另一时代的人，而且希望理解另一时代的人”的观点，就考古学在中国目前的发展状况而言，俞先生认为，自20世纪20年代起，开始了我们自己的考古学，中国考古学的奠基者们从西方引进了地层学和类型学的方法，至今，中国的考古学基本上处于这个时期。但考古学的发展，就全球范围而言，似乎已经历了两大阶段，而开始进入第三阶段。第一阶段是其萌芽时期，这可以从很早时期就已发生的收集并研究古物的活动算起，但主要是在文艺复兴时代开始的；第二阶段是其成熟和以考古地层学及考古类型学为方法论支柱的传统考古学；第三阶段是20世纪60年代开始的考古学的新时期，主要表现在文化概念的拓展以及理论方法的更新。

其次，俞先生很重视文化因素在考古学中的作用。他说：“研究中国文明起源，至少有一个不能避而不答的问题。历史学上有一个夷夏东西说，在考古学上，龙山时期东部的山东还有江浙的良渚文化都比同时的西边发达，可是后来的夏王朝却独独兴起于中原地区，这里面有一个社会、经济的变化过程，有一个不同文化共同体力量对比的消长过程，而文明起源的讨论虽然现在非常热，但并没有触及这个关键。只有在文化过程中，各个考古学文化因素才能有机地统一起来，力量对比变化的原因才能被揭示出来。”

再次，考古学应该也有可能进行文化热点的研究。俞先生觉得，考古学本来曾是社会科学大家庭中的一员，它所面对的，也是大家感兴趣的问题。在19世纪的西方，就是进化论和人类来源的问题；在20世纪的中国，就是古史真伪的问题。它的一些成果，曾经激励过整个社会的心，特别是知识界。但是，随着学科的展开和进一步纵深发展，考古学家则越来越陷入一些更具体的研究中，比如：文化特征的确认、空白的填补、器物变化的序列与时空体系的建立等，当这些基础性的工作告一段落的时候，人们会重新面对人类文化中一些根本性的问题，即考古学会重返社会科学这一大家庭。

俞先生的观点很明确，他似乎已将自己的研究方向转向了考古学理论研究，这对于当前乃至日后的中国考古学发展都将有很大的影响。在他的《考古学新理解论纲》中，他全方位地重新定义了这一学科：即层位论、形态论、文化论、环境论、聚落论、计量论、技术论、全息论、艺术论、价值论。在目前考古学界中仍有一定的争议。但俞先生坚信：任何人都只能实现或达到他的一部分理想，他说："我真的一点埋怨也没有，因为我知道我最初追求的是什么，我知道我付出的有怎样的分量，我也体会到我得到的有多宝贵。"

俞先生的话语虽不很重，却很厚实，它们漫延于大千世界中，久久，还散发着诱人的魅力。他的学生张承志在其师《考古学是什么》的序言中有一段话："准确的感悟或默默的内心判断，并不一定能够在当代被验证。真知灼见虽然不惧怕时间的流逝，但是微弱的，甚至未经充分宣扬的真知灼见，是可能湮没的。思想最大的悲剧就是消失在思想家的墓圹里，而没有获得必要的散播。"

我想，俞先生的思想的很少的一部分，在同样是一张报纸的一隅露出了一点点，面对人类古老悠长的文化命脉的守护者——考古学家们，我们应该想到的或许更多、更多。

（原载于《人民政协报》1997年8月25日）

关于古籍今译：中华书局总编辑傅璇琮先生的思考

一个温暖的冬日，我静静地踏进了傅璇琮先生的办公室。就目前社会上古籍今译的热门话题，访问了这位古籍整理研究专家。案头的书信往来密密地宣告着他工作最日常也最本质的一部分。

他向我谈起了古籍今译这个话题。傅先生说着，两只略有青筋的细长又硬瘦的手随意性地交叉着。其实，古籍今译热已有四五年了，书出得也不少，但最主要的还是质量问题。傅先生将身体向前倾了倾，加重了语气，前几个月，国家新闻出版署组织有关人员对九家出版社的九种书的古籍今译质量情况做了检查，结果竟是无一本书合格。这些书目包括《〈资治通鉴〉今译》《〈十三经〉今译》等。有关部门将之公布于众，在社会上引起了一定的反响。

傅先生痛惜不止：没有选择地译古籍，不顾及古籍本身的价值，对文化传统是极大的不尊重。

的确，文化传统是一个民族生生不息的基本因缘，对传统的不严肃、不认真势必导致文化本身的遗失、断裂乃至歪曲。

对此，我们怎能不严肃对待呢？这位学者沉思着，如文化的使者，镜片后的双眼异常忧郁，他的沉思如一个沉重的句号，而我无论如何也停不下手中的笔。

十余年前，党中央关于古籍整理曾有过一个决议，涉及古籍今译时指出：有些古籍应该翻译成现代汉语，使能读报的人也能看懂。但这个决议的实际执行却明显地有了偏差。傅先生直了直身子，缓慢地说，有些出版社不仅译单本，还译丛书，几百万字的大书，甚而《十三经》中的《尔雅》这样的辞书亦译；最近又听说哪家出版社要翻译清代的《康熙字典》。

我仿佛看见康熙大帝自傲又无奈地微笑。仿佛被动地为古文化包围，无力又徒然奔波。我远没有傅先生渊博、深重的古籍知识，几十年来他之于古籍的整理出版已耗尽了大半辈子的心血，然古籍走到今天却注定要使这位已有些微疲惫的学者失望吧。

傅先生接着说，中国古代，尤其是清代研究者往往因了一本书耗了一个人的生命，以生命来校勘、来注释；而翻译比起校注却是更难。有一些出版社为经济利益所驱动，求大、求全、求快，在极短的时间内，组织一批人将古籍稀稀拉拉地翻译成白话，厚重的文化就这样支离破碎了，碎得甚而没了文明的痕迹。

古籍之于现代人、现代生活是有一定距离，但今译的目的是更好理解原文而非仅仅为了译文本身。傅先生反复强调：今译是手段，理解原文才是最终的目的。离开原文的今译是毫无意义亦毫无价值的。况且，有些书目之于一般人而言是无须全译的，必须取其精华、剔除糟粕，还古籍一个纯纯正正的清白。

傅先生建议，应组织一批专家就古籍今译进行一个讨论，制订一个总体计划，已有好的译本可以借鉴；尔后再组织各有所长的学者分别承担诸古籍的今译工作，使古籍今译真正具有科学性，不要单纯成为一股风。

书，本身是一种特殊的商品，不可能单纯以市场经济的尺度来衡量它。与古籍今译密切相关的是国家基础教育与培养问题，傅先生用谦谦又清楚地吐出的充满南方特色的普通话恳切地回应着。

也许，为了那份无以言明的传统感觉、为了那种执着如鲁迅、硬气如屈原的人文精神吧。

冬日随风流泻它的金辉，文明的车一日日向前，中华书局的灰色小楼在身后隐退。古籍今译该整理整理心情、该清醒了吧。愿它有一个清清白白的明天。

（以笔名三白发表，原载于《人民政协报》1995年2月16日）

一个纯粹的人：记张芝联先生

第一次见到张芝联先生，我就不由自主地喜欢上了这位平易、谦和却又内蕴淳厚的学者，他有着一种散漫、洒脱的气质，并携带着浓郁的书卷气，正当我想向他提问时，却被他一连串的问话卡住了，于是，坐在这位年届八旬的学者身旁，谈话就无边无际地被拓展开来。

张先生祖籍浙江鄞县（今鄞州区），出生于湖北汉口，其父张寿镛先生毕生将编刻《四明丛书》作为自己的人生目标。这给年幼的张先生以很深刻的影响。张先生从小在私塾里读书，这使得他在儒家经典、古文诗词等方面打下了良好的基础，在以后的高中、大学生活中，又先后得到张歆海、吕思勉、张尔田、洪业等学者的指导，曾一度立志秉承浙东学派的遗风，将明末清初中国社会的历史变迁、思想潮流乃至对外交流的情况做系统的研究，虽然这一志向在他去欧美留学以后发生了变化，但明末清初思想启蒙的行为方式本身却给他留下了很深的印象。归国以后，他一方面积极地向国内学界介绍西方的各种文史书籍，另一方面因为对法国文化的格外关注而对18世纪的启蒙运动有了进一步的思考。

张先生告诉我，大学毕业时，其父曾问他将来志向，他说“我很想当一个中学校长、大学教授。”父亲提醒了他将会遇到的困难后，认可了他的这一选择。应该说，这一选择与张寿镛先生事功（办学、刻书）的人生理想是一致的。念念不忘办学志向的张先生不久以后终于实现了他的理想，但因为政治原因，私立中学、大学在20世纪40年代末50年代初都被取消或合并了，做着大学教授的张先生在几十年的教学生涯中，将他年轻时从国外带回来的关于启蒙运动的话题一点点地化作他对社会现实的一种独特的情结，在漫长的人生旅途中用生命的柴火温润着；而同样不灭的办学志向也在几十年的生命年轮中，愈来愈顽强、愈来愈刻骨铭心。

翻开张先生这多年的教学日记，他对于年轻学子的尽心尽力的培养清晰地展现在我们面前，他知道作为一名大学教授与著书立说同等重要的是培养、训练人才，他广交各界朋友，为年轻人深造全力创造条件，从这平凡又尽职的工作中，我们分明看到了一名知识分子的良心。

1995 年，在光华大学成立 70 周年的校友会上，大家一致同意恢复光华大学。也就是从那时起，张先生开始了更加劳碌的奔波，他兴奋地说："事情总算有点眉目了，成都的光华大学分校已建立起来了，以后的路会越走越顺的。"透过张先生不太分明的笑意，一种难以描述的欣慰之情自然而然地流露出来。

但他，并没有忘却启蒙。某种意义上，他是用办学这一物化的形式，实践着"启蒙"的意义。令张先生思索了多年的问题是，不论就思想运动还是就社会运动而言，为什么西方社会在 18 世纪启蒙运动之后就不再提及关于启蒙的话题，而中国，按史学界的一种说法，启蒙运动一共有三次，即 17 世纪末到 18 世纪初、19 世纪末到 20 世纪初、"五四运动"，但为什么屡次启蒙屡次失败呢？

无论是办学者、教授，抑或是思想家、史学家，各种不同的身份奇异地融为一体的张先生就这样在五十余年的教学生涯中顽强而不懈地绵延着他内心深处的理想，就这样一天天地走向了现实关怀与历史关怀，他从各个角度审视西方历史和中国历史，勤勉地以他出色的外语才能与国外学界不断地进行着交流，并充当交流中介一步步推进着中西文化交流的进程。

张先生高兴地告诉我：他的朋友可以说是遍天下，主要有官员、外交官、学者这三类，而在每一次的朋友会谈中，张先生思考的话语谁说不总是有意无意地展现着？我坐在张先生旁，听着他讲述关于启蒙运动、关于办学校、关于培养人才的往事，听着他对于古人关于立言、立功、立德的见解，渐渐明白了张先生的话语选择和行为方式。

立功，在张先生五十余年的教学生涯中占了超乎寻常的比例，这超乎寻常之程度我想张先生自己也没有意识到。但在立功这一核心理想的背后，不晓得张先生是否就词语本身的意义系统做一种考察。启蒙一词对中国传统文化与传统教育，和它与西方社会、历史、文化背景相比，究竟区别在何处？这种区别是否是造就启蒙运动一次又一次不能完成的原因之一呢？其次在我们厚重而博大的文化面前，启蒙本身也是有时代性的，这种时代性因其与政权变革联系亲密，便不由自主地产生了一种连续性，也就是说时代性是与社会性、政治性不可分割的；再次，与其在启蒙本身求其行为方式及成效，不如跳出这个圈子，以一种开放的眼光对待我们的历史与现实。

或许，另外一种可能性就是一种新的希望，温雅、敦厚的张先生所寻求的结论怕是永远不会有的，因为时间的过去、现在、未来从来都是处于开放状态的。

或许，几十年的时间对阔大的世界背景而言，是极短暂的一刹那，但对已年届八旬的张先生而言却是一份完整的人生，这份人生同时又是一个真实的生命材料的记录，这记录本身蕴蓄的力量相信早已超出了文字本身。

（原载于《人民政协报》1998 年）

诗的情怀：造访林庚先生

这是一个细雨蒙蒙的下午，迎着略有些寒意的春风，我来到了北大燕南园62号，院子里很静谧，一些不知名的浅紫色的小花零星地在风中摇曳，墙角一辆不知哪个年代的自行车早已积满了寸余厚的灰尘，我试着敲了敲门，无人应。焦急中重又推开简朴而古拙的篱笆门，走了出来。

恰逢一和善、儒雅的老太太从小径的深处走来，赶忙趋前，方知林先生家的“大门”是旁侧极不起眼的略带灰灰的古旧色的、仿佛隔了好几个世纪的、未设任何防御措施的木板门。

林先生如从洪荒的历史中走出来的童话老人，中式棉袄铺垫着旧旧的浅蓝色不太严谨地披在身上，一脸的意味，一脸的苍凉，但精神依然健壮。

我们聊起了他的专业——唐代文学。林先生很坦然地告诉我，他研究唐诗的目的是想给中国新诗寻找一条路子。他认为唐诗之所以出现后人所不及的繁荣，一个最关键的原因是唐诗所用的语言即是生活语言，宋元明清诗歌不如唐诗的原因之一即是生活语言与书写语言的分离。

1910年2月22日出生于北京的林庚先生，青年时代即充满了对诗的依恋与向往，他1931年开始尝试写诗，仅1933—1937年之间就出了4本诗集。抗日战争爆发后，他回到故乡厦门大学教书，1947年方返回北京。10年间，因科研任务较重，林先生没有足够的时间与心情写诗，便潜心于古典诗歌的源流、盛衰之研究，希冀以详尽而周详的理论作明证，给中国的新诗发展指出一条路。

1947年，林庚先生同样是怀着一腔对新诗的深厚的感情，回到燕京大学中文系（1952年，院系调整后并入北京大学中文系），从此开始了漫漫的学术之路。他探究中国文学史的每一根脉络，从中摄取关于诗的国度的一缕缕缕气息；他恣肆遨游在诗歌的每一个字眼里，不倦地尝试各种适宜于新诗的路子，并从1949年继续发表新诗，直到20世纪80年代方止。

他认为，关键是在白话的基础上建立诗歌的语言阵地，诗歌语言若无阵地，必然要受到散文等文体的压力，这是文学史给我们的启示。

望着这位八十有六的学者，我心中的感慨颇多。林先生的屋子里简洁而明净，一个不太大的书架着了淡淡的灰色，书架上有一个长方形的盒子，外面是清晰的几个字：汉魏六朝百三家集。寥寥的几个字，似也历经了无数的沧桑风雨。书架的旁边，是林夫人年轻时的照片，娴雅又极有韵味的眼睛悄悄地注视着这一切。

我不得不承认，林先生这么多年的研究始终抱的是一颗诗人的心，拥有的始终是诗的情怀。但他，毕竟还是一位学者。

他很担忧中国文学史先秦部分研究的遗落，这从刊物上发表的文章就可以看出来，即使是有人去搞，也不是注重考证，而是和民俗学联系起来，探究中华民族的最初状态，已非纯粹的搞文学了。

林先生宽宏大量地指出这是时代发展所必然带来的结果，现在的时代离文言文本身便隔了一层，先秦就更困难了，人为地去强求似乎也不是最好的办法。

这位有着诗的情怀的学者型诗人，以其生命的每一个年轮，以其执着的学术态度，正在耗尽他的每一滴心血，为自己心中的理想而努力着，这不是世纪末的余音，而是迈向新世纪的强劲音符。何况，林先生很自豪地已找到了这种新诗的形式，接下来的工作便是推广了。他幽默地说："'风萧萧兮易水寒，将士一去兮不复还'，去掉一个'兮'字，发展到七言诗，文学史上整整走了400年，可见，培育诗歌的阵地关键是推广形式，我现在的所有余力都是为这个服务的。"

我甚至以为他不是一个80余岁的老人，他的磊落、豁达而充满灵性的心灵世界分明已在历史的无情中烙下了永恒的印迹，无论是诗人林庚还是学者林庚，都是一扇无形的大门，唯有用灵性之歌去超越，才能从中掠取到无尽的生命的力量与无穷的生命之意义。

这力量、这意义，便是诗的情怀。

我也终于明白了为什么林先生家的大门都没有开在有着篱笆门的小院前，他是将这小小的院落的每一寸土地都蕴积着他柔韧的力量。

而他，则安静地着中式棉袄、插着双手，笑容殷殷地复出。

（原载于《人民政协报》1996年4月23日）

平平淡淡一书生：记裘锡圭先生

辗转了几次，终于得以会晤裘锡圭先生。他坐在香山饭店的大厅里，清清瘦瘦，客气得很，走近他，真有一种沾了点文气的感觉。他穿一件浅灰色夹克，略微发黑的脸庞轻轻地透着笑意，双手随便交叉着，仿佛很无辜地问我：谈什么呢？好像没什么可谈，一切就那么回事吧。

这位20世纪30年代生于上海，现任北大中文系教授、中国文字学会会长的学者似乎并不想对自己做更多的介绍，文字十分艰难地从口中吐出，孤立地含蕴着丰富的背景。

“我1956年从复旦大学历史系毕业，接着读胡厚宣先生的研究生，主要研究方向是甲骨文和商代史，但实际上也研究金文、秦汉简文等，总之是涉及古文字方面的吧。”裘先生十分简短地介绍完了，又望着我，“我真的没什么可说的。”

似乎有点不对。我想了一会儿，古文字这样艰难又苦涩的专业能做了近四十年，岂止这轻轻松松的几句话可以概括得了的？“那您现在的研究有哪些方面呢？”“除古文字外，还涉及古代史、古汉语和古籍整理。不过这些方面的研究大都也离不开古文字。”“您又是从哪个点切入的呢？”

裘先生没有立刻回答，摊了摊手，说：“大致是两个方面吧，一是考释一些前人未释的字，二是纠正一些前人的错误考释。不过我的意见也不见得一定正确，我时常发现自己旧作中的错误。”

“您觉得苦吗？”

“不，我很有兴趣。”

我仿佛看见一个个立体的古文字乖巧地走在裘先生的面前，有的故意走失，有的企图残废，有的互相混合，裘先生如对待自己的孩子，细心地在不太宽敞的书房里将它们一一归队，慈祥如和蔼的父亲。文字学的功夫就如此一点点磨出来了。

“您现在面临的主要问题是什么？”

“时间不够。每天总有做不完的工作。我的工作环境一大半为书所占，十分狭窄，但我珍惜这些书籍，不愿意让它们残缺。条件改变了当然更好。”

他的愿望并不大亦不太厚，十分简单，但谁又会替这些书们找个落脚地呢？一排排的书籍将并不十分强壮的裘先生围在了中间，他清瘦的面容会日复一日地消瘦吗？

“我认为目前社会上对读书的人提供的条件太差，一个民族、一个社会，必须有一大批读书的人，政府和社会必须大力加以提倡。当然即使你不提倡，也会有人凭自己的兴趣去读书，可是对一个社会来说，这是远远不够的。”

裘先生不间断地讲完，又沉默了，他并不想很绚烂地给自己涂上一笔，唯平平淡淡地在一行行的古方块字里徘徊，时不时自我陶醉一番。

“你看，我没什么可谈的吧。”裘先生不安地说。我真的不想使得采访成为他的一种精神负担，他温厚地坐在那里便足够了，足够了，希望没有人去打扰他。

“您出版的著作有哪些呢？”我忍不住又问。

“不多。《文字学概要》，1988 年商务印书馆出版，1994 年台湾出繁体字本，这本书获第一届国家图书奖；《古文字论集》，1992 年中华书局出版；《古代文史研究新探》，1992 年江苏古籍出版；《裘锡圭自选集》1994 年河南教育出版社出版。”裘先生十分清楚地说完了，如数说自己的孩子，平易极了。

我明白这为数不多的著作之于他近 40 年的学术研究的重大意义。古文字学的枯燥与准确深刻地放在面前。也不晓得发明文字的我们的祖先在那遥远的年代里有无考虑到这个将来性的问题？简简单单的一笔一画走在了书籍中便不容怀疑地求证着答案。

“我做的是十分平常的工作，没有什么了不起的意义，”裘先生轻柔地笑了，“我大概只适合于这样的工作。”

很抱歉，裘先生，我的功力太浅竟无从十分准确地理解您。我竟不觉惭愧，我自觉地把您作为一本厚厚的书，希冀以岁月的变幻来不断理解。

我想，您不会介意。

（以笔名卜一瀚发表，原载于《人民政协报》1995年9月28日）

教书生涯：记袁行霈先生

恐怕是与先生无缘吧，我打了好几个电话也未能谋面。无奈，只有与袁先生的夫人杨女士约定晚上去。袁先生住在北京大学畅春园内。敲门而入，他正在客厅兼书房里打电话，朝我微微一笑，仍然温和地讲着。书房的两面墙上倚满了书籍，沉沉地无语，一如主人的忠实仆人，书架的旁边挂着一幅启功先生的画，题有一九七八云云的字样，是山水画，淡雅地存在着。

袁先生放下话筒，一脸温和。“其实我没什么好写的，真的。”他坐在沙发上，恳切地说着，双眼静静地看我，“要不，你出个题目吧。”一时无语。电视里新闻联播也许播完了吧，五彩的画面不断转换，或急促或柔和的声音一丝丝从里面传出，悄悄滋润着这无语的空间。

袁先生有些疲倦，他连续开了几天的政协常委会，是该歇息歇息了。可是我怎么办呢？我动了动嘴唇，合适的话语终难流出。袁先生终其大半辈子所做的国学研究，他摆摆手不愿谈，仿佛那也是历史的一种纪念，他个人的文人意识更不晓从何处体现。袁先生真的是累了，平平静静地聊一聊他事，可能会令他轻松一些？我下意识地猜测着。

沉默了许久的袁先生终于开口，“我平生最喜欢教书，我一辈子没别的本事，只会教书。我现在还清楚地记得我第一次教书的情形，那是在高中一年级，14 岁，去工人夜校教语文，印象最深的是讲赵树理的《田寡妇看瓜》。到北大中文系后，从大学二年级到四年级又去职工业余学校代课。毕业后留校任教，正式开始了教学生涯，当时倒不是凭兴趣所致，而是因为家境困难，后来渐渐觉出职业本身的愉快了，也就一辈子教下来了。”袁先生轻轻地说，生怕惊扰了背后一本本书的靡靡的情意，屋子里更多的声音没有了，电视机不知何时关掉了，安安静静地存活着。

我看了看袁先生，他依然是从前那个姿势，白发斜斜地卧在头顶，清清楚楚的，不忍去看第二眼。

“我的最大快乐在学生，我最大的希望是学生能超过我，我的几位博士生现在都出书了，我非常高兴。”说着，他从书架上抽出一本书，是关于《世说新语》的，“在此以前国内没有专门研究这本书的。”先生愉快地笑，倦意悄悄地隐退。我终于明白了这位兢兢业业大半辈子的教授的心思了。他也道出了心之底蕴：“我认为教师这个职业是最让人骄傲的职业，是最值得羡慕的职业。”

我不知再说什么好，只在心底默默地说：您该是个教育家，但您分明又是个学者，于职业本身的大热情甚而剥离了您的生命，您却依然迎着阳光、迎着岁月的年轮灿烂地笑。

在古典文学的浸淫里埋头苦干的袁行霈教授以浅浅的笑意注视着那一排排书。他不想去触动积压已久的心事，不愿将大半辈子的辛劳轻松地说出。我的笔触悄悄划过，一如他充满乐趣的教书生涯。

（以笔名逸如发表，原载于《人民政协报》1995年4月20日）

文物，何去何从：史树青先生访谈

文物究竟该以怎样的方式走向公众呢？国家文物鉴定委员会副主任、中国历史博物馆研究员史树青先生发表了自己的看法。

记者：史先生，你认为文物的内涵应该从哪几个方面理解呢？

史：1982 年全国人民代表大会通过的《中华人民共和国文物保护法》明确规定：在中华人民共和国境内，具有历史、艺术、科学价值的文物，受国家保护。具体包括文化遗址、古墓葬、古建筑、石窟和石刻；与重大历史事件、革命运动和著名人物有关的具有重要纪念意义的建筑物、纪念地；历史上各时代珍贵的艺术品、工艺美术品；革命文献、古旧图书；各民族社会生产生活的代表性实物等。要想认识这些文物首先是鉴定问题，鉴定则应该把古遗址、遗迹、古建筑等定成是国家重点保护单位，还是省、市、县级保护单位。保存在国家文物、博物馆的文物经鉴定可分为一级藏品、二级藏品、三级藏品。另外，还有历史文化、名城则必须既有遗物又有遗迹，还要有历史名人。主要是各省、市推荐，由国家文物局组织专家鉴定、报国务院批准，没有级别之分。

文物鉴定的关键在于分清真伪优劣，即使是真的，也必须探究其历史、科学、艺术价值；反之，若是伪的，也存在优劣问题。

还有，文物鉴定的对象主要是对政府文物收藏机构，或公、检、法部门（办案需要）。而私人收藏的文物或市场出售的文物，国家文物鉴定委员会不负责鉴定。

记者：近来，文物市场的混乱现象肯定会造成大量文物的流失，文物的黑市交易、地下买卖同样使文物本身的意义得不到真正的发挥。你觉得怎样才能杜绝或改善这种情况呢？

史：《文物保护法》规定，任何单位或个人不得经营文物收购业务。私人收藏的文物可以由文化行政管理部门指定的单位收购或出售。当地的文物经营部门必须由相应的文化、文物行政管理部门批准，才能营业。1949 年以后的出土文物应上交国家文物部门，可以受奖，一律不得上市买卖。

记者：这似乎也是保护文物的一种手段，但民间收藏是保护文物的重要手段之一，你认为如何呢？

史：民间收藏确实很重要。凡是珍贵的、国家级的文物还是国家文物部门收藏为好。前几天，内蒙古赤峰的一个同志带来一幅董诰的字轴，书唐人《幽兰赋》，确是真迹，属于三级文物，但由于比较残破，要重新接揭裱，博物馆不要，我想文物商店看到，一是不收买，二是价钱不会太高，但是物主希望很高，这怎么办？《文物保护法》规定：私人收藏的文物，严禁倒卖牟利、严禁私自卖给外国人。因此，民间收藏者只好也只能自己留着，这不是使物主为难吗？

记者：你的意思是民间收藏应该提倡，这是保存传统文化遗产的一种方式；可没有相应的配套措施亦是行不通的，是吗？

史：是的。文物虽是历史文化遗物，却不应该秘不示人，不论公私收藏都应在“使用”上下功夫，它不该是“死”的，应该使它更多地与广大群众接触，作为爱国主义教育的重要材料，以发挥传统文化的熏陶作用。

记者：就传统文化角度而言，我国的文化名人比较多，众多的文化人旧居是否都应该保存呢？许多遗迹、遗址是否都有存在的价值呢？

史：文化人旧居的保存在中国实在是太少了。就法国巴黎而言，法国文化人旧居的保存、保护比我们北京文化人旧居的保存就要多，因为它们的存在不仅仅是房舍的意义，所构成旧居的一砖一瓦无不带有浓郁的文化意味，它们所表达的是从千千万万个年轮的缝隙里剥离出来的凝重之气。还有，我想关于旧居的保护不要限于文化人，凡是杰出的历史人物其旧居都有保护的必要。

记者：可不可以这样说，文化人旧居的保存不仅是为了保护文物，它同时亦是教育后代的好材料？

史：对。想想我们站在老舍故居前的感觉就明白了。

记者：也许我们的后代所需要的不仅仅是丰厚的物质财富，更需要一种对本民族的感情，文物在这一点上是具有得天独厚的作用的。

史：关键是使后人包括我们自己从不同方面认识本民族的历史，从而提高民族自尊心，使文物站立在一个不同凡响的位置上充分发挥着自己的作用。

（原载于《人民政协报》周末版，1995 年 7 月 29 日）

（补注：关于史先生的记忆比这里呈现出来的要丰富得多。但这篇文字当初是作为“问题”来写的，现在看来却是刻板了太多。）

中世纪，不再是一片混沌：访傅乐安先生

6月的一天，我站在崇文门西大街一幢楼的下边等傅乐安先生。虽从未谋面，我还是一眼就认出了他。傅先生十分谦和，讲起话来很谨慎、很谦虚，带着浓浓的南方口音和厚厚的传统士人的遗韵。

也许是从来都悄悄地躲起来读书的缘故，傅先生一开始有些紧张，他不安地搓着双手，不停地说："真的，我没什么好说的，真的……"其实，傅先生的名字早在我读书的时候就成了一种可以称之为崇拜抑或是钦佩的符号，我曾经查阅过学校图书馆里能见到的傅先生的几乎所有著书和文章，也曾不止一次地坐在图书馆的一隅想象着他的样子，而几年过后，这位谦谦的学者的品格更增添了我的感叹。

傅先生是上海人士，从小因家庭缘故，读的是教会学校，学的是拉丁文和经院哲学，1957年从沪至当时的中国科学院哲学所，后在中国社科院哲学所工作直到退休。这简单得不能再简单的经历恰恰说明了一个问题：这几十年来，这位学者几十年如一日，不求喧哗，但求宁静地搞着自己的研究，而这个研究领域便是极不容易的中世纪哲学。

中世纪在欧洲文明（化）史上是一个奇异的时代，它所缔造的思想意识及阔流，时至今日仍有一定的意义，和人有一定的意义和影响（发展），而作为西方哲学不可或缺的一个环节，中世纪哲学又以其浓郁的宗教色彩，对研究者提出了各种各样的难题。傅先生说他只是做了一些普及性工作，真正深入的研究还谈不上。因为"文革"以前，他基本上是做翻译工作，"文革"后方才开始真正进入中世纪哲学的研究。傅先生说他以前是信教的，后来不信了，故而进行研究时，便有比较深刻的体会。

傅先生的拉丁语很好，这对他研读原典提供了极大的便利，而拉丁文作为一种逝去时代的几乎也将死去的语言，在国内恐怕也是无人问津了。

因为不是热门专业，又有一定的难度，傅先生便没有了更多的同仁的呼应与支持。我能想象出谦和、文弱又用力极勤、严谨周正的傅先生是怎样的甘于寂寞、甘于清贫，一日日地与那些在他的眼里生动有趣的文字、思想打交道。他对托马斯·阿奎那的研究，至少是向中国学界诚恳又客观地介绍了这位号称“圣者”“圣师”的思想家的思想发展历程。当然，讲这些话，我是没有资格的，但从中世纪哲学研究的状况来看，又确实如此。

近几年来，由于宗教哲学研究在国内外学界的涌起，中世纪哲学亦受到一定的重视。但受到重视又必须以一定的师资力量、研究水平为前提。傅先生对此很担心，他说：宗教哲学搞起来很不容易，需要的知识条件比较苛刻，与信仰又有一定的关系，搞不好只能是说外行话。

傅先生目前的兴趣一方面是关注当代天主教的发展，另一方面是翻译中世纪哲学家的著作。他说：“当代天主教与过去已有很大的变化，一定意义上也走向了开放，与以往我们所理解、所认识的天主教，已不尽相同。研究这一点，可以给我们以一定的启迪：无论哪一种思想，无论哪一种意识，也无论它们在历史上的原初意义如何，它总是自觉不自觉地随着社会的发展、进步而改造自身，从这个意义上讲，认识它们都是很有必要的。翻译中世纪哲学家的著作，主要是想做一些基础的工作，国内有关资料翻译过来的几乎没有，拉丁文学起来又很麻烦，因此，翻译工作虽不是我个人的研究专著，却同样有意义。”

当问及他为什么不写一本关于中世纪哲学的论著时，傅先生连连摆手，“不行，不行，我也只是刚开始研究而已……”此时，我仿佛又看到了久违的中国传统士人的品格、气度的遗韵。

朴实、诚恳的傅先生在我临走时，一再嘱咐：“千万不要把我说得太好了，千万不要……”望着他谦谦君子的样子，我心中不禁一阵难过：

这样的学人、这样的精神，还需要用来渲染吗？我们的社会科学的发展，我们的学术大厦的建筑，除了一些文化巨人以外，靠的不正是无数个如傅先生般勤勉、忠厚的学人吗？

傅先生又说："我没什么了不起，懂拉丁文也没什么了不起，等我们的国民经济力量上去了，自会有人来搞它、来学它。"

历史也许就是这样无情，它给了这一代学人忠贞不渝的学术信仰，给了他们恒久不变的学术情怀、学术品格，却没有给他们一个可以张扬扩展的人生。但历史又是有情的，终有一天，它会摊开双手，凝重地刻下他们曾经踏过的脚印，还许久以前的他们一个迟到的问候。

但愿中世纪，不再是一片混沌。

（原载于《人民政协报》学术版，1997年7月14日）

误读考古：访学者徐苹芳

考古，这个词语听起来似乎是诗意盎然，我们面前出现的会是苍茫无际的狂野，寂寥而充满感觉的人群，以及那在时空中卧了不知许久的物、人的灵魂。带着这种对考古本身及时空本身的幻想，我费力地叩响了徐苹芳先生的家门。

徐先生平和地望着我，充满宽容地任我漫无边际地对考古作“轻浮”的描述。房间里唯铁炉子上的茶壶轻轻地以特有的声音配合着我。

徐先生听完我的话，先是乐一乐，尔后平静地说：“对于考古工作者而言，真正的考古与诗意的感觉是两回事。我是北京大学历史系毕业的。中国考古学是从宋、清以来的金石学发展出来的。我年轻的时候对考古学也充满了幻想，想通过考古学来恢复形象的古代历史。”

“那么，徐先生，当您触摸不知隔了许久的岁月的器物时，心中涌起的恐怕不仅仅是器物的概念吧?”我十分固执地把徐先生往诗意的轨道上扯。

“当然不只是器物的感觉；器物是人造出来的，我们要通过器物和遗迹，来看到古代人类的各种活动。”

徐先生不紧不慢地说，“其实，任何一门学问发展成一门独立的学科，它的科学性、严肃性，会渐渐消磨掉诗意的渲染。”

话语听起来不十分轻松，难道说几千年灿烂、辉煌的文化留给我们的除了抓住科学性以外，文化的感觉不重要吗？我重新拣拾起这个话题：“徐先生，考古这门学科我还是认为离文化的感觉最近，试想，当您到7 500 年前的查海文化遗址，而同时又确定了器物、遗址的年代，重新站在圈子外边观看时，浓浓的诗意是否会回到您的心里呢?”

徐先生没有回答。他沉默了。铁炉子上的茶壶依旧在吱吱作响，我猛然想起了拜访徐先生前半小时的事。

因为与徐先生约好是 3 点钟，我却来早了。站在徐先生家的大门口时才两点半。胡同里的人群不断地从我身边走过。徐家的门是那种旧旧的色调，或者够得上是考古？两个铁门把轻轻地停留在那门上。有点风，是冬天了，我以这门为界限前前后后踱了半小时的步，3 点整开始敲那门，没人应，仰头发现了与其极不相称的门铃，只是红红的一点，感觉有些高，我蹦了好几下才碰着。

这些，徐先生自然不知道了。

“19 世纪末，从欧洲输入了一门新的学科即考古学，金石学终于从‘望气’的区域里走了出来，我们应该根据地层学和类型学来研究古代的遗迹和遗物，从而科学地确定其时代和发展规律。使考古这门学科真正独立起来了。”

“按您的意思，考古学的独立已不仅仅是脱离金石学，地层学和类型学都是自然科学的概念，那么，考古学可以说它是介于人文科学与自然科学的边缘学科，它与时代、社会接触是否更紧密呢?”我忍不住插道。

“确实是。考古学发展到今天，是可以利用自然科学手段来考证人文学科，譬如：古代都市的下水道，取其淤泥的标本便可以检测出那个时代的人们所吃的主食、副食和当时的流行病症；又譬如，死人的头发，可以测定其血缘关系和病理；再如对古代沙漠的考察，可以为今天治沙提供有力的依据……”徐先生有些乐不自禁，“当然，20 世纪末的今天，考古学发展到这个阶段，是历史的必然，这丝毫不值得吃惊。”

我无语。茶壶依旧在叫。我愉快地与这位 1930 年出生的考古工作者告别，重又站在了胡同里。冬日的风依旧紧紧地吹，满腹的诗意终归是化作风中飘逸的羽毛，一片片飞逝了。

走了的会回头吗？也许。可能是多少个世纪以后的事了。我想。于是，带着沉默的意境走开。

（以笔名卜一瀚发表，原载于《人民政协报》1996 年）

一个创造“资源”的人：访沈昌文先生

其实，沈昌文先生从外表看是个很平常的老头儿。当我在三联图书中心二层看到他时，他一身短打扮：上身套头衫，下身短西裤，丝毫没有我所想象的温雅与清丽。从《读书》的一行行字中飘逸出来的沈先生该是一位长者与少者的结合体，一半该是长须依依，另一半则是时时带着晕红的激情与冲动，精力充沛地从每一句话、每一段文字中创造着“自己的世界”。他靠近了一个个不同凡俗的灵魂，也认识了一种更高贵、纯洁的精神，在他的职业中，生命的力量无疑是加重了密度……可，眼前的这个平凡得近似于泥土的先生、这充满了生活本色的魅力、纯淡如水的“老头儿”，竟是他吗？

早听叶秀山先生讲过，沈先生无论是作为编辑，还是作为出版工作者，其目前的状态及“人为”的氛围性都是空前的。我知道这评价的分量，一向措辞很婉转、适中的叶先生用这些词，一定是充满了实实在在的考虑的。

沈先生讲他从 13 岁起即做学徒工，因家境贫寒，只能自己打工供自己读书，19 岁那年，他从当时就读的民治新闻专科学校考入人民出版社，时值 1951 年。其后的漫漫岁月，沈先生便是这样一日日度过的。

1954 年对沈先生而言是很特殊的一年。他接触到了一大批老出版家，他们以极朴素的行为向他展示了一种新的生活兴趣与生活态度，或者说文化态度——当然，这是沈先生日后才想到的。

于是，年轻的他即开始了更加自觉的读书生涯，这期间，两份工作大大加速了他读书的进程。一是 1954 年人民出版社的汉译世界名著的出版；二是对新中国成立前的学术名著的重印。这一本本奇特的书，一个个作者的名字，相互交映着，几乎左右了沈先生当时的生活。他白天工作，晚上读书，并曾经下决心要把人民出版社资料室的有关藏书读完。

我想，除却读书以外，他得到了另外一种更加可贵的经验——那就是如何看待知识分子。加之，他的对于外语的狂热的兴趣，对于文字本身强烈的感情，1980 年，他到《读书》杂志后，另一种绵长的路从此延展开来。

他认为，做好一名编辑，必须达到与作者之间的感情的交互与信任，必须在补充自己的营养的同时，充分吸收作者们的智慧。更重要的是要有创造“资源”的能力。

所谓“资源”，沈先生将之定义为“介于历史与现实之间的、以文化、学术为基础的专题”，这种专题甚至可以是为配合宣传的需要。这样的文章看似远离现实，实则很近。当然，这对作者、编辑要求就更高了。

沈先生本人并没有学术著作，但他却赢得了学界的一致尊敬。不论是老的，年轻的，在沈先生的言谈举止中，不免都会感到一种无以言表的欣慰和欢乐。

但在中国做编辑又确实很难，沈先生说这主要靠感情、靠文化，靠编辑的文化信仰与自身素质，即使写一封像样的约稿信、答复信，这种种，都可以说都是一种文化，是不同层次上的。

我不知道这个创造“资源”的人有着怎样的力量与信念，但我知道，一个人若将自己的生命延展于民族文化的主流上，饱满它、膨胀它，他就是一个可以称之为完整的个体生命。

作为与他同行的我们，也许都应该从他寥寥数语中为自己勾勒出一个清楚的模样。可以说，任何的人、任何的事，从一个角度讲，都是相通的。只要心灵能找到与心灵共鸣的点，并使之点燃，人类的“资源”便会永无止境地生长下去，世界也必定是另外一种奇异、平和。

（原载于《人民政协报》1997 年 11 月 27 日）

走向文化的纵深处：周汝昌先生的品格

也许，谁也无法预言《红楼梦》研究的普遍意义——包括文学、哲学、文化、历史等诸方面。而对于芸芸众生而言，捧起《红楼梦》的感觉或是一种对人物本身遭遇的同情或是为其中典型的环境、绝妙的语言所感动；更深一点，挖掘人物的内心世界。考察形成诸种性情的时代背景，为文学的理论史着一层重重的彩。我面前的这位即将八旬的老人周汝昌先生含笑地叙述他年轻时的梦想，平和的面孔霎时生动起来。双眼生辉般有些顽皮地颤动。试想，一个二十几岁的青年人，正逢怀春自恋的时节，却抛开情恋的伤感而直奔另一种更深刻的目的——文化目的，该具有一种怎样的令人感动的情怀？周先生俯身诚恳地轻挥着右手说："我是一个书生，一个抱书本的人，所谓搞学术的。"为了完成年少时期的梦想，他尽心尽力踏踏实实为文化的研究补充着血液。

《红楼梦》虽是小说，周先生慧眼将之丰富为一本厚厚的文学史、文化史。换言之，《红楼梦》研究之于他而言只是走向中华文化的一个窗口，"我虽年事已高，行动有诸多不便，但脑子并不迟钝，思考依然敏锐。"接着，周先生指出了最近出的几本书：《红楼梦与中华文化》（工人出版社）、《曹雪芹新传》（外文出版社），还有一本《红楼艺术》1995 年将由人民文学出版社出版。《红楼艺术》从中国传统文化的理论角度，来阐释《红楼梦》的艺术特色，至于手中正写着的还有一部未定名的书稿，这则是讲述介绍八十回以后他所想象的真正的故事，"因为现今流行的一百二十回本的后四十回并非原著，是由两个不同的头脑、两个不同的心灵产物拼配创造出来的，两者的差异是非常之大的"，这是他一生研究的重点。

某种程度上，研究本身比研究对象需更多的创造性，周先生乐观地说：“我研究红学50余年，纵使明知个人的努力达不到我所理想的目的的地步，但一定不会回头后退，只会知难而上”，他决心穷其一生，给曹雪芹原著的主要人物的结局勾勒出一个大的轮廓。以《红楼梦》本来的真实面貌为重点，展示我们中华文化的精神的宏伟崇高，

说到研究方法，周先生有些感慨和怅惘，“多年来，许多人都认为我是考证派，如果像古代分类的话，我，周汝昌，考证派，必是无疑的了”。他用右手中指点点自己的鼻子，仿佛那儿真被贴上了标签一样。“实际上，各门学科的研究，都必须从考证着手，人文科学同自然科学一样，都离不开考证。一开始，我就是将考证作为手段，用它解决了诸多疑难问题之后，方能走向我要探明的文化目的。”的确，考证正确结果就是论据，而论点就应是建筑在这些扎实的论据上的，空想空谈之于学术研究而言根本就是不可取的。当周先生滔滔不绝地考证某一事实时，他的脑海里浮现的也许是他所力求达到的文化轨迹：同样，当周先生穷其五十余年的红学研究时，也许想要勾勒的却是超出《红楼梦》，走向中华文化底层的意象之画。唐代文论家司空图所谓“超以象外，得其圜中”，如若广义引申之，形容周先生的治学应是最恰当不过的了。

虽然这环中非一个人一生可以完成，它甚至需要几代人持续不断的努力，但既已超脱又何故连带？

目前，周先生依旧笔耕不辍，专著与论文之外，还要写写随笔、杂文之类的，集中发表在《天津日报》《天津晚报》上。《光明日报》《新民晚报》《文汇报》《解救日报》及《人民政协报》，均亦有文发表。除此之外，周先生纯纯粹粹抱一种恭恭敬敬的待人接物态度，诸般杂事都要顾及，即使是小学生、中学生来信所托所问之事，亦照单尽力。而他自己每天以饭桌当书桌，将心头深藏的智慧如春蚕般丝丝吐出，他本生性喜动、爱玩，年轻时吹拉弹唱均行，还曾粉墨登场唱过京戏。耳目有了故

障后，就只是以静为主，这与他的本性大相径庭。他有片时闲暇，便用有限的目力观赏，一些小工艺品，贵重的买不起，“我还只是清贫人家，只要是民间的普通工艺品，只要有它的特色，也能赏心悦目。我或是将它放在掌心上抚玩，或是摆在案头伴我写作，还是能得到很大的满足的。”

“我现在恨不得多生一双手、多生两只眼，要做的事太多了。”这位接近八旬老人急切的声音在不太大的客厅里回响。他那暗灰色的褂子与藏青色的马甲在明亮又稀薄的冬日阳光里悄悄闪动，似乎从那里面一抖就是一个故事；那松松的皮肤自然形成的皱纹急急地变幻着，以应付那快速的讲话。

周先生见我们告辞，也起身了。我们握着他那历经沧桑依然柔弱的手，莫名的感动从心里流出，不仅仅是为了文化品格，更为了眼前这位善良的拙气十足的老人。

周先生，您回吧，回吧，外面的风很大，外面的寒气逼人，唯愿你静静地含笑伫立，平和、安康！

（以逸如、霜桥笔名发表，原载于《人民政协报》
1995 年 1 月 17 日）

为了文学史的完整性：访季镇淮先生

耳闻季镇淮先生的学术研究横跨整个中国文学史，且做得均有特色；况他又是闻一多先生的研究生，但季先生年事已高，会欢迎我吗？

而今坐在季先生的书房兼卧室里，所有的顾虑都打消了。季先生的双眼视力合起来不过0.3，所以他再三地请我坐——即使是我已坐下有5分钟了，还一个劲地说。但季先生的听力却出奇的好，他很随意地谈到了他研究文学史的动因："我是在清华大学的清华研究院师从闻一多先生的，闻先生涉足的领域包括人类文化学、文学史、新诗等，他和鲁迅一样，被暗杀之前曾发誓要用唯物史观写一部文学史，故而我对文学史有极浓厚的兴趣。"

"您的研究方法或者说基点是如何确立的呢？"我禁不住打断了季先生的话。要知道，一部翔实的中国文学史材料之丰富程度是常人无法想象的。所以，文学史的完成非一代人的努力可以充分确立的。

"我的基点是从研究三个人出发的，上古的代表人物是司马迁，中古的代表人物是韩愈，近代的代表人物是龚自珍，因为这三个人均是承前启后的，司马迁开创了一代风气，韩愈则奠定了唐宋以后散文的基础，龚自珍则为近代文学的发展（一直到'五四运动'）起了开拓性的作用。"

"我现在仍搞文学史，我相信这是一项仍未完成的工作。举个例子：龚自珍《咏史》诗中有一句'金粉东南十五州'，其中的'十五州'是独撰的还是历史遗留下来的一直是个谜，关于此点，新中国成立前就有人做过专门的研究，（20世纪）60年代编文学史时，这个问题就提出来了，并请教过吴晗、冯沅君先生，但都没有答案。经过30年的时间，至1995年终于解决了这个问题，是在《资治通鉴》里发现的，见《胡三省注》，‘十五州’确是个地名，并在历史上确有其所指。由此看来，史书是需读得很熟、很烂的，不下死功夫是不行的。为此，我曾写了篇文章专门考证这个问题。”

季先生的声音有些含混不清，手似乎也抖抖索索的，这位闻一多先生的弟子，也许并没有忘记乃师的遗愿，所以迄今虽已是老眼昏花仍孜孜不倦。

我不知道0.3的视力对季先生而言是怎样残酷的一种事实？他如今只能用放大镜看大字，写大字，他有一肚子的计划、一肚子的积淀需要喷发出来，但这昏暗的书房、这狭小的办公桌又如何能使这孤独的老人更好地工作呢？历史或许已遗忘了他吧。

季先生告诉我，他是江苏淮安人，淮安市图书馆希望有他的所有书稿，即使没有书稿，开个目录也行，但双目近乎失明的季先生又怎样去查资料、怎样去做研究呢？

历史从来不会对失去的时光以偿还的机会。也许，有一天我们会无限伤感地想起久远年代的季先生及老一辈学人，会悔恨不已地提笔写下一行行文字，但往往已于事无补了。

（原载于《人民政协报》1996年7月23日）

文史的功力
——记《文史知识》总编辑李侃先生

李先生，我不喝茶。您就直接谈谈您对文史本身的看法吧。斗室里，我没有客气，匆匆地说明了来意。李侃先生摆了摆手，点燃一支香烟，烟雾飘飘忽忽在这充满历史色彩的空间里弥漫。

对文史的认识，是由长期在中华书局搞古籍整理逐渐演绎出来的，李先生哈哈一乐，《文史知识》便是我一手创办起来的，它始于1981年，至今已有14个年头了。稿件的作者多是大家、名家，提倡大作家写小文章的精神，一开始便在读者心目中留下了很深的印象。加之，当时刊物少，市场竞争也不激烈，《文史知识》的根就深深地扎下去了。

我主要从事的是近代史方面的研究，如今的文史实在是太受冷落了。社会职业选择决定了青年学生的不重视，古代文化正渐渐地失落着呢。李先生连续说了这许多话，便连连吸了几口烟，安安静静，仿佛所有的文字包括斗室里的古籍也模糊了般，在粒粒尘埃里没落。

《文史知识》原本就是作为中介作用出现的——为古籍和读者提供理解、学习的中介，可以说，我们已拥有大量的读者，包括海内外的，他们每天都有来信，热情又迫切地询问着各种各样的问题，甚至为了少一期杂志而费力找寻，倒使人挺感动。李先生欣欣然地笑，他的眼前似乎正灿烂地浮现出一幅幅充满希望的画面，文化传播的作用一步步得到发挥，谁又不是喜上眉梢呢？

《文史知识》杂志稳稳地停留在手边，那一行行文字里透露出古籍的信息，雅气十足，读着让人顿生如沐春风之感。我想告诉李先生，他的刊物一瞬间又增加了一个真实的读者，可只是随手用笔在纸上涂抹着，心里的潜流暗暗鼓着，如遇风待鼓的帆。李先生肯定没有注意到我的表情变化，他沉沉地在烟雾里笼罩，如久远的历史。

叶圣陶先生当年所办的《中学生》，曾经培养了一批文史人才和专家学者，《文史知识》的档次相对意义而言是高了一些，但目的却是一样的。当前所谓的文史刊物虽很多，但哗众取宠者较多，甚而以情节离奇取胜，不顾及历史事实。严肃文化则相对孤立，文化垃圾实际上形成了较广阔的市场，我希望社会各界、宣传媒介给予文史刊物、严肃刊物以一种市场支持，使传统文化的真正的、正确的普及工作得到很好的发挥。最近，广东方面出版的《新三字经》便不错，据说发行了900万册以上，效果也不错，不足之处是有些太拘泥形式了，我看至少在历史部分不如《三字经》，还有待提高。

李先生随意又若有所思地谈论着，对文史的感情一层层在斗室里飞扬。李先生，您歇一会儿吧，我知道您的忧虑您的苦心，您历经14年对于《文史知识》的忠诚、严肃，会诚恳地留在历史的心目中，您以您的阅历您的研究给了我一种无以言明的启示。

“我们现在的任务除了对传统文化知识做好普及工作以外，还应该重点培养一批专家，使我们祖先留下的宝贵遗产真正、完整地得到继承和发扬。想象一下，如果不这样做，留给古籍的将可能是永远的遗憾——也可以说是历史的遗憾，这是无法弥补的”。李先生虽是轻轻地讲出了这几句话，话语本身的力量却强悍地存在着，久久没有消散。他抬起一只手，扬了扬，“就说繁体字吧，这应是必备的吧。也许有些苛求。”他笑了，略略有些无奈，甚至让我有了心痛的感觉。

李先生也许是累了，浓浓的茶水轻盈盈地在他手中波动，是不是该走了。心里动了动，却没有起身告辞。茶水悄悄地传达一种神秘的话语，淡黄色的办公室也有些微倦意了，我轻轻合上笔，拎上包，闭上门，携着这还未化开的文史情结、文史力度，满意地离开了。

（原载于《人民政协报》1995年4月25日）

正直地做人　严谨地治学：记张少康先生

那是一个阴阴的下午，略有凉凉的风轻轻地吹，走进那扇古老的门，登上楼梯，一高大的身影立在眼前。当我连连抱歉来晚了时，张少康教授却显得有些慌乱、紧张，他匆匆地伸出手，又同样是匆匆地握了一下，飞快地说："你先等一下，我马上就来。"

陪我来的是张教授的博士生郭鹏，他悄悄告诉我：说话别太直接、尖锐，他的导师很羞怯，从来没接受过采访。

张教授返回来时已很平静，我没有提任何问题，只是希望他随便聊聊。张教授开口即言："我要说一说治学态度和治学方法，这也是我在多次学术讨论会上常讲的一个话题。"

张教授似乎一点也不羞怯，他讲他原来是杨晦先生的学生，多年来一直牢记着杨先生的教诲——正直地做人，严谨地治学，不敢有丝毫懈怠。对于时下追求轰动效应的书及文章，他认为真正有价值的并不多，他主张应该纯洁时下的学术队伍，认真关注文本加之问题，实事求是地去做，而非急于求成。

谈及他的本行古代文论，教授依旧坚持认为应踏踏实实地去做。即使是书或论文很少也没关系，比如黄侃的《文心雕龙札记》，虽已过了许多年，现在依旧有价值。

张教授比较了一下复旦、南开、南京大学古代文论研究的成就后，指出北大希望能在古代文论上创出自己的特色。目前，主要是注重了以下几方面的工作：其一偏重于做纯文字的批评史的研究；其二是在大的思想文化背景下进行研究，以求系统化；其三是处理好文学理论与艺术理论的关系，以求深化，比如《声无哀乐论》《画论》等与当时的文学理论的关系，同时要与文学创作的实际结合起来。

由于北大古代文论教研室一直是与西方文论等合为文艺理论教研室，无形中理论性就有所提高，一定程度上摆脱了对史料的依赖，并且注重通史研究，以重点人物贯串，点面结合，以史为论，以论为实，扎实史料，深化理论，用张教授的话讲，古代文论中最有价值的一部分是审美理论和艺术创作理论。

张教授已经搞了一辈子古代文化，对文论的每一段可以说他都是扎扎实实地去做，并且对重点人物做重点研究，虽然在新闻界知道他的人很少，但在学术界他则十分活跃，他与本专业的学者几乎都有书信来往，互相探讨各种问题。

也许，因其专心于这一片不被人注意的领域，并且默默无闻地几十年如一日地工作着，面对另一个领域而来的我时才会略带羞怯。

也许，这也正是张教授作为学人的独特气质和品格。为了这品格和气质，他会终其一生地做研究工作。

（以笔名日子发表，原载于《人民政协报》1996 年 10 月 15 日）

上课的感觉：访童庆炳先生

早在复旦读书的时候，童先生的名字及有关文艺理论方面的著作就曾无数次地与我相遇，几年之后站在童先生面前，听着他敦厚的话语，那种熟悉的陌生感竟渐渐消退了，留下的似乎是更遥远的距离。

童先生说他特意将这一上午时间空出来，但愿能对我的工作有帮助。童先生很健谈，他说他很幸运地"逃"过了一次次运动，总是默默地积累，所以当国民经济发展走上正轨时，他的学术研究也毫无障碍地走向了灿烂时期。

可以说，童先生的积累是在一种奇异的环境中完成的。1963—1965年他作为专家被派往越南河内师范大学，每周24节课，繁重的教学训练使得他"重读了一次质量很高的大学"，并编写了约20万字的《中国文学简史》。由于当时越南国内正值战争时期，条件十分艰苦，但学生们强烈的求知欲和一种无尽的渴望使得他心中蕴积了一种沉静的热情，加之正值青年时期，旺盛的精力和精神的昂扬使得他读书、教书的热情又化成了一种动力，积累便在不知不觉中开始了。

从越南回国不久，童先生又被派往阿尔巴尼亚工作，于是，他又获得了一次读书时间。在阿尔巴尼亚期间，课虽很少，有大量的时间，却没有书读，童先生便偷偷地与当时大使馆的文化参赞联系好，趁休息时间从地下室"偷"走红卫兵查封的书；他找到的另一个读书地方是阿尔巴尼亚国立图书馆，因为图书馆买了许多中文版的书，却没有人懂中文，童先生自告奋勇地帮他们工作，自己同时也读了许多典籍，比如《廿四史》他就是在那里读的。

于是，童先生的经历令他的读书积累也有了一种别样的滋味。然而，童先生现在所从事的文艺理论研究实际是“脱离”了他的“积累”的，同样是为了做好这一专业，他遵从他的老师黄药眠先生、钟敬文先生、启功先生的教导，进行文学创作与评论，希冀以自己独特的体验，给文艺理论研究以新的视角，他辛劳地又充满情趣地出版了他的两部长篇小说《生活之帆》和《淡紫色的霞光》……

其实，童先生的经历并不是他最独特之处，在我看来，童先生的读书的乐趣一大半是基于对上课的独特的体验与感觉。

其实，快乐原本就是一件奇特的礼物，它悄悄地藏在每个人的心灵的一个角落，在充满灵性与感觉的时刻，它会不由自主地喷发出来，如灿烂的光芒一般，给人一种无以言喻的幸福感。当童先生读书时，心灵的一角蕴藏的也许正是快乐与自豪吧，而当他走上讲台时，这种快乐与自豪便活脱脱地化为他对“上课的感觉”之中了。

我不知道童先生是否同意我的这种“看法”，但是由上课而来的学生们对童先生“极其严厉”的评语，为人师的童先生对于上课的记忆及重视程度就是一目了然的了。可以说，他是把对学术的热情与期望投放在“上课”中去了——这里的上课并非狭义的，他将自己读书的三个法宝：积累、体验、对话传授给了学生，他告诉他们关键是要找出一个专业发生、发展的生长点，尔后方可以一步步往前走。

童先生的“上课”的感觉，可以说是一种说不清道不明的东西，这种感觉甚而支撑着他强烈的生命力，而这种强烈生命力又漫延于无数个年轻的心灵中，渐渐地孕育出更深厚的力量，这种力量将以“上课”的意义远远地拓展开来。

（原载于《人民政协报》1998 年 1 月 5 日）

莫高窟前的沉思：记敦煌研究院樊锦诗女士

我曾匆匆地站立于莫高窟的面前，聆听它与三危山及外围气氛的交流，那片大西北历史上奠定的风情，刻骨地留在了脑海里。敦煌，你这堪与世界任何文明奇迹相比的名字，是携一种怎样令人感动的情怀步入面前这位貌不惊人、平平凡凡的女性心中的？

樊女士坐在华润饭店的沙发上，有些意外地摊了摊手，“我其实很平常，1963年北京大学历史系考古专业毕业后，分配至敦煌研究院工作，我热爱它。由于专业限制，我主要是从考古角度做一些基础工作，首先从断定时代做起，尔后一点点去证明。”我想，樊女士每每投入工作中时，一种为浓厚的文化氛围所包笼的感觉无疑强烈地涤荡着她的心灵，她的一切工作因而充满了奇特的文化历史感。

“我个人很平常”，她再一次强调，“关键是敦煌学的研究工作如何能更好地进行？敦煌学这一名词是20世纪30年代著名学者陈寅恪先生提出来的，陈先生提出时十分伤心，不少学者因为当年王道士的无知与贪婪不得不远涉重洋去抄录，拍摄，再回国日复一日地去研究，60年过去了，我们终于可以这样说：敦煌在中国，敦煌学研究也在中国。”

樊女士虽然仍有些笑意，但这笑意背后潜藏的伤心与恒心依然展示着。藏经洞三分之二的宝物已远渡他乡，她不可能去抱怨，也没有机会，生命过程如历史发展般没有逆反性，在漫天卷起的黄土（沙）里，她站立着。

“敦煌学是一门显学，国内外均是热门。它几乎涉猎了各门学科：历史、地理、法制、音乐、舞蹈、文学等，对现代各门社会科学的发展都有一定的启迪作用。比如：芭蕾舞《丝路花雨》《敦煌菩萨》等就是从敦煌文化中取材的。”陈女士细细诉说着，她的头发似乎不十分安分守己，如沾了大西北的硬气不屈地向各处伸张，灰色的夹克十分拘谨地穿着，干净、利落、平平整整的感觉布满于空间。

“现在，西北师大、杭州大学等已设立了敦煌研究机构；川大、北大、社科院历史所亦有个人在独立研究，他们都做得不错，如姜伯勤先生、周绍良先生都比我做得好。我很欣慰。”樊女士十分平静地讲述着敦煌学研究在中国的分布情况，简直看不出任何感情色彩，“我们虽然失去了藏经洞的许多精品，但我们有丰富的壁画与彩窟，更有这茫茫大西北得天独厚的文化（文明）气氛，这是谁也无法取走的。况且我们自己也成立了中国敦煌吐鲁番学会，从总体上有了一种交流。敦煌学研究的国际性学术会议不断在东京、巴黎等地召开。敦煌学研究因而有了世界意义。”

我无言以对，这平铺直叙的介绍是用历史的环节一个个扣起来的，它的感情已纯然地积淀于这偌大又厚实的莫高窟之后，如不再言语的满地黄沙。

“我并不值得大写，敦煌学本身的研究理应得到一定的重视，这是最关键的。因为文物与人一样有不可再生性，文物的保护和管理便显得十分重要。”我以为樊女士接着会十分强烈地呼吁一下，她没有。习惯了浓厚的文明氛围的她早已懂得如何去依靠自己的力量使敦煌学的研究真正辉煌起来。

大西北，你这神秘的幽灵，走过你的胸怀的人群该会掀起多少次感情的波涛？莫高窟始建于中国的中世纪即北朝时期，1900年发现以来，虽历史使它遗憾却又有一批人默默地为它去努力，去钻研，甚而付出了生命的代价。

“我不会离开敦煌研究院的，我觉得我们的研究工作充满了乐趣，很有意思。”樊女士依旧是淡淡地说，仿佛这已不是她个人的决定，莫高窟正在粗犷的西北风中不屈地屹立。

让我们致敬，为了樊女士，也为了如她一般是鲁迅先生称之为“中国的脊梁”的一个不屈不挠的群体。

如今，这群体正在莫高窟前恒定般沉思。

（原载于《人民政协报》1995 年 3 月 18 日）

“我思故我在”
——兼评《三余吟草》

初识沈鹏先生是去年3月，当时的人民大会堂可谓人声纷纷，就是在大厅的一根柱子旁边，儒雅、平和的沈先生一人悄然站立，记得他平静的目光里似乎有一丝忧郁，又似乎有一种浓得化不开的情绪，他胸前的出席证无言地展示了他的身份。

今年3月，沈先生的《三余吟草》一书由关东升委员交于我手中，关委员很认真讲了一句话：“请代我问沈先生好，问他是否仍如青年时期般热爱生活。”热爱生活，这平平淡淡几个字含蕴的人生意义又岂是能言明的？

《三余吟草》是沈先生20余年的诗词选集，封面是启功先生清瘦、硬朗的题字，整个封面底色是那种雅雅的蓝，下面有几许缭乱的笔墨随意构置出的悠悠的“心远地自偏”的野趣，余韵缓缓迎面袭来，好不清秀、雅致。诗词集内容因横亘的时间之杳，字里行间自有一种道不尽的历史沧桑之味。

刘征先生的序中云：“沈君的诗多登山临水，参观题赠之作，却不限于摹写风物，陈述友情，”不少诗中有历史和人生的感悟，有超逸的情趣，有清醇的诗美，我细细翻阅了几首，亦心有所感。如词《一剪梅》，短短的几句话将他生活的感觉、工作的体味，以及对个体生命本身的思索全部融为一体了；又如短诗《史可法墓》：“我来梅花岭，梅花杳无影。清气满园林，衣冠应未冷。”寥寥数语中自有厚重气蕴贯泻其中，以一个比较新的点，将诗的气格一下子拔高了。

沈鹏先生诗词中诸如此类的诗词句是很多的，正如他自己所言“诗的语言便是诗的思想本身，便是诗人本身。”我们的诗人虽儒雅有度却又目光深远，气格颇有古诗遗韵。但事实上沈先生的专业是出版和书法，迄今他还担任着中国书法家协会代主席的职务。

沈先生崇尚书外的感觉，认为艺术门类是相通的，书即是诗，诗又何尝不是书呢？我们还以《史可法墓》一诗而言，若以书论之，这一定是幅笔力清俊超逸，字体雅中有格的书法，或者可以说是魏碑与草书的气质兼而有之吧。

沈先生说他现在最愿意做的事是读书，尤其是哲学方面的书，手头正看的是海德格尔《诗·语言·思》一书。他喜欢进行玄学的思考或是遐想，任灵魂在无拘无束的旷野中漫游；他更希望对人类的终极命运有更深层次的思考。

诗词书法，每一笔每一字无不打印着沈先生灵魂的印迹，他细微地对生活本身的诸种体察，他敏锐地对自己心灵本身的描述，都以一种无可比拟的真闪烁着美的光芒。

沈先生偏瘦弱，他宽容的目光似乎透过茫茫宇宙走向了无穷，他思索的翅膀携着笔墨走向了诗、书。其实，文字、线条亦是工具，沈先生会以无形的笔在人生的境界点上画一个圆满的属于他自己的符号。就让这本凝聚了历史之思的诗词集在沈先生的心灵深处留一个浅浅的影子吧，我们都会真诚地为这位沉默寡言的艺术家祝福的。

愿他思考的翅膀飞翔，愿他平和、宽容的态度与为人处世能为中国文人的儒雅之气着一道重重的彩，愿他的真、善、美之理想在终极处走向一致。

（原载于《人民政协报》1996 年 3 月 9 日）

艰难困苦，玉汝于成：访考古学者王仲殊

冷静、客观而又睿智、热情是我对考古学者王仲殊的第一印象。王先生系中国社会科学院考古所研究员。考古所安静地栖息在繁华的王府井大街的路边，院内幽静、雅致，各种灵巧的景致随处可见。问及王先生原因，他说：“这里原是黎元洪住宅的花园，许多房子都是有些年头的了。”

王先生系浙江宁波人，高中时正赶上抗日战争，故而离家到后方读书，1946 年考大学，一连考上了北大、复旦、武大、厦大、浙大，因为前 4 个国立大学离家远都放弃了，选取了浙江大学历史系，学中国古代史专业。

讲到这一段，王先生不禁大笑说：“我当时没出过远门，放弃了前 4 个大学之后才考的浙大，而浙大历史系录取名额仅有 6 个，报考的人却有 120 人之多，家里人都为我担心，可我还是考上了。”王先生显然很得意。他那爽朗的笑容令我产生了一种联想，大凡终有成就者，必有其淳厚、单纯的一面，故而能简化生活而专攻其一门。

王先生很幸运。在浙大读书期间他又自学了日语，并对日本古代史发生了浓厚的兴趣，这对他以后的研究工作奠定了一定的基础；同时因新中国成立后浙大改成理科大学，他于 1949 年秋又转到北京大学历史系，次年毕业后则被推荐到当时正在筹备的中国科学院考古研究所工作。在考古研究所，他幸运地遇到了夏鼐先生。

夏鼐先生成了王仲殊的导师。他们师徒俩经常一起到各地从事考古调查发掘，增加了丰富的实践经验。我们可以想见二十五六岁的王先生

是如何勤勉地在可以说是冷僻的行业里工作着，他的孜孜不倦的努力，他的充满灵性的预见在未来的日子里正一步步走向真实。

然而他对于日语的热爱依然是不改初衷，他用日语写诗歌散文等，并广泛地阅览日本的文学作品。夏先生鼓励他在研究中国考古学的同时继续致力于日本考古学和日本古代史的研究，王先生于是即使是在特殊年代、即使是在资料极度缺乏的情况下，仍然以不可抑制的热情与兴趣毫不间断地从事他对中日两国考古学的研究工作。

问及缘由，王先生说除了兴趣之外还有很客观的学术原因。他认为：从某个角度、在一定意义上，中国考古学是日本考古学在大陆的根源，而日本考古学则是中国考古学在海外的延伸，唯有系统地对两方面进行研究，才能够得出比较完整的、准确的关于古代中日两国交流史上的若干重要问题的论点。

王先生的办公室的书架，远望去是一片发黄的颜色，旧旧的，如刚出土一般；细看时我却忍不住用手抚摸了它们，仿佛多少年前的祖先的日常生活的原生形态正若隐若现地浮出来，并沿着烦琐的汉字的笔画排成了大致齐整的顺序。

办公室外是一棵据说是种植于500年前明代的老松树，树干虽已倾斜，枝叶却依然茂盛、洋溢着勃勃的生机。而望着眼前的王先生，我竟有一种喻为同类的感觉。王先生语音洪亮，言辞看似随意，背后却又是积淀了多少个厚重的方块字？王先生讲他对于中国考古学的研究主要是集中在汉唐时代，研究特点是将考古学与文献资料相结合；而日本考古学的研究也离不开中国的古代文献。王先生目前的著作主要有：《汉代考古学概说》（中华书局出版，1993年译成韩文在汉城〔今首尔〕出版）、《三角缘神兽镜》（日本出版）、《从中国看古代日本》（日本出版）、《汉代文明》（美国出版）并有与其他学者合著的书三四部书（日本出版）。除上述的专著以外，还有七八十篇论文，发表在中国和日本的学术杂志上。

1996年7月17日，对王仲殊先生来讲确实是个难忘的日子，日本福冈市和中国社会科学院在北京联合举办新闻发布会，应邀出席的中外记者共60多名。在会上，福冈市总务局长宣布王仲殊获得1996年度（第七届）“亚洲文化奖”（大奖），并讲述了4点获奖理由：①对中国考古学的确立和发展做出了重大贡献；②在古代中日交流史研究上做出了显著的业绩；③给亚洲地区的国际学术交流以很大的影响；④广泛地向全世界显示了中国文化乃至亚洲文化的意义。

王仲殊先生的努力终于得到了国际承认。“亚洲文化奖”在王先生以前中国已有两人获得：一名是巴金（1990年），一名是费孝通（1993年），“亚洲文化奖”的授奖对象是人文社会科学方面的卓有成就的学者，王先生以考古学这一冷门专业获得亚洲文化奖的大奖是极不容易的。

这时，我看到了王仲殊先生的笑容，淡淡的笑容。他说：“这次获奖不是我的学术生涯中的一个句号，而是一个逗号，我仍会一如既往地继续做我的研究。”

王先生告诉我，1950年4月他刚来考古所时，院内丁香花盛开，他就喜欢上了这个地方，并愿终生在这里工作。

就让王仲殊先生淡淡的笑容伴随他以后的学术研究吧，我们会在灯火通明处，默默地注视他并深深地为他祝福。

（以笔名扬扬发表，原载于《人民政协报》1996年9月5日）

编辑生涯
——记徐元邦先生

我不知道能否把徐元邦先生归入学者之列，坦率地讲，他和我认识的许多学者并不相同，而且从事的专业似乎也无法做严格的划归，38 年的编辑工作留给他的是踏踏实实、平平淡淡的生活风格。

打电话约徐先生时，这种平淡、朴实的风格就渗透出来了，时值 8 月初，烈日炎炎。徐先生先是爽快地答应了，尔后又道："只怕你受不了，我这屋子没装空调也没电扇，我习惯了……"我忙说："没事，没事。"心里却有些暗暗叫苦。

倒是天公助我，采访的那天天气并不太热，坐在徐先生旁边听他简之又简的介绍，心中反倒沉稳下来。

徐元邦先生 1952 年考入北京大学历史系考古专业，1956 年分配至中国社科院前身——中国科学院考古所编辑室工作，从《考古通讯》到现在的《考古》杂志，他这一干就没再停下来。

据徐先生自己讲他本来也是想搞研究的，但一工作起来发现做这种编辑工作根本是不可能同时搞研究，他得每天上班——编稿、校对、去印刷厂、寄杂志、退照片，有时甚至得不断加班。而他又不愿意先期利用他人的资料，考古本身又是野外发掘为基础的工作，他又能如何呢？

他也不是没有做过改行的打算，"文革"中《考古》杂志曾停刊，1972 年复刊后，徐先生向当时的考古所所长夏鼐先生提出去做田野发掘工作的要求，但夏先生认为复刊之际人员力量缺乏，不能变动。徐先生当时已是40出头，再过10年，转换工作的可能性几乎是不存在了。

徐先生继续踏踏实实地工作。业余时间，花了10余年时间搞“汉简”，但至今也没能出版，讲到这里，徐先生很是感慨，“其中有几条因为是在大英博物馆，还是夏所长托人去查的。”

“我并不后悔，”徐先生爽朗的笑声阵阵，“按考古所的规矩，所长即是杂志主编，夏先生任所长期间，每期校样都非常认真地看，经常做各种修改，这样，我跟夏先生学了不少东西。同时，也渐渐喜欢上了这职业。它需要的是牺牲精神，永远是给别人做衣装。我从1956年9月至1994年9月，整整干了38年编辑工作。”

其实，《考古》杂志的编辑工作本身就有其专业的特殊性，自从1994年9月徐先生退休后，找他做编辑工作的单位还真不少，徐先生对此很坦然，他说：“一方面是一年之内编一本书我就很满意，另一方面是可以带一批年轻人。”

编辑工作，尤其是学术刊物的编辑工作，本身就需要有很深厚的专业知识作基础，同时又要有良好的职业道德。这是一种永远不会出名的专业。但徐先生以自己38年的经历却向世人证明了这样一个道理：任何一门职业，只要用心去做，终必有所成。至今他仍为他的母校北京大学考古系编辑《考古学研究》和其他单位的一些编辑工作。用他自己的话说是乐此不疲。

此外，徐先生还可以说是个北京通，老北京的各种民俗、曲艺诸方面的脉流他都清楚得很，一侃，可以侃出一大串掌故来，听者越听越睁大眼睛：仿佛这北京离自己竟是愈来愈远了！

采访完了，我请徐先生将这些掌故写下来，一方面是作为史料的价值，另一方面是作为知识，徐先生言“只恐是雕虫小技，无人可看”，我说：“不会的。”

走出社科院的宿舍，站在大街上看川流不息的人群，我又对自己讲了一遍“不会的。”

是的，不会。

（以笔名日子发表，原载于《人民政协报》1996年11月12日）

一个“特别”的人
——访贾泽林先生

我不得不承认贾泽林先生是极有特点的——无论是作为学者还是一个普通的人，他的特点使得他的治学态度及对学人（生）的态度有着异乎寻常的看法。

贾先生1954年进入苏联国立莫斯科大学哲学系学习，历经五年寒窗，于1959年6月回国。之后，便一直关注着苏联乃至东欧哲学发展的状况及前景。

众所周知，苏联东欧哲学研究对学者而言便是一个不言而喻的学术难题。因为这一领域的兴衰，如果没有冷静而睿智的头脑来承受的话，学术的纯粹性恐怕要大打折扣了。关于这一点，贾先生有自己的看法，他认为：我们去关注俄国是正确的。因为俄罗斯是一个蕴藏着巨大历史能量的民族，20世纪，震惊世界和影响世界历史进程的举动，就发生在那里。因此，对历史的苏联进行总体剖析，对当代俄罗斯进行“追踪”研究，实在是很有必要的。但必要性需与社会的需求相适应，所以，目前这一学科面临着某种断层的情形似乎是不可避免的了。

贾先生的另一特点是：他培养出的研究生最终都改了研究方向，他丝毫没有想到一定要找人承己衣钵，他说：“我当初赴莫斯科大学哲学系学习，是因为我对它有兴趣，这兴趣延长了我的学术生命。我的学生们有自己的兴趣，完全可以做自己愿意做的事。如果他是一个有思想的人他终会有所成就。何况，我从来就没有把自己当作老师，我与他们之间是平等的交流。”贾先生说完，一阵爽朗的笑声便在屋子中间荡漾开来。

真正的平等的自由的交流对中国传统文化熏陶出来的文人而言，是难乎其难的。师道尊严的影响早已是刻骨铭心，谁又能真正摆脱？尤其是像贾先生这样年过六旬的学者？但尝试便是一种勇气、一种力量。

我知道，我们没有权利去讨论一个学者的“合格”与否，也没有能力对此加以判别。一个学者终其一生，勤勉地做着一个至今仍为许多人不解乃至鄙弃的专业，而且坚信是一种事业。应该说，这就是一种成就，这个人也就是一个“特别”的人。

在自由平等的学风与敦厚扎实的学识已渐渐成为一种氛围的今天，我们无须去了解贾先生的研究领域，也无须更仔细地靠近他，时间自会在他自由的心灵中留下淡淡而不灭的痕迹。学者的个体性亦会在他的身上渐渐蜕化。

欣慰，唯有一种自由平等的行为，才是绵延一个民族文化的持久的力量；也唯有这样的个体，才会默默又无畏地立在历史的厚重与绚烂中，铸成一座群体的丰碑。

这，便是“特别”又不特别的个体学者的含义。

（原载于《人民政协报》1996 年 6 月 16 日）

一个“文化了”的人：访刘梦溪先生

诚恳地说，刘梦溪先生在我已经采访的学人中是比较独特的。他有着让人难以拒绝的热情与不同凡响的影响力，听着他的话，你会深深地陷入一种浓郁的文化氛围中，而这种文化氛围经他简简单单的几句话，便是充满了活泼、向上，生机勃勃的力量。

刘先生早年从事中国文学的研究，尤其是明清文学思潮和《红楼梦》用力最勤。他的学术追求的恒久性，并不祈望一定与社会变动相适应。但正是这种体验使他更重视晚清以来的现代学术传统。

刘先生认为，站在学术史的角度回思百年世事，是个有意思的话题。所以，他仔细地去研究晚清以来的传统学人的个体行为及文化选择，希望从宏观的角度给正在变革中的中国文化以一种比较公正的目光。谈及使中国文化保存活力的本质要素这一话题，刘先生很是感慨：“主要是已化作日常行为的使中国人成其为中国人的人文精神和行为规范。但我不能不坦白承认，由于近世以来中国社会处于解构的过程之中，这种精神和规范已经耗散、流失得差不多了，所以中国文化事实上陷入相当程度的危机状态。文化重建与社会重建，是今天的当务之急。汉字的书写艺术化的中国书法，对中国文化的继承起了非常重要的作用”。

“那在这种状态中，中国文化将如何迎接21世纪的挑战？在21世纪将发生什么样的作用？”

“可以说，21世纪将是文化与科技的世界。文化与科技的挑战，是对人类最大的挑战。因为这将最终归为人类的素质、人类的知识、人类的智慧的竞赛与竞争，也可以说是人类文明的冲突与竞争。”说到这里，他讲了一段有趣的历史故事——他说这是龚育之先生不久前在写给《中国文化》的一篇文章里讲到的。

那是在20世纪初，湖南长沙有一个崇德学校，校长叫胡元倓。崇德学校就是这位胡先生创办的。他主张教育救国，但办学思想兼收并蓄，所以，他请革命党人黄兴当教习。没想到黄兴在学校里做起了革命，制造炸弹，准备起义。结果被当局发现，要逮捕黄兴。胡元倓校长挺身而出，对当局说："黄兴干的事我都知道，要抓就抓我，可以用我的血染红你的顶子。"那位官员同样很豪爽，说："谁喜欢当这狗官，现在想办法怎样保护他就是了。"黄兴在胡元倓保护下终于逃掉了。

有意思的是这位胡校长对黄兴说的一段话。他说："你倡导革命，是流血的事情；我办学校，我是磨血之人。流血革命险而易，磨血革命稳而难。"刘先生说，胡元倓校长是把教育（包括文化事业）同样看作是用血来浇灌的事业，而且比流血的革命更难。这是非常有意味、值得我们深思的、有远见的见解。

"21世纪，文化与科技竞争日趋激烈，在文明的冲突与竞争的历史条件下，中国知识分子的担负，不是轻了，而是更加加大了。因为，我们的科学、技术、文化、教育，是我们进行现代化建设的最薄弱的地带。而人文科学更是这薄弱地带的薄弱地带。21世纪的中国，能够顺利实现自己的伟大目标吗？能够成为未来文化与文明的冲突的赢家吗？这取决于文化与科技对经济的支撑力实现的程度，取决于教育的成功，取决于文化建设被重视的程度，取决于人文社会科学能否站在时代前沿的位置。"

刘先生看似平静地发表了上述观点，但他的表情、语气、手势又分明是积蕴了深厚的力量的。对于中国文化精神失落的深深的忧虑与身处其中不得不为之投以关切目光的态势使得刘先生本人看起来便有了不同寻常的文化人的意义。

正如刘先生在《中国文化》创刊词所说的："文化比政治更永久，学术乃天下之公器。”他本人从事文化史、学术思想史研究的目的，是想寻求历史上有恒在意义的东西，希望理清中国的学术长期以来为什么不能独立的道路。因此，他特别重视晚清以来的中国现代学术传统，特别重视王国维、陈寅恪的学术道路。因为，陈寅恪是中国现代学术史上最能坚持学术独立立场而毫不动摇的学人，他一生标举“独立之精神，自由之思想。”刘先生认为：“我们现在所面对的问题，和‘五四’时期学界前辈所面对的问题有惊人的相似之处，甚至我们提出的自以为有创见的问题他们也早已提出了。梁任公的《中国近三百年学术史》和钱穆的《中国近三百年学术史》都只写到清末，以后的一百年即20世纪的学术演进状况，总该有人做一些必要的清理工作。”为此，他主持编纂了35卷、3 000万字的《中国现代学术经典丛书》，并撰写一篇近6万字的总序《中国现代学术要略》。

刘先生情真意切的描述，流露出了太多的文化忧虑，所谓爱之愈深，责之愈切，他对文化的情感几乎是化作一种情愫融尽了他的学术研究中。

我不知道，这种文化祈祷能否被理解，正如我不知道刘先生的这种学术立场能否被理解一样，作为一名学者，他拥有的不仅仅是典籍、材料，更应该是生命、是精神，或者说是情怀。关注太深往往苛求太多，感情的因素也许还会影响学术研究的客观性。但刘先生的关注是以开阔的视野为先期条件的，他从文学进入史学的学术取经，使他超越了一人一事、一家一姓、一时一地的价值判断，他用自己的视角（立场）向学术界证明了中国文人的独立精神及中国学术传统的独立性走向。“古之学者为己，今之学者为人，”他经常引用孔子这句话抒发自己的浩叹。人们可以不理解，却不得不被感动。

（原载于《人民政协报》1997年8月11日）

成如容易却艰辛
——访王甦先生

王甦先生住在距我很远的北大，路途阻隔，我比约好的时间晚了几乎1个小时。诚惶诚恐与满心的歉意使我在王先生面前显得不知所措。王先生十分理解地摆摆手，头上几根花白的发丝轻轻地飘动着，他平易的话语在夏日的屋子中间荡开来，自有一种不可言说的味道。

自改革开放以来，我国心理学有了迅速发展，心理学在社会生活中的作用愈来愈受到重视。心理学工作者对儿童和青少年教育、婚姻和家庭、社会老龄化、心理卫生、组织管理、商业和消费乃至犯罪行为等诸多方面积极开展研究，帮助解决实际问题，得到好评。但是，我国心理学的基础比较薄弱，学术水平还不高，难以满足社会的实际需要。目前还是一个小学科，有待进一步的发展。

我国的心理学是清朝末年由海外传入的。当时，京师大学堂和少数教会学校以及后来一些中等师范曾讲授心理学，辛亥革命、特别是五四运动以后，心理学才在我国逐渐传播开来。1920年南京高等师范设立了我国第一个心理学系。1921年成立中国心理学会，随后又出版专门心理学杂志。20世纪20年代，我国又有一些大学相继设立了心理学系。与此相应，心理学书籍的出版也增多了。

“北京大学在中国心理学发展中有着特殊的地位。1917年，在蔡元培校长的支持下，北大建立了中国第一个心理实验室；1926年，成立了心理学系，后于1934年并入教育系。新中国成立以后院系调整时除南京大学有所变通外，全国各大学的心理学系被撤销，有关人员大都转到师范学院了，只有北大哲学系设立了心理学专业，是由原清华大学和燕京大学两校的心理学系合并成的。这在当时是全国唯一的一个专门培养心理学人才的教学机构。由于种种原因，我国心理学发展的道路是不平坦的，经受了许多曲折，‘文革’期间北大心理学专业停办。1978 年北大在全国率先成立心理学系，对推动我国心理学的发展起了积极作用。随着改革开放，北大心理学系和全国心理学都步入顺利发展时期。”

王先生如数家珍的介绍，充满了难以描述的情感，这情感令我不禁为之动容，也仿佛看到了一生为之奋斗的王先生的辛劳。

王先生 1951 年去苏联列宁格勒大学心理专业学习，受过良好的基础教育和专业训练，回国后主要是讲授普通心理学、实验心理学，20 世纪 50 年代西方兴起了认知心理学这一新的思潮，这是基于社会生产力和科学技术发展的要求，在心理学内外因素的作用下产生的，一些新兴的学科如信息论、控制论特别是计算机科学起着重要作用。这一思潮后来对王先生的教学和研究的方向起了很大影响。

认知心理学运用信息加工观点来研究认知活动，其研究范围主要包括感知觉、注意、表象、学习记忆、思维和语言等心理过程或认知过程，以及儿童的认知发展和人工智能（计算机模拟）。所谓信息加工观点就是将人脑与计算机在行为水平进行类比，将人脑看作计算机的信息加工系统。这种观点应用于心理学的实质在于：它主张研究认知活动本身的结构和过程，并且把这些心理过程看作信息加工过程，它被称作是心理学中的“心理主义”（Mentalism），带有浓厚的理性主义色彩。王先生认为，认知心理学的主要功绩就在于它否定了行为主义，在心理学中重新恢复了意识，而且是以一种与计算机紧密联系的新的形式加以恢复的，为认知过程或心理过程的研究指出了一个崭新的具体方向，将心理学向前推进了一大步。

认知心理学兴起以后立即受到重视，引出大量的理论探讨和实验研究，其影响迅速扩展开来。到了 20 世纪六七十年代，认知心理学已成为在心理学中占主导地位的心理学思潮，同时也在丰富的研究成果的基础上形成自己的内容、体系，并从而成为心理学的一个新的分支。近三四十年来，认知心理学迅速壮大起来，虽然在一些基本理论上还存在分歧和争论，但它至今仍然引导心理学前进的方向，代表心理学发展的水平。现在，作为新兴的更加宽阔的认知科学的一部分，认知心理学已跻身当今科学的前沿。

当20世纪六七十年代认知心理学在国际上蓬勃发展的时候，我国心理学正遭受“文革”的厄运，改革开放以后，王先生便将自己的教学和研究转向了认知心理学，他率先在北大开设认知心理学课程并开展有关的研究，博得好评。由于他有普通心理学和实验心理学的基础，其研究范围与认知心理学相一致，故而学术方向的转变也比较顺利。但王先生并不言好。他仿佛很神往地想念着那片属于自己的天地，它很清醒地记着他的一点一滴的努力，他说，就世界范围而言，心理学发展还很不成熟，并没有发展到可以对社会生活起很大作用的程度，从长远来看，它完全可能也应该起到这样的作用。我国的心理学发展与国外差距还较大，应该得到进一步的重视和扶持。

王先生的关切与希望对于我国大众虽说已不十分陌生，但心理学要真正走入我国社会也还有一个漫长的路程。这简朴的介绍远远不能囊括心理学的真实发展状况。我想说的是：不论我们以前是怎样看待这门学科的，在王先生的几十年的辛勤经营中，我们应该重新来定自己的角度，用最简单的一句话来说，即是“看似平常最奇崛，成如容易却艰辛。”这，也便是王甦先生的平常处与不平常处。

愿它走入我们每个人的心底深处，并开出朴素的花，结出丰硕的果。

（原载于《人民政协报》1997年10月20日）

兢兢业业的拓荒者

——访赵靖先生

我不知道把赵靖先生划作“经济人”是否精确。这位教了一辈子书、搞了一辈子研究的学者却的的确确为中国经济思想史这一专业的创立及发展做了大半辈子的工作。

赵靖先生从小对中国古籍就很感兴趣。读大学经济系时，主要学的是外国经济思想史，因为那时经济被看作是外来学科。赵先生讲他总想中国应有自己的经济思想史，便翻出古籍查找，但因基础尚薄，分辨不出哪些属于经济思想，也只好作罢。1952 年，赵先生到北大教书，教过经济史、财政学、对外贸易等各门学科，并教了 10 年的政治经济学。同时，赵先生并没有放弃大学时代的心愿，中国经济思想史新中国成立以前有人搞过，但并不深入，新中国成立后搞的人也很少。他立下决心，从头做起，因为资料大多散布在各种典籍、文献中，工作很辛苦，加之公务多，进展并不快。

1959 年，当时的高教部副部长黄松龄有次到北大座谈，提出每个学校在有一定的基础的前提下，应发展自己的特长，由于黄部长本人是经济学教授，便提出了搞中经史的倡议。赵先生当时的专业还是西方经济，但由于社会环境等诸方面的原因，经济学的最新材料得到很不容易，遂毅然改弦更张，下决心搞中国经济思想史研究。

1961 年，中宣部提出编写中国经济思想史教材，请赵先生作主编，赵先生讲到这里，笑了起来说：“我当时是坚辞不就，认为自己太年轻，搞不了。但比较之下，却发现我是搞这方面研究时间算长的，加之年轻大胆，便与南开大学的一位教授一同担任主编，风风火火地搞了起来。”

随着赵先生的介绍，我的思绪不禁回到了那个特殊的年代里，“大跃进”“三年困难时期”之后的社会状况究竟是怎么样的？现在的诸种史料已有所记述，但赵先生与他的同仁们的努力过程却是我们所不能想象的。因为“大跃进”学科打乱了，教学秩序也不正常，1961年虽提出了“整顿、巩固、充实、提高”的口号，一时却难以将损失补回。赵先生的助手虽都是些大学毕业生，但古文大都不行，只好一面给他们补古文，一面编教材。令赵先生高兴的是，这个编教材的班子都比较团结，工作进度很快，搞了三四年便搞出来了，这也是新中国第一本中国经济思想史方面的教材。1962年南开大学招收了第一个中经史方面的研究生，这一专业终于艰难起步了。

1964年，《中国近代经济思想史》第一卷出版，二、三卷初稿搞完。此时，“四清”运动开始，工作停止。赵先生在湖北江陵待了半年之后，春节回家因病留京。继续未完成的工作。1965年，二、三卷由中华书局正式出版。

工作就这样一步步向前推进着。搞教材的同时，他们还着手编写有关资料，赵先生养病期间加注释、讲解。不幸的是，1966年，“文化大革命”爆发，这100多万字的资料被没收了。

1972年和1973年，北大经济系因收藏了三大间废品，急待处理。赵先生疑稿子在其中，遂自愿报名义务劳动，没想到，果然找到了，只是已损失了三分之一，30多万字，便将其偷偷藏匿起来，以待时日。

20世纪80年代初，学术界走向正常，资料出版了，教材则再版了，由于着手早，北京大学的中国经济思想史便成为一大特长。

当我为赵先生庆幸时，他却说：“我们当时算是公开搞的。另有一些学者则是悄悄搞的，如复旦大学的叶世昌先生，中国社会科学院经济所的巫宝三先生，上海财经大学的胡寄窗先生，他们比我更艰难。”从这简单而朴素的几句话里，“良知”二字重新发出了光芒。

我为赵先生叫好、更为中国忠厚而博学的一代知识分子叫好，无论在哪个领域，无论是过去、现在还是将来，都有这样一批兢兢业业的学者在默默地工作，难道非要借之以“文穷而后工”才可以有堂而皇之地解释吗？

赵先生已年过花甲，丝丝银灰的头发静静地竖立着，他说中经史还有许多未开垦的领域，比如：佛教经济思想史等，都是需要花很大精力去做的；他说他很担心年轻的学者何时才能挑起这副担子；他说中经史的研究既需古文底子好，又需经济理论强，还需对外国经济思想史的借鉴；他说……

说得太多就是满怀了忧虑，同时也是充满了希望。

我离开时，赵先生又坐在沙发上，捧着一本书，握着一支笔，书里夹了不少卡片，他谦和地笑了笑，一页页地读下去了。

屋内，冬日的阳光熠熠。这位“经济人”依旧兢兢业业，依旧不肯停息。

（原载于《人民政协报》1997年2月24日）

夕阳中的微笑：访张志公先生

“我是教外语出身的”，77 岁的张志公先生用浑厚的嗓音说，“新中国成立后，由于工作需要调至人民教育出版社，直到现在”。张先生的耳朵与腿都不太灵敏，一头银丝十分浪漫地分散着，“我除在出版社工作外，还在外面兼课，尤其是‘文革’以后，正式成为北京语言学院和中国人民大学的客座教授，40 多年的编书、写书、教书生涯。”张先生顿了顿，嘴唇似乎有些发抖，“到底是年纪大了，写字时手也发抖。准确一点讲，我更愿意搞学术研究，我的研究是从语言范围内展开的，先作普通语言学、修辞学方面的研究，后转向语言教育方面。目前，想搞一套真正的汉语语法体系。”

张先生点燃一根香烟，随手拉过一古旧的烟灰缸——是那种旧旧的木头颜色，也是旧旧的木头质地，十分粗糙地有几个不太规则的豁口在不十分圆的木头边存在着，这烟灰缸也许伴随了张先生大半辈子，如他最忠实、最知心的朋友。烟雾悄悄弥漫，烟灰碎碎地落在旧的木头烟灰缸中，厚实的人生过程一幕幕拉开。

“我在人民教育出版社工作期间，所写的书、所编的教材、所站立的角度都是以教委的为准绳，这是工作原则。现在我退了，可以畅快地展开自己的学术研究。1991 年广东教育出版社曾出了《张志公文集》（五卷），分别是汉语语法修辞、语文教学、传统语文教育、外语教学及其他等等。”

“我个人认为，汉语被划分为名词、动词、形容词毫无意义，或者说只有语汇意义没有语法意义，这与其他语种不同，比如英语、德语，各种词都穿制服，属于形态语言，汉语则没有格的变化，属非形态语言，是中性的。我将汉语按语法分类，分为四种：实体词、关系词、结构词、孤立词。实体词有组合能力，关系词帮助实体词组合，结构词帮助一块东西成为一种组合，孤立词没有任何组合能力。我设想的思想轮廓已成形，书名暂定为《汉语语法新论》。”

张先生滔滔不绝，手仿佛也不抖了，双眼从眼镜后面透射出不可抑制的兴奋的光芒，烟雾是愈多了，旧旧的木头颜色与浓浓的烟雾交汇着，充满了颇有意趣的情调。

张先生的卧室不大，有十二三平方米，一张床占了一半空间，床的对面是办公桌，亦如烟灰缸般，旧旧的，桌上堆满了书籍，墙上挂着一幅幽静的画，看不太清楚。

“这是我的卧室、工作间、书房兼餐厅，我在没有外出活动时，几乎总是在屋子里待着，看看书，写写信，我的目标是在我的有生之年，完成这本书。”

雪白的发丝静静地待着，一生一世的沧桑，漫渗出来，张先生的辛劳、勤苦、兢兢业业如一幅幅画透射出来。曹操的诗句“老骥伏枥，志在千里。烈士暮年，壮心不已”涌上心头，张先生站在充满希望的夕照里快乐地微笑。

我愿他的明天依然温馨、灿烂。

（原载于《人民政协报》1995 年 8 月 31 日）

站在文明的起源处

——访叶大年先生

也许，极少有人很认真地将我们脚下这土地的本源性与文明的起点联系在一起，我也只是凭一种边缘性的文字直觉才触摸到这根脉络。当我忐忑不安地告诉叶先生，是否可以谈一谈地质学与考古学和人类文明起源的关系时，他欣然接受了采访。

“其实，我从事的工作是矿物学研究，它仅仅是地质的一小部分。就本质而言，地质学是最古老的科学，人类从很远古的时代起，就开始问天问地，也就有‘天圆地方’的传说。人类对自己赖以生存的这块土地，即地球，不得不做一些本能性的探究。同时为了生活，他们不得不制造和使用工具，最早接触的是石头，自然就知道什么样的石头最硬、最容易制造锋利的石器。这大概就是原始地质学的起源。当人类会制作陶器时，人类就会自觉地利用火，就了解了黏土的性质。人类要狩猎就要跋山涉水，他们就会对山、川、土、石有所了解。也就是说人类由旧石器时代进入新石器时代，地质学就发展到原始阶段。地质学是研究新石器时代以前地球上发生的事件的科学，而考古学研究的是新石器时代以后非今天以前的事情，地质学和考古学的分界点就在此。”

正是由于这个原因，古人类学就成为地质学、考古学和生物学的结合点。人类自觉地利用火，是进入文明社会的标志。人类社会发展经历石器时代、青铜时代、铁器时代、工业化时代……社会要发展，人们就要寻找矿产资源，这样就推动了地质学的发展，就逐渐产生了近代地质学（是18世纪的事）。社会发展了，人们视野扩大了，就有了“郑和下西洋”“哥伦布发现新大陆”。地质学以及地理学的发展又反过来推动人类的进步。

“叶先生，地质学作为一门学科发展到今天，主要面临的问题是什么？”

“由于人类诸种活动的增加，生态环境恶化，再生资源的日趋减少，‘持续发展问题’和‘环境问题’成为新的热点，地质学也要围绕这两个热点展开工作，从这个意义上来说，地质学又是新兴的学科，是研究今天，乃至未来的科学。”

“国内地质科学界眼下最关心的问题是什么呢？”

“地质勘探队的问题尤为严重。”叶先生有些激动地站了起来，“在进入市场经济的大环境下，国家不再向产生潜在经济效益和后效益的地质勘探工作投入足够的资金，几十万地质勘探队员待业或半待业，只能发百分之几十的工资，吃饭都成了问题。我记得我上小学时听到的歌谣是‘第一203，第二大盘盘’，203是勘探队，大盘盘指的是大盖帽的军官和铁路职工。20世纪60年代我上大学时就变成‘远看是逃难，近看是要饭，一问是勘探’，现在就更不用提了。”

叶先生的担忧一丝丝挂在脸上，我能说什么呢？据说山东烟台有一个地矿部命名的功勋地质队，为昭远找到大金矿，开金矿的人富了，开摩托车上班，功勋地质队却不能按时发100%的工资。反差何其大！

让我以这支并不健壮的笔公正地站在原始文明的起源处真诚地为地质工作者呐喊吧！

相信他们明日的期盼正孕育在今日的努力中。

（以笔名淋淋发表，原载于《人民政协报》1995年）

艺术情怀

文化：终极关怀
——近访冯骥才

关于冯骥才先生个人的背景材料——包括文字的、绘图的，无数次在我的心灵深处沉积，而与他本人的相约却仿佛是一个极为艰难的过程。1996 年 3 月 5 日下午 4：30，我终于看见他。

似乎他正在会友，我迟疑的问话刚一发出，一高大的身影即奔出来，径直领我向隔壁走，两个房间的距离不过几步，可待冯先生一走在前面，我就不由地偷偷乐了，又怕冯先生看见，赶忙转为严肃、庄重的表情，不过，冯先生的高大实在是超出了我的想象，他的一篇散文《高个子女人和他的矮个子丈夫》的文本感觉一下子涌上来，仿佛冯先生的人生感觉更是毫不懈怠的历史责任感和厚重、纯真的艺术追求。

谈话很轻松地开始了，冯先生讲他从 1995 年底在《文汇报》发了一组文章，中心是“文化的忧患”意识，主要讲 3 个方面的内容：关于一些概念的界定、关于现代文化的问题，关于文化比较，并言之这些文章的观点纯粹是个体行为，即富有极强的个性色彩。

我很遗憾没有看到这些文章，哪怕是片言只语，我想象中的冯骥才该是一位艺术天才，强烈的艺术感逗引他漫步在文字，笔墨的世界里，浑身上下布满了说不上来的灵气，但似乎是，又似乎不是。

我只好谈起了不久前在报纸上看到的《天津老房子，旧城遗韵》的序，有些担忧地询问这会不会影响了他的创作。

不料，冯先生很激动，他认为很值得这样去做，因为目前中国知识分子有一种极强的文化忧患意识，我们伟大的民族虽然创造了文化，却没有文化的自觉，虽然有丰富的文明底蕴，却缺乏以文明的态度看待创造的文明。并归结为3个主要原因：一是本身缺乏文化的自觉意识，二是由于“文化大革命”等的影响，文化精神亦遭到误解，三是商品化造成的文化的粗糙化、粗鄙化、浅薄化。

冯先生直起身子，语气沉重的讲到：“现在我们360万平方公里的国土上，连文化保存的影子都很少能看到，我们普普通通的老百姓又怎样为这种影子的‘复’‘存’而尽心尽力呢？我宁愿自己做一个苦行僧，唤起民众的文化忧患意识。”

于是，我看见了冯先生筹借资金时的奔走相告，看见了冯先生与文化、历史、建筑、摄影等各界人士，一条街道换一条街道，一户人家接着一户人家地采风和考察，半年过去了，5000余幅照片出来了，有价值的东西登记后请政府保护，请港商投资保护，重点的建筑请天津大学的师生进行重点测绘……

冯先生高大的身影该是更高大了，《旧城遗韵》一书限量1000本，一礼拜即售完。他亲自在文联的三楼签名，有年轻人将此作为结婚礼物的，有做生日礼物的，有的是孙子买给爷爷看的，有的是爷爷买给还未出生的孙子的……冯先生的笑容浅浅的挂在嘴边，冯先生的辛劳从文联大楼三层的读者队伍一直铺垫到大街上，行为是最好的明证这句话又得到充分的阐释。

冯先生说他比较欣赏一位作家的几句话：作家不仅仅是为了写作而存在，应以各种行为为社会文化加以关注，所以他一步步地去做。他说他在《旧城遗韵》的扉页和最后一页都写了一句话：一次文化行为的记录，当他翻开一本本书签上自己的名字时，心中的感动是无以言明的。他说他不仅仅是为了一种行为文化或文化行为，不仅仅是为了把前辈的东西送给后人，更重要的是要唤醒民众的文化意识，使他们学会以文化的眼光看待自己的文化，使一种个体行为逐渐演绎为一种群体行为。

冯先生又选择了两个地点作为他再次文化行为的载体，一个是江南的宁波，一个是质淳的山东，他不相信我们的民族会始终漠视自己的文化，他不愿意仅仅以今天的眼光看待过去而更愿意以明天的眼光看待今天，他充满感情地告诉我：每次在欧洲看到盗出去的文物就生气，有一次，他得知比利时要从山西买走一扇明代的门，运到天津时他极力拦住，"花多少钱都愿意买下来，"就这样，他买了清代的马车，许多石雕的佛头，甚至有1901年租界时期房子里的木雕壁炉……

"它们不是我个人的财产，有的我已把它们捐赠给博物馆了，"冯先生平静又大度，当时，我眼前浸过的是近代史的风风雨雨的诸种人物及诸般感觉。

我沉默地握住笔，不知讲什么才好。文化，这一不可再造的精神财富；文明，这一闪耀着几千年光芒的历史精华，该以怎样的形象严正地立在中华大地上呢？冯先生强烈的，对于文化本身的终极关怀深深感染了我，一时竟觉满腹皆语又似乎无语可言。

这是一个怎样充满热情，怀有社会良知的心灵啊，有一句名言自然地泻于纸上："如果我不入地狱，谁入地狱？"何况，冯先生走的是天堂之路，他掷地有声的脚步必会震撼我们脚下这块沉重的土地，并携着余音传向四方……

（以笔名逸如发表，原载于《人民政协报》1996年3月15日）

为了艺术生命的纯正：毕克官先生访谈

漫画家毕克官先生温和地笑着，悄然走过了那倚墙而立的立柜——里面是由片片瓷组成的历史。“我虽是五十年代中央美术学院毕业的，但一开始从事的工作却与你一样，是一名编辑——《漫画》和《美术》杂志的编辑，我的学院生活并没有培养出我对漫画的兴趣或者说能力，丰子恺先生的漫画和他自己的形象始终鼓励着我”。毕先生顿了一下，我似乎看见他眼中怀念与敬佩的意味如冬末春初的气息悄然散开。

“我 1950 年 12 月开始发表漫画作品，至今漫画作品有 3 本。”他抬眼笑着说，“不多吧。1976 年，为了给漫画发展史一个系统的总结，给其发展提供一种借鉴，我便动手写《中国漫画史》，1986 年出版，这就耗费我大量的时间，所以一度漫画画得少了”。

“我的兴趣除了研究漫画史与漫画创作外，还有写散文。还是在读高中时，我一度立志报考大学文学系。上海文艺出版社 1990 年出版了一套‘画人行脚’丛书，其中的《画人漫笔》便是我这多年来随笔和游记的积累，我根本没有想到去成为一名作家，所以我很意外。我非常喜欢朱自清先生的散文，对我的影响很大，简直到了崇拜的境地”。

毕先生的话语似乎柔柔地，却布满了各种各样的力度，《画人漫笔》方方正正地，封面上的黑白色宁静地反射出历史的光芒，两个生动、活泼的儿童机灵灵地笑着，果然是不同凡俗，艺术的灵性正是这样逗引出来的吗？有一大会儿，我的思绪飞扬着，飘离了毕先生和他的书房，仿佛真的活到了艺术境界里。

毕先生依旧倚着沙发，清瘦、智慧的脸庞沉思着，或者它正在飞扬？

我收回目光，《画人漫笔》的旁边是精装本的《中国民窑瓷绘艺术》，欣喜之气骤然升起，不想去打扰毕先生，唯一个人翻着，近乎贪婪地在梦想的世界里飘忽。

“收集民窑古瓷纯粹是我兴趣所至，古代完整的日用器皿难寻，碎瓷片却极易找到，我本不想写什么文章，书更是不敢奢求，但看多了便想多了，这个神秘的艺术世界包含着文化史、美术史、绘画史、陶瓷史，并蕴积了许多重要的艺术问题，故而思绪有时会莫名其妙地走入佳境，以至于到了欲罢不能的地步，竟至写出一本书了。”毕先生浅浅地说着。

其实，欲罢不能倒真是一种难得的境遇呢？我想象着毕先生不论四季，以不太强健的身躯辛劳地置身建筑工地，拾着藏之于地下的瓷片，辨着唐、宋、元、明的印迹，不成形状的瓷片骄傲地仰着头，显示着各自的艺术灵性……

我想，毕先生会愈发雅气，但只愿他不会日益清瘦，站在纯正的艺术生命的起点上，他应该走向青春。

（以笔名三白发表，原载于《人民政协报》1995 年）

走过长城
——访罗哲文先生

我曾无数次站在长城上发出各种不同的感慨，并为其背后沉重的历史叹息不止。没料到，多次电话才联系上的罗哲文先生却原来是专业研究长城的。

按罗先生的话讲古建筑是最直接的可以显现不同时期历史、文化风貌的艺术门类，永远充满了道不尽的乐趣。作为古建筑方面的专家，罗先生研究寺庙、古桥、古塔、古城墙、古园林等，他刻骨铭心地喜欢各种建筑物的线条，那一砖一瓦一椽一梁，无不系着他充满文化意味的心灵。

他滔滔不绝地讲述着寺庙文化，讲述着佛教在中国的传播，他认为寺庙既是古建筑里保存的较多的，年代亦最早，又是艺术内容最丰富的，他一刻不息地对从塔到庙的变迁作诸种灵动飞扬的解释。“我研究得最多、最喜欢的是长城。”罗先生俏皮地将话锋一转，半晌沉吟不语。

长城？我的眼前浮现的是那一块块平平常常的砖以及那砖下面沉淀的我们祖先的灵魂。孟姜女凄惨的哭声隐隐约约从历史之壁传入耳中。古诗词的意境伴着“伤别离”的主题清晰地印入脑海。

“我是从1952年开始接触、研究长城的。越接触越觉得其中可做的文章并不限于已有的结论。”罗先生充满深情地说，“比如，首先改变了一个可以说已成程式的观念：长城是汉族欺压少数民族的工具。其实，修建长城的朝代共有20多个，其中少数民族的朝代居多，秦始皇本人就是少数民族，北魏、北齐、北周、辽、金、元、清等都是少数民族执政的朝代，每一代都在修建长城。而且，各个朝代的长城建筑风格并不一样，体现了不同时期的历史风貌，可以说，长城是中华文化风貌演变的一个象征。”罗先生似乎很激动，以一个学者的心态来对待世俗对充满文化意味建筑物的误解，这种态度自然是不可避免的。

是的，长城应是一个复数概念，它不应仅仅是指八达岭，指金山岭，它是我们民族各个时期经济、文化需要而铸成的心灵的轨迹。

“长城的起点问题至今还有误会，它肯定不是山海关，明代长城保存最多，其起点应是鸭绿江；还有，长城的起因问题，其原初的意义是为了抵御游牧民族的马，保证农业生产的正常进行，这就是任何一个统一中原的朝代——无论是汉族还是少数民族都在修长城的原因。可以肯定地说，长城主要是保卫生产安定、促进经济发展的。”罗先生一口气讲了这一番话。可我眼前漫过的仍是一批又一批在四季的风雨中耗尽心力而倒下的祖先！

明明白白告诉自己，它是古建筑，是历史的见证物，是世界七大奇迹之一，是的，罗先生冷静的目光又岂会想不到这一层含义？但他是学者，对于历史文物做各种探究并作出科学的解释是他义不容辞的责任。

“由于各个朝代的势力范围不一样，所以只能根据区域修长城，所以，秦汉长城比较偏远，因为当时的势力范围大，明代长城较近，是因为其统治区域小的缘故。”罗先生接着说。

我没有反应。长城，我心目中的长城；你的一砖一瓦竟这样难以摆脱历史的公正而又严明的审判吗？你究竟有多长呢？

罗先生似乎看透了我的心思，笑了笑说：“长城的长度问题并不是一句万里长城就可以了结的，实质上，它不能按一条线计算，应该有几十道，每一个朝代都不在一条线上，有时一条线上又有好几层，而且有的早就倒塌了，有的早已淹没在沙漠里了，我们曾在飞机上用遥感技术观察过，大体上是10万里以上。”

10万里！一个多么伟大的数字，而且这一砖一瓦都是垒在山上，科技不发达的祖先们是怎样用了自己的双手一点点地筑起了这个几乎难以想象的数字！

我真的不知讲什么话才好。我只想以这个伟大的民族一分子的身份向罗先生致以无上的敬意，他漫长的40余年的研究工作一定会实实在在地在我们心中筑起一道新的长城。

（以笔名逸如发表，原载于《人民政协报》1995年）

别样的情怀
——记作家延泽民

延泽民先生的夫人雪燕可以说是我的良师益友，但关于延先生本人的“神话”似乎雪女士并未告诉过我。这位1934年就参加红军，在陕北跟随刘志丹闹革命的作家，确乎没有一点架子。他的腿有些不太灵活，一步一步地从卧室“挪”动出来，伸出手来轻轻触了一下就放下了。这只手，果真没有一点文人的影子，皮肤粗粗的，手掌大大的，手指十分健壮，毫无嫩弱、文秀之气。

“我本来就是行伍出身的，要不是因为眼睛不好，现在说不定已是个将官了。可偏偏又爱摆弄文字，延安时期就曾在《陕北日报》《群众日报》做过战地记者。我认为做记者就应该有敢于批评的勇气和精神，不可瞻前顾后，犹犹豫豫。我是陕北人，因了水土的习性长了粗犷、耿直的性格，这并不是什么令人遗憾的事情。

新中国成立后，我一直做了二十几年主管地方文艺的宣传部部长，在陕西、黑龙江等地待了很长时间。十一届三中全会以后回京，依旧是在文艺界跑龙套，做过作家协会书记处常务书记、文联书记处书记，鲁迅文学院文学讲习所所长等，虽然不是纯粹地与文艺打交道，总是在边缘上打转转，但自己手中的笔从战地记者开始却一直未停。”

延先生十分清楚地一个字一个字地讲，毫不含糊，亲切的陕北口音一丝丝地抖出，我仿佛是站在一个故事里，从开头走到结尾又返回到中间一一定格，浓厚的陕北语群憨憨地矗立，如深有意味的一段历史。是不该忘记的群体历史亦是个体的历史。

延先生的小说、散文、理论诸多著作或新颖或陈旧地停留着，其中还有一本是新中国成立前编的宣传手册，竖排繁体，纸张的颜色是一种旧旧的黄，充满了难以明喻的心事。

延先生的双眼格外地亮，即使是戴着眼镜也毫不逊色，脸庞的皱纹实在不算多，心中的曾经激荡他胸怀，而至今犹在骚动的人与事没有完全浮现出来吧。

“我现在毕竟是 74 岁的人了”。延先生一字一顿地说。雪女士告诉我，延先生的肚子里可全是故事，他多想写出来；就是精力和时间都不允许。延先生并没有听见我们的话，他的耳朵不大好使，一个人安安静静地坐着，一动也不动。历史带给他的沧桑的的确确是够多了，他需要安安静静地想一想。灿烂的阳光无边地透射进来，绿绿的一盆盆作孕育状的花偶尔动动，将已不太稀薄的阳光弄得极有动感，我想象着延先生每日迎着阳光思考、写作的日子，不禁充满了浪漫的慰藉。

延老师也没什么业余爱好，看书、写作而已，平常极了，他的足迹就一步步地在斗室里刻印，无惊无喜。那延安的风雨，那干校的磨砺，那为了文艺事业鞍前马后的精神，都随着这位七旬老人的刻板的步伐静静流逝。

历史从不计较无关紧要的诸多人事。对着这位寡言的老人，我悟了般想，延先生从一个放牛娃依靠踏踏实实的勤奋好学走过了战争、走过了和平、走过了动荡不安的年代，他的生命平淡却又泛着灿烂的光辉。我们呢？

延先生领我去他的卧室，床头他和雪燕女士年轻时候的合影挂在显眼的位置，两个人青春的色彩为一层淡淡的黄色所遮散，反倒映衬出一片落寞的美丽来。依旧是花的枝条斜斜地拔拉着阳光，绿叶是分外地绿，毫不含糊。

也许，延先生文武兼备的情怀终其一生都没有改变，这倒是他生命中一道别具一格的风景呢。

我祝福延先生。

（原载于《人民政协报》1995年3月4日）

“画中人”：吴冠中速写

“画中人”是吴冠中先生为其夫人朱碧琴女士所做的“传”。画面上朱女士端庄地站立着或者是坐着吧，她的上半身沧桑地定格，脸上已有不少皱纹，白发也露出了几根，她无声无息地立着，身后的背景是吴先生用过的几种墨的颜色，墨的流线或弯或拐，绝无流畅之意，偶有些微彩点点缀，却也没有消除画面的厚重与凝聚力。

画的背面是吴先生的题字：

奔腾、跌宕、画图绕终生
坎坷犹未尽
彩点纷飞迟暮
白发人析安宁
《画中人》（朱碧琴传）
“他和她”纪念

吴冠中　一九九五年春节

我首先是为画中人物的神态所吸引，便靠近去看，吴先生仿佛遇到知音般，“这是我的夫人，她一生为我付出的太多了，坎坷经历过了，日子好起来时，她已没有精力坐在这里待我去画了，我只有凭记忆和她原来的一些照片做参考。你看，这后面的墨色代表我们人生中所遇到过的坎坷，彩点代表成功，作完这幅画，我一提笔便写下了‘画中人’这个名字，眼泪不住滑落下来，她的一生就是这样走过的呀！”吴先生激动起来，“《她和他》是我写的一篇散文，其实，文字的纪念也不会永恒的。”

我去翻阅了《她和他》这篇散文，感动涌来竟无以言明。吴先生讲他获得了法国文化部授予的文化最高勋位，他对此却颇为淡泊，让小孙子抢勋章先看，吴先生想说“你也真不容易”，却没有说出口，因为“这毕竟是一种荣誉吧”，但是，“这是艰辛织成的荣誉，而且是两人的艰辛。荣誉及有关荣誉的一切都来得太晚，对他俩已是明日的黄花”。

但毕竟是来了。想其艺术史的苦难意味，想起潦倒一生的梵高，可能别的都是多余的吧。

他们的纪念流动着，如这幅画，吴先生也许没有意识到，这其实是他们俩人的传记呢。

（以笔名逸如发表，原载于《人民政协报》1995 年月 18 日）

呕心沥血十年情
——记文艺家邹德华

在人民大会堂里见到邹德华女士时，她正匆匆地向会场走去，温文尔雅中携着一股灵动飞扬的艺术家气质，我赶忙微笑着迎上去，希望能和她聊一聊她的艺术事业。

邹女士看了看表，有些犹豫："就一会儿吧"。"我是从美国朱丽亚音乐学院毕业的，20 世纪 50 年代为祖国解放的消息而兴奋不已，同一批爱国人士一同坐船回国，在中央歌剧院工作，先是演员后开始编导工作。1983 年出国考察，发现了音乐剧这一新的门类，十分高兴，觉得应该在国内发展。"

"音乐剧!"我听了这个名词心下为之一震，说不定高雅音乐正是通过它走到群众中间的。

邹女士微微一笑，"我于是从 1983 年始，用了 10 年时间，创办了中国音乐剧研究室，90 年代改编了曹禺的《日出》等，力争使纯粹的音乐以另一种形式获得更多、更广泛的群众。"

10 年的时间长短非一句话可以解说，而中国的音乐剧从无至有，邹女士在四季的风霜中该是经受了无数次艰辛的历程吧，她的艰辛正如 50 年代归国一样是毫不犹豫地付出的，对艺术事业的热爱卸下了她无数个思想包袱，正可谓"路漫漫其修远兮，吾将上下而求索"。

"你现在的打算是什么呢?"

"我花了一年的时间，抓了个大型民族音乐剧《秧歌浪漫曲》。1993 年开始向社会各界集资，1994 年初改编剧本，其主题是妇女自身的解放问题。”

“你觉得这其中最难的一点是什么?”

“最困难的是演员问题，因为音乐剧要求的演员必须会唱、会跳、会舞、会表演四艺俱全，我认为演员必须向全国招聘，也的确应该这样做，但实际上也并不是太好。由于剧本的要求，即使选好了演员还有个排练训练问题。另外，群众演员的确定就有更多障碍了，它牵涉了与单位合作的问题、单位水平、薪水及时间安排等情况，这个剧我本计划在2月份上演，但由于种种原因延迟了，无论如何，9月份之前必须上演，作为对世界妇女大会的献礼。”“即使很难也得做到。现在演员已选得差不多了，经过3个月的培训，方可以上演。”

邹女士讲完这番话，扳起指头数了数，心中有数般轻松地笑了。

“这次大会你最想提出的是什么问题呢?”

“如何建立完善的健全的文化市场。既然国家允许在经济发展上可以民办公助，我认为在文化市场上也应该鼓励私办与官办的合作，但这个艺术标准必须艺术家来把握，任何参与的单位都不能仅以赚钱为目的，这样形成一种风气之后，纯正艺术的发展与成功才有希望。”

邹女士的话音轻轻落在并不十分安静的人民大会堂内，她猛地起身，“我得去开会了。”便匆匆走开。这位已经连任4届的政协委员，也许一直没有忘却她50年代归国时那一腔抑制不住的爱国热情，几十年的风风雨雨没有改变她对艺术的满腔热忱，为了将西方的优秀之色与民族本色结合，她付出了多少心血啊!

我想：中华民族的艺术既然有如邹女土般一批虔诚又执着的艺术家为之努力，它一定不会辜负众望的。

（原载于《人民政协报》1995年5月4日）

补读斋主人
——记画家齐良迟

跨车胡同13号。

这个历史纪念的地方为了纯正的艺术的缘故，几十年后平平稳稳的：20世纪的砖墙、20世纪的大门、20世纪的小屋，有如不用阐释的历史语言，古色古香，真实明白。艺术大师齐白石先生70多年前购下此屋。齐家子孙便延续至今。白石老人的四子齐良迟先生端坐在父亲购置的小屋里，齐白石老人的黑白照清晰地悬在墙壁——有两幅，其中一张是弟子李苦禅收藏的齐老70岁的照片，照片上齐老带个小帽子，正作沉思状。

“我13岁时开始跟父亲学白描，也就是国画的线条，尔后又去北京辅仁大学美术系读本科，继而在徐悲鸿先生领导的国立北平艺术专科学校教书，1956年遵周总理之嘱托，辞职侍奉在父亲身边，直至今日。”齐良迟先生边说边瞧父亲的照片，略略有些迟疑。“父亲给自己起了个‘悔乌堂’，我那时极年轻，便向父亲讨教，父亲说他年轻时离开父母，没有尽到孝心，乌鸦尚有反哺之情，他还不如乌鸦。我让父亲给我起一个斋名，父亲说，你太爱玩了，许多该读的书都没有去读，就叫补读斋吧。我很不服气，便不挂父亲题的几个字，父亲故去后，我渐渐体会到父亲的苦心，便很大方地亮出了自己的斋名。”齐先生说着指了指墙上一幅“还我手泽”书法旁边的落款，篆章的3个字十分清楚。

“我喜欢中国画，认为它的技法比西洋画高明，举个简单的例子，学西画的大师如徐悲鸿、吴作人、刘海粟、李苦禅等为什么到晚年却改作国画呢？肯定有一些艺术上的原因。我并不反对西画，它有它的一套理论，我个人画水彩画比较多，花卉为主要对象。”齐先生从身后的柜子中抽出几幅画来让我看，果然是花卉居多，且各具异彩，用笔自然，精妙；书法卷则气势雄浑，柔中有刚，结构变幻无常，笔锋不断流转；他的篆刻亦健劲有力，奇崛多姿。齐先生又随手从案头抽出一本《补读斋诗词选》，“我幼时受父亲影响，亦习诗词文，比较喜欢，故而闲暇时便写一写”。这位齐派艺术的掌门人勤勤恳恳地以自己几十年的努力朝着父亲留下的艺术光泽进军，不论是书、画还是诗印皆如此。

齐先生精神与体质都挺好，他说他几乎每天都在工作，丝毫不敢懈怠，他的儿子及孙子亦有作画的，都习白石老人，力争使齐派艺术不致沦落。我问及“还我手泽”几个字的含义，齐先生平淡地说，“文革”时白石老人的作品全被抄家抄走，“文革”后据说是某学院拿走了，去交涉又不承认，他们也无别的办法，只有以字明心了。

画像上的白石老人的脸庞看起来有些苦涩又有些无奈，他倚在墙壁上穿过几十年的历史之隔仿佛轻轻地说着什么。我走近他，直想用手触一触这艺术大师的脸庞，老人似乎没有躲开的意思，清泪似有非有般在眼睛里打转转。

齐良迟先生许是有些疲惫了，强烈的情绪早已平和下来，齐家子孙牢牢地站立在白石老人购置的老屋中，从最纯粹的意义上做着一种或许是永无终结的纪念。

我无缘与大师晤面，站在齐良迟先生的画室里从齐先生的言谈举止中回味大师的遗风。齐先生已七十四岁了，透过他布满青筋的大手，仿佛瞥见了几千个几万个日日夜夜的辛劳，他慢吞吞地讲话，慢声满气地动作，他说老屋该修一修了，已经100多年了，政府已决定全面修缮了。这砖这瓦这泥土这吱吱哑哑的大门却不会被“修”掉。跨车胡同安安静静地藏着一个不朽的名字，名字的背后屹立着齐良迟先生的所有努力，这小小的补读斋温暖了主人多少浪漫的理想，逗引了主人无数次不屈不挠的跋涉。

就如此吧。历史载着这个名字背后的巨大荣誉沉默地守着这老屋，齐良迟先生该为九泉之下的白石老人高兴吧。

（以笔名逸如发表，原载于《人民政协报》1995 年 5 月 9 日）

怀愧文化
——访画家袁熙坤

踏进袁先生的书房，仿佛融汇于一种摇摇曳曳的文化氛围中，巧制的椅子，桌子被罩上一层深情的颜色——那颜色极深又极古，似乎着了重重的彩，我立时觉得呼吸有些不顺，重重的压力从基底上升起，人浮在空中，有活生生地被夹住的感觉。袁先生握着移动电话边说边打着手势，脸上的歉意一丝丝抖开。

“很抱歉，今天刚好电话极多，平时是有人接的，恰好他出去办事了。”袁先生带着一口浓浓的云南气息，以频率极快、不太纯正的普通话充满活力地说，“最近，我的艺苑文化促进会批下来了，正忙着做这件事，这个文化促进会将为高雅文化的发展提供充裕的机会。”

1944年出生于云南昆明的袁熙坤先生，果然不仅仅是携有南国温柔之乡的气质，更含有清醒、冷静、超然物外的情怀，1964年离开云南艺术学院后，先后在云南省军区政治部、昆明幻灯厂、昆明橡胶厂等地从事绘画工作，1973—1978年又参加了中科院西南动物研究所考察队，以身体力行的精神与勇气投入到热带丛林中，经历了长达五年的野人般的生活，各种动物以其生动活泼的形象正合他的心意般滑向心灵之海。

“这五年的经历十分宝贵，对我以后的人物肖像、动物速写的帮助很大”，袁先生深有感触，“我很幸运地‘躲开’了那种浩劫，并且获得了锻炼自己的一个千载难逢的机会。至今忆起仍感慨万千。”袁先生仍然是一头黑发，着十分精悍的短夹克，完全是一副勃勃生机的样子。

他1978年返回京城，任中国大百科全书出版社善本编辑，1983年以后在中国画研究院任专业画家。也许是特有的生活经历决定的，袁先生特别喜欢画动物，他的画室里放着已画好的马、狮子等，“我作画时不需特别安静，你看，音响就放在画室，伴着音乐我便轻松自如，使艺术的创造过程真正艺术化起来。”

据我所知，袁先生已先后出版了《动物速写》《熙坤速写》《怎样画动物》《怎样画虎》等，以自己手中的笔刻画着心灵的一种记忆。

不仅如此，袁先生还将自己的拳拳之心化作促进中外友好关系的润滑剂，以他精湛的画艺赢得了海内外各界人士的高度赞誉。1990 年 10 月，为中日友好交往做出巨大贡献的冈崎嘉平太先生不幸逝去，袁先生当即凭惊人的记忆创作了一幅冈崎先生的肖像，当我国驻日大使将画像赠给冈崎先生的夫人时，她流着泪说：“我衷心感谢中国朋友送给我富有深远意义的肖像画，我丈夫留下的日中友好事业，我们将继续下去。”

以后，袁先生相继为中日友好人士井上靖、宇钰宫钰马先生及我国爱国将领张学良画过像，还应邀为日本首相海部、联合国秘书长加利、南非国大主席曼德拉、日本天皇明仁等当场写生创作过画像。接受画像时，曼德拉说：“太好了，能请你这样著名的画家为我画像，使我对中国的访问更加难以忘怀。”加利则表示：“将此画像挂到显著的位置上。”

提到加利的画像，袁先生俏皮地说：“他和中国开了个玩笑，我也和他开了个玩笑，我给他的是复印件而非原作。”艺术家纯真、执着的情怀一洒无余。我国外交部礼宾司给袁先生以高度评价：“您的高超艺术技巧和无私奉献精神，得到领导同志和外交部同志的好评，您以自己的艺术才能和精湛作品为加强我国和上述国家的友好关系做出了贡献。”

我面前的袁先生没有丝毫的自傲情绪，他背后的千辛万苦从各处搜集来的文物平凡地存活着，而他本人仿佛被笼罩在浓厚的文化气氛中，以一种对传统文化的愧疚之心小心翼翼地以个体微薄的力量奋斗着。

为了拯救流散海外的中华民族文化遗产，他以自己的部分稿费收入，把流失海外的文化珍品收藏起来带回国内，其中有我国历代著名画家吴镇、吴昌硕、高剑文以及张大千、齐白石、徐悲鸿等人的数十幅作品，还有上百件上自新石器时代，下至明清时期的文物等，经文物专家鉴宝称，国内人士个人出资收集海外失散珍贵文物运回国内，在新中国成立以来还是第一次。

第一次或最末一次于袁先生本身并不重要，文化之于他的巨大压力一次次以各种不同方式得到平息、化解，生命都会呈现另一种轻松的姿态吧。但他没有。他说："作画是我的职业，也是我生命的写真；文化是我的精神源泉，二者缺一不可。"于是他与台湾海商会会长余平沼先生联合投资近亿美元与北京东城区合资开发建设北京华夏文化街工程，并成立艺苑文化促进会，一方面很好地保有文化遗产、另一方面为艺术的纯粹性发展提供展现生命力的机会吧。

"我做的这一切，简言之即业余的革命，我的职业也依旧是画家，我热爱这个职业。社会的发展必然促进艺术生存本身的变革，我觉得我所做的都是为了艺术、为了文化。"袁先生十分严肃，"我自筹资金 1 000 万元人民币所创建的'袁晓岑袁熙坤美术基金会'，是为了鼓励贫困地区少数民族地区有天赋的学生，希望以自己微薄之力奉献出对艺术的真诚罢了。"

袁先生根本无须惭愧。就他个人而言，他的作品《卧虎图》作为中华全国青年联合会的礼品赠送给日中友好联盟访华团，他的巨幅国画《雄狮图》《虎》等为人民大会堂所收藏，近年来，他多次将自己的作品捐赠亚运会、亚洲十佳运动员评选等大型活动，1992 年，江泽民总书记访问日本时，将他创作的《王者之风》赠送给日本前首相福田康夫……

（以笔名逸如发表，原载于《人民政协报》1995 年）